위험한 신입사원

1

위험한 신입사원

dangerous associate

written by Soojung park

1

가하)

위험한 신입사원

지은이 박수정
펴낸이 이형기
펴낸곳 도서출판 가하

초판인쇄 2015년 7월 3일
1판 2쇄 2016년 10월 18일
출판등록 2008년 10월 15일 제 318-2008-00100호

주소 서울 영등포구 양평로 67, 1209 (당산동5가, 한강포스빌)
전화 02-2631-2846 **팩스** 02-2631-1846

www.ixbook.co.kr

ISBN 979-11-295-2847-6 04810
       979-11-295-2846-9 04810(set)

값 12,000원

copyright ⓒ 박수정, 2015

1. 공포의 신입사원

월요일 아침의 부서 전체 회의 시간. 모닝커피를 다 돌리고 난 유림이 자리에 앉아 숨 돌릴 틈도 없이 부장의 폭탄선언이 떨어졌다.

"다음 주 월요일부터 신입사원이 오기로 했습니다."

신입사원?

유림은 하마터면 마시던 커피를 뿜을 뻔했다. 심장이 사정없이 쿵쾅거리기 시작했다. 그도 그럴 것이 유림이 여기, 드림제과 마케팅팀에 입사한 지 어언 3년차. 그러나 그 후로 공채가 없었던 탓에 여태 부서의 막내였던 것이다.

그런데 드디어 신입사원이라니! 유림의 온몸의 세포가 일제히 일어나 환희의 춤을 추기 시작했다. 경사가 났네!

"아니, 공채도 없었는데 갑자기 무슨 신입사원입니까?"

과장의 물음에 부장의 입에서는 갑자기 긴 한숨이 흘러나왔다. 그러더니 쓰고 있던 안경을 벗고 테이블에 팔을 올려놓고는 매우 비장한 목소리로 말했다.

dangerous associate

"사실은 그 신입사원이······."

모두들 침을 꿀꺽 삼켰다. 물론 유림도.

부서원들을 한 번 쭉 돌아본 후, 부장은 침통한 얼굴로 말했다.

"······회장님 친손자십니다."

"이거 놓으세요! 제가 오늘 아주 마시고 죽고 말겠습니다!"

거칠게 덤벼드는 유림에게서 현우가 소주병을 악착같이 지켜냈다.

"너 죽는 건 안 아까운데 술 축나는 건 아깝다. 그러니까 좀 아껴 마시자, 응?"

"정말 선배까지 이러실 겁니까?"

유림이 울화통을 터뜨렸다.

"입사 삼 년차에 겨우 들어오는 후배가 회장님 손자랍니다. 제가 지금 안 마시게 생겼습니까?"

유림이 뭐라고 하건 간에 술병만 철벽 마크하며 현우가 대꾸했다.

"그래. 다 내 잘못이다. 너한테 하필 우리 회사에 원서를 쓰라고 한 내가 대역 죄인이다."

같은 부서에 근무하는 유림과 현우는 원래 같은 과를 졸업한 대학교 선후배 사이였다. 현우가 두 학번 위지만, 군대 갔다 와서는 학년이 같아지는 바람에 수업도 대부분 같이 들을 정도로 친했다.

재학 중에 먼저 취업한 현우와 달리 유림은 졸업하고도 1년 가

까이 취업에 실패해서 힘들어하고 있었다. 그때 현우가 자신이 다니는 드림제과 공채 준비에 도움을 준 것이었다. 자기소개서도 봐주고 인사팀에 있는 동기한테 술을 먹여서 면접 예상 질문도 슬쩍 빼 와줬다. 덕분에 유림은 거뜬히 공채에 합격하고, 심지어 현우와 같은 마케팅팀에 배치되었다.

거기까지는 좋았다 이거다. 그런데 그 후로 3년 동안이나 막내 노릇을 할 줄이야!

"정말 해도 너무합니다. 신입사원 들어오기만 얼마나 기다렸는데!"

유림이 서러움에 눈물을 글썽이자 그제야 현우는 개미 눈물만큼 술을 따라주었다.

"힘내라."

"이제 낼 힘도 없단 말입니다!"

정말이지 서럽기 그지없었다.

사무실에서 막내가 할 일은 끝이 없었다. 아침에 모닝커피 돌리는 것부터가 쉬운 일이 아니었다. 그냥 간편하게 커피믹스나 타마시면 될 것을, 입맛들은 어찌나 까다로운지. 부장은 진한 아메리카노, 과장은 연한 아메리카노, 김 대리는 에스프레소, 민 대리는 아메리카노에 시럽 두 번 펌핑…… 하는 식으로 복잡하기가 짝이 없었다.

그뿐인가? 부장은 난을 애지중지하면서도 물 주기와 햇볕 쬐기 따위는 한 번을 제 손으로 하는 법이 없었다. 그 화분 하나하나 수

발드는 것도 죄다 유림 차지였다. 그러다 이파리 끝이라도 좀 마르는 날에는? 당연히 불호령은 유림에게 돌아왔다.

물론 복사기를 포함한 각종 사무기기 관리, 잔심부름, 심지어 어항의 물고기 밥 주는 것까지도 모두 유림의 일이었다. 그러다 보니 가끔씩은 대체 자신이 사원인지, 하녀인지 헷갈릴 때까지 있었다.

그래서 오매불망 신입사원만 기다려왔는데. 뭐? 회장님 손자?

"진짜 다들 저한테 왜 이러는 겁니까!"

생각할수록 서러워서 결국은 눈물을 찔끔 흘리고 마는 유림이었다.

"딱 이것만 마셔라. 더 마시면 개 된다."

그제야 소주를 가득 따라주면서 현우가 말했다.

분명히 마신 건 유림인데 취한 건 현우 쪽이었다.

자기 몸집보다 더 큰 남자를 거뜬하게 들쳐 업고 길을 걷는 젊은 여자를, 지나가던 사람들마다 둥그레진 눈으로 쳐다보았다.

"미안하다, 유리뫄. 내가 안 마실라꼬 했는데, 네가 너무 속상해 하는 바람에 그마안."

유림의 등에 업힌 현우가 혀 꼬인 발음으로 말했다.

"말하지 마십쇼. 술 냄새 납니다."

현우를 업고 큰길로 나오는 데 성공한 유림은 일단 길가에 현우를 앉혀놓았다.

"여기 잠깐 앉아 계세요, 선배. 제가 택시 잡겠습니다."

그러자 현우가 게슴츠레한 눈으로 유림을 흘겨보았다.

"하여튼 그놈의 말투는. 누가 보면 짜식아, 너 군대 갔다 온 줄 알아."

유림의 말투가 하루 이틀도 아니건만, 취했을 때마다 똑같이 반복하는 레퍼토리였다. 물론 유림의 대답도 언제나 똑같았다.

"어릴 때부터 기합 받으면서 배운 거라 안 고쳐집니다."

유림은 여섯 살 때부터 수영을 해왔다. 초등학교 때부터 선수 생활을 했고, 체육고등학교를 나왔다.

고등학교 때는 국가대표 상비군에 선발된 데 이어 전국체전 고등부에서 금메달을 딴 적도 있을 정도로 장래가 촉망되는 선수였다.

고등학교 졸업 후에는 실업팀에 스카우트될 예정이었지만, 하필 계약서에 도장을 찍기 직전에 부상을 당하는 바람에 어쩔 수 없이 선수 생활을 그만두고 일반 대학에 진학하게 되었다.

"택시!"

거의 30분 가까이 걸려서야 유림은 택시를 잡는 데 성공했다.

"장충동까지 좀 부탁드립니다."

유림은 인사불성인 현우를 택시에 태우고 기사에게 미리 요금까지 지불했다.

"많이 취했으니까 잘 좀 데려다주십시오."

현우를 태운 택시가 저만치 멀리 사라질 때까지, 유림은 그 자리

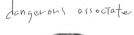

dangerous associate

에 오래오래 서서 바라보고 있었다.

　신입사원, 아니, 신입사원님을 맞이할 준비로 일주일 동안 온 부서가 정신없이 돌아갔다. 덕분에 유림은 거의 1년 만에 책상 정리도 했다. 그리고 [기쁘다 회장님 손자 오셨네]라는 플래카드만 빼놓고 모든 준비가 완벽하게 끝났을 때, 문제의 신입사원은 드디어 왔다.

　"처음 뵙겠습니다. 오늘부터 함께 일하게 된 차승현이라고 합니다."

　신입사원이 빙긋 미소를 지으며 말했을 때, 모든 사람이 약속이나 한 듯이 입을 딱 벌렸다.

　물론 유림 역시 마찬가지였다. 대체 뭐지, 저 생물체는?

　신입사원은 한번 보면 도저히 눈을 뗄 수 없게 만드는 외모의 소유자였다.

　쌍꺼풀 없이도 시원하게 뻗은 눈매에 타고난 듯한 갈색 눈동자. 딱 좋을 정도로 오똑하니 예쁜 콧날. 완벽한 계란형을 그리는 날렵하고도 미끈한 턱선. 약간 도톰한 입술에 띤 매력적인 미소. 예쁘면서도 잘생겼고, 잘생겼으면서도 어딘가 묘한 색기가 느껴지는 분위기.

　단언컨대 유림이 세상에 태어나서 본 모든 생물과 무생물을 합

쳐서 제일 충격적인 비주얼이었다.

그뿐인가. 신입사원은 복장 역시 예사롭지 않았다. 일단 슈트는 슈트인데, 컬러부터가 일반적인 단색이 아니라 회색과 푸른색으로 된 체크였다. 소매 길이는 물론 바짓단도 덩달아 타이트해서 팔다리가 길어 보이기는 하는데, 일하기는 매우 불편해 보인다. 극단적으로 좁은 옷깃 사이로 슬쩍 들여다보이는 와이셔츠에는 심지어 삼색으로 된 스트라이프가 들어가 있었다!

그래, 물론 몸매가 늘씬하고 비율이 좋아서인지 대단히 잘 어울리기는 했다. 하지만 문제는 착용자가 파리 패션 위크의 런웨이에 선 모델이 아니라 오늘 첫 출근을 한 신입사원이라는 거였다.

겉모습으로 일단 모두를 당황시킨 신입사원은, 다음 말로 아예 당황의 끝을 보여주었다.

"어차피 일 년 후에는 부장, 그다음 해에는 상무로 승진 예정입니다. 즉 여러분과 함께하게 되는 건 올해 일 년뿐입니다만, 그때까지는 즐겁게들 지내봅시다."

……즐겁게들 지내봅시다?

비주얼 쇼크에 빠져 있던 유림은 그제야 정신을 차렸다. 어딜 봐서 이게 신입사원의 말투란 말인가!

상사들을 모두 멘붕에 빠뜨려놓고, 신입사원은 아무렇지도 않게 물었다.

"제 자리는 어디죠?"

신입사원의 자리는 하필이면 유림의 옆자리로 배치되었다. 그

dangerous associate

13

야 짬밥, 아니, 입사 순으로 앉으니까. 그리고 안절부절못하고 있는 유림에게 곧이어 이차 멘붕이 찾아왔다.

"가만있자. 차승현 씨 교육은……, 그렇지, 당분간 정유림 씨한테 좀 부탁해야겠군."

부장이 슬그머니 다가오더니 불쑥 그렇게 말한 것이었다.

"예?"

갑자기 떨어진 날벼락에 유림은 펄쩍 뛰었다.

"유림 씨가 사수잖아. 잘 가르치도록 해요."

부장은 그렇게 말하더니 비겁하게 헛기침을 하면서 내빼고 말았다.

"참, 커피 좀 얼른 돌리고."

그 와중에도 깨알같이 심부름 시키는 것도 잊지 않고!

속셈은 뻔했다. 딱 보아하니 회장님 손자가 보통내기가 아닌데, 괜히 일 가르치면서 말 한마디라도 잘못했다가는 큰일이다. 그러니 아예 막내인 유림에게 폭탄을 떠맡긴 것이었다.

"유림 선배라고 하셨죠?"

유림의 옆자리에 앉은 신입사원이 예의 매력적인 미소를 띠고 말을 건넸다.

"전 에스프레소로 부탁할게요."

이것이 신입사원, 차승현이 유림에게 건넨 첫 인사였다.

결론적으로 말해서, 승현은 유림의 하녀 생활에 일말의 보탬도 되지 않았다. 아니, 보탬이 되기는커녕 일이 한층 더 늘어났다.

올해 스물일곱의 이 도련님에게는 기본적으로 뭔가를 '제 손으로' 한다는 개념 자체가 존재하지 않는 것 같았다.

예를 들어 복사를 하러 갔는데 복사지가 없을 경우, 돌아와서 이렇게 말한다.

"복사지가 없던데요, 선배."

아주 자연스럽게 말하는 얼굴에 대고 유림은 하마터면 외칠 뻔했다.

'없으면 네가 상자 터서 복사지 꺼내서 끼워놔, 이 자식아!'

물론 실제로 그렇게 외칠 수는 없는 노릇이었다. 어떻게 취업한 회사인데. 그래서 유림은 치미는 화를 꾹꾹 눌러 참으며 조용히 가서 복사지를 끼워놓았다.

일을 가르칠 때도 마찬가지였다. 도련님에게는 참을성 역시 결여되어 있었다. 유림의 설명이 조금만 길어지면, 팔짱을 끼고 지루하다는 듯이 이렇게 말하는 것이었다.

"이건 패스. 다음은요?"

누구 맘대로 패스냐, 이 자식아!

근무 태도 역시 거리낌이 없었다. 업무 시간에 웹 서핑이나 휴대전화 메신저를 하는 것은 기본. 6시 정각 땡 하면 부장님이 아직

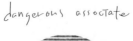

자리에 앉아 있거나 말거나, 하던 일이 남았거나 말거나 쿨하게 자리에서 일어나는 것이었다.

"그럼 전 먼저 들어가보겠습니다."

물론 태클을 거는 자가 있을 리 만무했다.

"수고 많았어요, 차승현 씨. 어서 들어가봐요."

"네, 부장님도 너무 무리하지 마시고요."

도리어 이렇게 훈훈한 인사가 오가곤 했다. 물론 그 후에 남겨진 일은 모두 유림 몫이었고.

이래저래 유림에게는 환장할 나날이 아닐 수 없었다. 첫날, 유림 역시 감탄했던 승현의 멋진 외모는 이미 눈에도 보이지 않게 된 지 오래였다.

비록 사무실 하녀 노릇은 지겹지만 오랜 선수 생활 때문에 기본적으로 윗사람을 하늘처럼 여기는 자세가 몸에 배어 있는 유림이었다. 그래서 본의 아니게 상사들의 무한 신뢰를 받고 있기도 했다.

그런 유림의 눈에, 선배고 상사고 안중에 없어 보이는 승현이 좋게 보일 리 만무했다. 현재 승현은 유림에게 있어 애물단지, 악의 근원, 스트레스의 원인, 얄미운 놈, 성질 같아서는 확 한 대 줘 팼으면 딱! 좋을 것 같은 두 살 어린 녀석에 불과했다.

그래서 특별히 별명까지 지어줬다. '도련놈'. 물론 입 밖에 내서 부를 수야 없었지만.

어쨌든 도련놈의 행패에도 불구하고 유림은 꾸역꾸역 참았다.

목구멍이 포도청이니까.

　하지만 그로부터 얼마 안 가, 유림의 인내심에 한계가 오는 날이 찾아오고 말았던 것이다.

　그날도 아니나 다를까, 승현은 6시 땡 하자마자 먼저 퇴근했다.

　덕분에 유림은 낮에 부장이 승현과 둘이서 해놓으라고 시킨 일을 혼자 남아서 하고 있었다. 저녁도 쫄쫄 굶은 채. 그리고 아홉 시 정도 되어 일이 거의 끝나갈 때, 갑자기 승현이 사무실로 돌아왔다.

　"아직 있었네요, 선배."

　"승현 씨, 사무실에 뭐 놓고 갔어?"

　깜짝 놀란 유림이 묻자 승현이 뭔가를 불쑥 내밀었다.

　"이것 좀 부탁하려고요."

　여러 가지 색깔의 풍선이 가득 든 꾸러미였다.

　"이게 뭔데?"

　"내일 이벤트에 쓸까 했는데, 공기 넣는 기구를 주문하는 걸 그만 깜빡했어요. 혼자는 도저히 못 하겠는데 이 시간에 도와줄 만한 사람이 선배밖에 생각이 안 나서요."

　승현이 조금 쑥스러운 듯이 말했다.

　"좀 도와주실래요?"

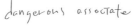

유림은 내심 조금 감동을 먹었다. 철없는 도련님인 줄만 알았더니, 그런 데까지 신경을 쓰고 있었구나!

내일은 드림제과가 현재 개발 중인 신제품 음료를 위한 설문조사 이벤트가 있는 날이었다. 사람들에게 시음용 음료를 나눠주거나 설문을 받는 일은 대부분 아르바이트생들을 쓰지만 현우와 유림, 그리고 승현까지 세 명은 현장에 나가서 진행하기로 되어 있었다. 물론 승현이 도움이 될 리 만무하므로 며칠 전부터 현우와 유림 둘이서 골머리를 앓아가며 준비 중이었는데, 승현이 그 이벤트에 쓰려고 풍선까지 준비했을 줄이야.

피곤하고 배도 고팠지만 선배로서 기특한 마음이 앞섰다.

"그래. 얼른 불자. 둘이 하면 어떻게든 되겠지."

풍선은 얼핏 봐도 50개는 족히 되어 보였다. 유림은 채 세 개도 다 불기 전에 볼이 뻐근하니 아파왔다.

그것은 승현도 마찬가지였는지, 처음 몇 개 부는 척하더니 그때부터는 하는 둥 마는 둥 하고 유림이 부는 것을 재미있다는 듯이 구경하는 것이 아닌가.

"와, 선배 풍선 되게 잘 부시네요."

얄미웠지만 유림은 꾹 참고 불었다. 천하의 차승현이 풍선씩이나 사올 생각을 한 게 어딘가?

그나마 다행인 것은 유림의 폐활량이 일반인의 그것을 훨씬 넘어선다는 데 있었다. 그야 수영 선수 출신이니까. 비록 선수 생활을 그만둔 지 10년이 다 되어가지만 지금도 유림은 일주일에 두 번

씩은 꼬박꼬박 수영장을 찾곤 했다.

어쨌든 유림은 기어이 풍선 50개를 다 불어내는 데 성공했다. 다 끝났을 때는 산소 결핍으로 술 취한 사람처럼 머리가 띵하니 어지러웠다. 물론 볼은 떨어져 나갈 것처럼 아팠다.

"와우!"

열 개도 채 불지 않은 승현이 박수를 짝짝 쳤다.

"고마워요, 유림 선배. 역시 직장 동료밖에 없네요."

"고맙긴. 당연히 해야 될 일인데."

유림은 아픈 볼과 턱을 문지르며 겨우 대꾸했다.

"덕분에 이벤트 잘할 수 있을 것 같아요."

빵빵해진 풍선들을 보며 싱글거리던 승현이 아, 하고 뭔가를 떠올린 듯이 말했다.

"참, 선배. 내일 저 출근 안 해요."

"뭐?"

당황한 유림이 되물었다. 내일이 홍보 이벤트 당일인데 출근을 안 하다니?

"오늘 부장님한테 연차 쓴다고 말씀 드려놨어요. 내일이 여자친구 생일이라서요."

"여자친구 생일……?"

유림은 잘 돌아가지 않는 입으로 중얼거렸다. 매우 불길한 예감이 뇌리를 스쳤다. 설마.

"승현 씨. 혹시……."

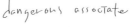

dangerous associate

"네?"

"아까 말한 그 이벤트가, 설마 승현 씨 여자친구 생일 이벤트…… 인 건 아니겠지?"

당연히 에이, 그건 아니죠, 하는 대답이 돌아올 줄 알았다. 최소한 저도 사람이라면.

그러나 유림의 그런 일말의 희망조차 승현은 아무렇지도 않게 밟아 꺼버렸다. 승현은 어깨를 으쓱하더니 이렇게 대꾸했던 것이다.

"네, 맞아요. 차 뒤 트렁크에 풍선이랑 장미꽃 실어두려고요."

"……!"

"아, 괜찮으시면 차에 싣는 것도 좀 도와주실래요?"

순간 유림은 들었다. 자신의 심장이 쾅, 하는 굉음을 내는 것을. 그리고 심장은 온 힘을 다해서 온몸의 혈관에 혈액 대신에 분노를 흘려보내기 시작했다.

이 도련놈이 진짜, 보자보자 하니까!

"야, 이 미친 새끼야."

유림이 이를 악물고 낮게 한 말을, 승현은 잘 알아듣지 못한 모양이었다.

"네? 지금 뭐라고 하셨어요?"

유림은 발음도 또박또박하게 다시 한 번 읊어주었다.

"야, 이 미.친.새.끼.야."

그제야 승현의 눈이 놀라움에 둥그레졌다. 커다래진 갈색 눈동

자를 똑바로 들여다보면서, 유림은 엑소처럼 으르렁댔다.

"네가 사람이냐, 자식아?"

"유림 선배, 잠깐 진정하고⋯⋯."

승현이 당황한 듯이 손을 내저었지만 유림은 이미 폭주 상태였다.

"신정은 너나 해, 이 미친놈아!"

유림의 눈에서 뿜어져 나오는 불길을 본 것일까. 승현이 흠칫하며 입을 다물었다.

"내일 홍보 이벤트에 쓴다는 줄 알고 기특해서 배고픈 것도 참고 볼이 터져라 불어줬더니 뭐? 여친 생일이 어쩌고 저째? 네가 사람이냐? 응? 그러고도 네가 사람이야?"

"⋯⋯."

"그래, 차라리 잘됐다. 말 나온 김에 나 하고 싶은 말 좀 하자."

너무 화가 나서일까. 유림의 목소리는 오히려 침착하게 나왔다.

"네가 회장님 손잔지 뭔진 모르겠는데, 일 년 후에 부장이 되든, 상무가 되든 간에 현재 시점에서 넌 그냥 신입사원이야. 근데 그 복장은 대체 뭐하자는 거야?"

유림이 삿대질을 하자 승현이 흠칫하며 제 차림을 내려다보았다. 참고로 오늘 도련놈의 복장은 차분한 갈색의 슈트였다. 칼라와 소매 끝이 무려 네이비라는 점만 빼면!

"회사에 패션쇼 하러 다녀? 다른 사람들이 어떻게 입고 다니는지 안 보여? 눈 없어?"

dangerous associate

21

"……."

"그리고, 여섯 시 땡 하면 퇴근하는 거, 그거. 네가 그렇게 휙 가 버리면 남은 일은 누구더러 다 하라는 거야? 머리 없어?"

"……."

"또 뭐? "전 에스프레소요."? 내가 네 선배야, 이 자식아. 커피를 내려도 네가 내려서 나한테 가져와야지, 누구더러 이래라저래라야? 정신 똑바로 안 차릴래? 어?"

유림이 숨도 안 쉬고 다다다 몰아붙이는 동안, 승현은 무슨 생각을 했는지 곱게 손을 모으고 한 마디 대꾸도 않은 채 가만히 서 있었다. 시선을 조금 내리깐 채로.

덕분에 유림은 한층 더 기세등등해질 수 있었다.

"모닝커피, 앞으로 네가 맡아서 해."

유림은 딱 잘라 말했다.

"정신 똑바로 챙기고, 옷도 똑바로 챙겨 입어. 안 그랬다간 확 그냥……!"

그제야 승현이 고개를 조금 들어 유림을 보았다. 마치 확 그냥, 뭐요? 하는 듯한 눈빛에 유림은 주먹을 쥐어 보이며 을러메듯 말했다.

"……쥐어 터질 줄 알아라."

그러고도 분이 덜 풀린 유림은, 바닥에 어지럽게 흩어진 풍선을 콱 밟아 터뜨려버렸다.

"에잇, 에잇, 에잇!"

하나씩 풍선을 거칠게 밟아 터뜨리는 유림을, 승현이 놀란 눈으로 바라보았다. 그러거나 말거나 유림은 마지막 하나까지 꼼꼼하게 밟아 터뜨리고 난 후 마지막으로 승현을 노려보았다.

"왜, 꼽냐?"

승현의 잘생긴 얼굴에 대고, 유림은 흥 하고 비웃음을 날렸다.

"자를 테면 자르시든가."

비꼬듯 쏘아붙이고 돌아서서 사무실을 나오는 유림의 발걸음은 마치 날아갈 것 같았다.

아, 속이 다 후련하다!

어젯밤에 그토록 날아갈 것 같던 발걸음이, 다음 날 아침에는 정반대로 천근만근이었다.

"미친년은 너다, 너야."

회사를 향해 걸으며 유림은 힘없이 중얼거렸다. 대체 하늘 같은 회장님 손자에게, 내년에 부장님이고 후년에 상무님이신 그분에게 무슨 짓을 했단 말인가! 그것도 소 새끼, 말 새끼 찾아가면서!

"아악!"

괴로움에 유림은 머리를 마구 쥐어뜯었다. 맞은편에서 오던 행인들이 광년이 보듯 움찔하며 피해 갔다.

이게 다 그놈의 풍선 때문입니다, 도련놈, 아니, 도련님. 풍선을

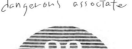

너무 부는 바람에 그만 산소 결핍이 와서 술 취한 거나 다름없는 상태였다고요. 즉 심신미약 상태에서 벌어진 일입니다. 자고로 취해서 한 실수는 눈감아주는 게 우리 고유의 미풍양속 아니겠습니까? ……라고 말하면 퍽이나 도련놈이 봐주기도 하겠다!

어쨌든 오늘은 승현이 월차를 낸다고 했으니까 하루의 시간이 있다. 그동안 뭔가 그럴듯한 말을 생각해내서 사과를 해야겠다. 그러면 설마 자르기까지는 안 할지도 모르잖아.

그렇게 억지로 스스로를 위로하며, 유림은 회사를 향해 무거운 발걸음을 옮겼다. 그리고 드디어 사무실 문을 열었을 때, 눈을 의심할 만한 광경이 눈앞에 펼쳐져 있었다.

"좋은 아침이에요, 유림 선배."

사무실로 들어서는 유림을 화사한 미소로 맞이하는 사람은 다름 아닌 승현이었다.

"선배, 아메리카노에 시럽 넣으시는 거 맞죠?"

그렇게 물으며 승현이 유림에게 커피 잔을 건넸다.

"응? 아, 맞는데……."

유림은 엉겁결에 커피 잔을 받아들었다.

"드셔보시고 입에 안 맞으시면 말씀하세요. 내일부터는 신경 쓸게요."

예쁘게 눈웃음을 짓는 승현은 심지어 멀쩡한 회색 슈트를 차려입고 있었다. 전체적으로 핏이 너무 딱 떨어지는 감이 없지 않았고 푸른빛 넥타이가 좀 튀는 느낌도 들었지만, 이 정도면 충분히

출근 복장의 범주 내에 넣어줄 만했다.

"……."

귀신에 홀린 것 같은 표정을 한 유림에게, 승현이 웃으며 재촉했다.

"얼른 드시고 외근 나갈 준비 해요, 선배. 오늘 이벤트 날이잖아요."

"어? 어, 이, 이벤트. 가, 가야지. 응. 가야지."

반쯤 정신이 나간 유림은 무심코 커피를 마시려다 그만 입천장을 홀랑 데고 말았다.

"앗뜨뜨뜨뜨!"

뜨거워서 비명을 지르며 팔짝팔짝 뛰는 유림을, 승현이 웃음을 물고 바라보았다.

"정유림, 너 오늘 진짜 왜 그래?"

현우가 팔꿈치로 유림을 살짝 치며 물었다.

"예?"

멍하니 딴생각에 빠져 있던 유림은 그제야 흠칫 놀라 제정신으로 돌아왔다.

"차승현 씨 저렇게 열심히 하고 있는 거 봐. 선배가 돼서 넋 놓고 뭐하고 있는 거야?"

현우가 핀잔을 주며 손가락으로 저쪽을 가리켰다. 저만치에서 여대생들에게 둘러싸여 있는 승현의 모습이 보였다.

신제품의 주된 타깃은 이십 대. 따라서 오늘의 이벤트 장소는 유림과 현우의 모교이기도 한 한국대학교 앞이었다. 그리고 승현은 아르바이트생 열을 합친 것보다도 더 혁혁한 전과를 올리고 있었다.

"저기 음료수 나눠주고 있는 남자 좀 봐!"

"완전 멋지다! 연예인 아니야?"

"우리도 가서 빨리 줄 서자!"

여대생들이 꺅꺅거리는 소리가 여기까지 들려왔다.

"그나저나 차승현 씨, 다시 봤어. 저렇게 열심히 하는 면도 있었네."

현우가 승현 쪽을 쳐다보며 고개를 갸웃거렸다.

"옷도 오늘은 단정하게 입었고. 대체 무슨 바람이 분 거지?"

유림은 울고 싶은 심정으로 생각했다. 그 바람이 피바람만 아니었으면 좋겠는데! 갑자기 돌변한 도련놈의 태도가 대체 무엇을 의미하는 건지 불안하기 그지없었다.

하지만 회장님 손자한테 이 새끼, 저 새끼 하면서 막말을 했다고는 현우에게도 차마 말할 수가 없어서, 유림은 그저 끙끙 속으로만 앓고 있었다.

"잠깐만요. 전화가 와서."

계속해서 몰려드는 여대생들에게 음료와 설문지를 나눠주던 승

현은 미소로 양해를 구하며 겨우 무리에서 빠져나왔다.

전화를 걸어온 상대는 여자친구였다. 사귄 지 오늘로 딱 일주일 된.

"여보세요."

전화를 받자마자 토라진 듯한 목소리가 들려왔다.

- 오빠, 지금 어디야? 오늘 같이 별장 가서 내 생일 파티 해주기로 했잖아!

"미안, 일이 좀 생겨서 못 가게 됐어."

- 일? 무슨 일? 중요한 일이야?

"음, 중요하다기보다는……."

승현은 잠시 생각하고 나서 대답했다.

"재미있는 일."

그렇다. 승현은 어젯밤에 사귄 지 일주일 된 여자친구의 생일 따위보다도 훨씬 더 재미있는 일을 발견했던 것이다.

「야, 이 미친 새끼야.」

유림이 이를 악물고 말한 순간, 승현은 제 귀를 의심했다.

단언컨대 그의 스물일곱 살 전 생애를 통틀어, 자신에게 이런 막말을 한 사람은 남녀노소를 막론하고 정유림이 처음이었다. 그야 성격이 이 모양이니 뒤에서야 많이 들었으리라는 생각은 들지만, 어쨌거나 대놓고 면전에서 들은 것은 처음이다.

쉽게 말해 "내 뺨을 때린 여자는 네가 처음이야!" 같은 상황이라고 할까.

dangerous associate

27

다른 점이 있다면, 승현은 그 순간 유림에게 반하지는 않았다는 것이다. 당연하지 않은가? 면전에서 이 새끼니, 저 새끼니 하는 말을 들었는데 반하는 게 변태지.

사실 승현은 자신의 사수인 유림에게 전혀 관심이 없었다. 솔직히 말해서 컴퓨터나 복사기 따위의 사무기기와 비슷한 정도의 존재였다고 할까.

「진정은 너나 해, 이 미친놈아!」

그러나 유림이 폭언을 쏟아붓는 그 순간, 승현은 처음으로 유림에게 강렬한 흥미를 느꼈다. 물론 유림에게 있어서는 굉장히 불길한 쪽으로.

「너 회사에 패션쇼 하러 다녀? 다른 사람들이 어떻게 입고 다니는지 안 보여? 눈 없어?」

유림이 마구 쏘아붙이는 동안, 승현은 눈을 내리깐 채로 생각에 잠겨 있었다.

이걸 어떻게 처리해줘야 제일 재미있을까.

물론 잘라버리는 것 정도야 지금 당장이라도 못 할 것이 없었다. 하지만 자신이 누군지 뻔히 알면서 이렇게 나온다는 건 이미 모가지 정도는 각오했다는 얘기다.

아니나 다를까, 유림은 제 할 말을 다 퍼붓고 난 후에 이렇게 덧붙였다.

「왜, 꼽냐? 자를 테면 자르시든가.」

그 얼굴에 어린 노골적인 비웃음에 승현은 하마터면 진심으로

울컥할 뻔했다. 좀처럼 진지해지는 법이 없는 그로서는 매우 드문 일이었다.

승현은 본능적으로 느꼈다. 이거 재미있겠다!

온몸의 세포가 전율했다.

단순히 모가지로 끝내기엔 너무 아깝다. 천천히 시간을 두고 상대의 약점을 파악한 뒤에, 가장 뼈아픈 방법으로 복수해줘야지. 그렇게 생각만 해도 벌써부터 따분함이 싹 가시는 기분이었다. 그렇지 않아도 싫은 회사 억지로 출근하느라 죽을 맛이었는데.

일단 신입으로 들어가서 실무의 기본 정도는 배우라는 게 할아버지의 지시였지만 승현으로서는 지겨운 일일 뿐이었다. 어차피 임원을 시켜줄 거면 지금 당장 시켜줄 것이지, 뭐 하러 평사원 1년이니, 부장 1년이니 하는 귀찮은 과정을 굳이 거쳐야 하는지 이해가 안 갔다. 그래도 할아버지의 명령이니까 따분한 걸 억지로 참고 다니느라 죽을 맛이었는데, 생각지도 못하게 재미있는 일이 생겨버렸다.

그래서 여자친구의 생일이고 뭐고 팽개치고 출근한 것이었다. 그것도 그의 취향에 전혀 맞지 않는, 밋밋하고 재미없는 양복까지 차려입고.

그런 승현의 속을 모르는 여자친구는 콧소리까지 내며 졸랐다.

- 그렇게 재밌는 거면 나랑 같이 하면 안 돼?

승현은 다정한 말투로, 하지만 단호하게 말했다.

"응, 안 돼. 이건 나 혼자만 아는 거야."

저만치에서 얼굴이 붉으락푸르락하며 한창 고뇌에 빠져 있는 유림을 흘깃 보자 절로 웃음이 나왔다.

아, 벌써부터 재밌다.

이미 여자친구와의 통화 따위는 승현의 안중에 없었다.

"그러니까 나중에 연락할게, 윤아야."

승현은 대충 아무렇게나 말하고 전화를 끊으려 했다. 그러나 상대는 순순히 끊어줄 기세가 아니었다.

- 오빠! 지금 어디야? 내가 거기로 갈게.

살짝 짜증이 났다. 사귄 지 일주일 만에 이렇게 나오면 오빠가 질리잖니.

"나중에 얘기하자, 지금 바빠."

- 끊지 마!

여자친구가 새된 소리로 황급히 외쳤다.

- 끊기만 해봐. 헤어질 줄 알아!

거친 협박에 승현은 부드럽게 대답했다.

"그래. 마음 아프지만 정 네 생각이 그렇다면 어쩔 수 없지."

- 뭐?

"그동안 즐거웠어, 윤아야. 잘 지내길 바랄게."

- 오빠? 잠깐만! 승현 오빠!

여자친구, 아니, 전 여자친구가 황급히 외쳤지만 승현은 더 듣지 않고 휴대전화를 꺼버리고는 도로 웃음을 지으며 자신을 기다리고 있는 여대생들 사이로 돌아갔다.

"자, 아직 못 받으신 분?"

이벤트는 승현이 활약해준 덕분에 대성황리에 끝났다. 시음용 음료가 모자라서 중간에 회사에서 추가 공수까지 받아야 했을 정도였다.

다음 날 아침에도 승현은 단정한 복장으로 제일 먼저 출근해서 모닝커피를 준비했다. 대체 도련놈의 속셈이 뭔지 알 길 없는 유림은 간이 쪼그라드는 기분이었다.

"유림 선배, 커피 드실 거죠?"

"아, 아냐. 됐어. 오늘은 자판기 커피가 땡기네, 아하하."

승현이 주는 커피를 마셨다가는 체할 것 같아서, 유림은 잽싸게 휴게실로 도주했다. 그러나 휴게실도 마음 편한 공간은 못 되었다.

"어머, 유림 씨!"

마침 휴게실에 옹기종기 모여 아침 수다 한판을 때리고 있던 여직원 한 떼가 유림을 보자마자 반색을 하며 둘러쌌다.

"유림 씨가 차승현 씨 사수라며? 대체 전생에 무슨 복을 쌓은 거야?"

"심장 괜찮아? 맨날 바로 옆에서 차승현 씨 얼굴 보고 있으면 그 심쿵을 다 어떻게 견뎌?"

dangerous associate

승현의 입사 후, 드림제과의 전 여사원들이 흥분의 도가니에 빠져 있는 상태였다.

「진짜 왕자님이 나타났다!」

웬만한 여자들도 부끄러워지는 미친 미모, 겨울 왕국도 녹여버릴 듯한 달콤한 눈웃음, 한순간에 복도를 런웨이로 만들어버리는 패션 감각, 거기에 드림제과의 미래 오너라는 소문까지!

이미 회사 내에서는 전 부서를 아우르는 팬클럽이 생겨나 있었다. 처녀는 물론 유부녀들까지 다수 포함된 이들은, 승현의 이름을 따서 '승냥이'라 불렸다. 비록 규모는 상대가 안 되지만 그 열정만은 가히 피겨 여왕의 팬들과도 겨룰 만했다.

"있잖아, 근데 차승현 씨 애인 있대?"

자칫 잘못 대답했다가는 굶주린 승냥이 떼의 밥이 되고 말 것이다.

"잘은 모르지만 없는 것 같습니다."

생일 이벤트까지 해다 바치는 여친이 있다는 걸 뻔히 알면서도 유림은 시치미를 뚝 뗐다.

"꺄, 어떡해!"

일제히 얼굴에 화색이 도는 승냥이들을 보고 유림은 속으로 한숨을 쉬었다. 설령 차승현이 애인이 없다 치더라도, 그 잘난 도련놈이 일반인들이랑 엮일까 보냐. 하여튼 드라마가 사람 여럿 버려 났다.

"김 대리, 자기 왜 이렇게 좋아해? 설마 들이대볼 생각은 아니겠

지?"

"차장님도 참! 그러는 차장님이야말로 차승현 씨한테 너무 관심 많으신 거 아니에요?"

곁에서 보고 있자니 상황은 점점 가관으로 돌아갔다. 떡 줄 승현은 생각도 없는데 김칫국부터 들이켜던 승냥이들은 한참 실랑이 끝에 신사협정, 아니, 숙녀협정에 도달했다.

"그럼 아무도 차승현 씨한테는 접근하지 않는 걸로. 오케이?"

"좋아요! 절대 승현 씨한테 사적으로 말 걸거나 하지 않기로 해요!"

두목 승냥이 격인 홍보팀의 골드미스 민혜인 차장이 뿔테 안경을 치켜 올리며 눈을 번득였다.

"배신자는 그날로 회사 내에서 매장되는 줄 알아."

듣고 있던 유림은 등골이 서늘했다. 매장이라니!

"저어, 차장님. 저는 차승현 씨랑 말을 안 하려야 안 할 수가 없는 입장인데요…….'

주뼛거리며 말하자 민 차장이 웃음을 터뜨렸다.

"어머, 뭐래? 당연히 유림 씨는 예외지, 호호."

다른 여직원들도 덩달아 손사래를 치며 웃었다.

"괜찮아, 괜찮아. 단둘이 밥을 먹어도 괜찮아. 우리가 허락한다!"

통 큰 허락에 유림은 어딘가 찝찝했다. 왠지 이게 좋은 의미가 아닌 거 같은데? 아니나 다를까, 자기들끼리 웃고 난리가 났다.

"그러고 보니 승현 씨 사수가 유림 씨라서 얼마나 다행인지 몰라."

"그러게요. 하루 종일 붙어 있어도 얼마나 마음이 푸욱 놓이는지!"

이 승냥이들이 근데! 유림은 그만 울컥했다.

"저기요, 제 쪽에서도 사절입니다만!"

유림이 이의를 제기한 바로 그 순간이었다.

"뭐가 사절이에요?"

갑자기 귓가에 들려온 목소리에 유림은 말 그대로 펄쩍 뛰었다.

"으허어억!"

유림이 식겁을 하고 돌아보자 언제 왔는지 승현이 이쪽으로 바싹 허리를 구부린 채 들여다보고 있었다.

"스, 승현 씨?"

승현이 유림과 눈을 맞추고 빙긋 웃었다.

"왜 그렇게 놀라세요? 유림 선배."

매혹적인 미소에 정작 비명이 터져 나온 건 다른 여직원들의 입에서였다.

"꺄악!"

단체로 눈이 하트가 되어 있는 승냥이들을 향해 특유의 눈웃음으로 무언의 인사를 건넨 후, 승현은 다시 유림에게로 시선을 돌렸다.

"데리러 왔어요."

또다시 여기저기서 끙끙 앓는 소리가 터져 나왔다.

"저게 일상 멘트야? 유림 씬 평소에 저런 말 듣고 사는 거야?"

"나 다음 생에는 정유림으로 태어날래!"

아연실색한 유림에게 승현이 뒤늦게 덧붙였다.

"부장님이 선배 어디 갔냐고 찾으셔서요."

그 말부터 먼저 했어야지, 왜 도치법을 쓰냐! 사람들 오해하게!

어쨌거나 빨리 여기를 벗어나야 했다. 더 앉아 있다가는 여기저기서 쏟아지는 질투의 시선에 고슴도치가 될 것 같았으니까.

"가자, 승현 씨."

유림은 얼른 승현을 끌고 휴게실을 빠져나왔다.

"뻥이에요."

나란히 복도를 걷는데, 갑자기 승현이 불쑥 말했다.

"응? 뭐가?"

"부장님이 찾으신다는 거요. 그냥 제가 선배 데리러 간 거예요."

놀라서 걸음을 멈추는 유림을 내려다보며 승현이 미소를 머금었다.

"유림 선배, 저 피하고 있는 거 맞죠? 저한테 심한 말 하신 것 때문에."

"그, 그게……!"

"그러실 필요 없어요. 마음에 담아두고 있지 않으니까요."

유림은 화들짝 놀랐다.

"저, 정말이야?"

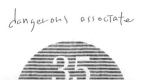

<figure>dangerous associate</figure>

"네. 좀 충격이긴 했지만, 덕분에 정신 차렸어요. 지금까지 저한 테 아무도 그렇게 따끔한 말을 해준 사람이 없었거든요."

유림은 감동했다. 이 도련님, 그렇게까지 나쁜 놈은 아니었나 보다. 사실은 말하면 알아듣는 타입이었던 거다. 그것도 무섭게 말할수록.

승현이 조금 쑥스러운 듯이 말했다.

"고맙습니다, 유림 선배. 앞으로도 많이 가르쳐주세요."

하기야 워낙 귀한 댁 도련님이니 지금껏 살며 누구한테서 싫은 소리 한마디나 들어봤을까. 그러다 보니 지금까지 사회생활을 어 떻게 해야 하는지 제대로 가르쳐준 사람도 없었던 모양이다.

유림은 결심했다. 자신이 나서서 악역을 맡기로. 좋아, 앞으로 책임지고 내가 널 완벽하게 개조해주지!

"오케이. 나만 믿고 따라와!"

주먹으로 가슴을 탕탕 치며 큰소리를 치는 유림을, 승현이 묘한 미소를 머금고 바라보았다.

위험한 신입사원 |

36

2. 신입사원 완전개조계획

　다음 날, 구내식당의 점심 메뉴가 영 시원치 않았다. 그래서 현우와 승현, 유림은 함께 회사 근처의 백반 집으로 향했다.

　"차승현 씨, 그렇게 넋 놓고 가만히 있으면 어떡해?"

　다짜고짜 유림이 승현에게 면박을 주는 바람에 현우가 화들짝 놀라 바라보았다.

　"네?"

　"먼저 티슈 깔고 젓가락 놓고 그래야지. 가서 물도 떠 오고."

　"아, 네. 죄송합니다."

　승현이 얼른 수저통을 열어 유림과 현우의 몫까지 가지런히 젓가락을 놓고는 물을 가지러 자리를 떴다.

　"야, 야, 정유림."

　승현이 자리를 비우자 현우가 유림에게 목소리를 낮춰 말했다.

　"너 드디어 간이 배 밖으로 나온 거냐? 그런 거냐? 응?"

　"뭐가 어때서 그러십니까? 후배한테 물 좀 떠 오라고 시켰기로서니."

"얘가 아주 오늘만 사네. 차승현이 지금이야 후배지, 내년이면 바로 부장이다!"

현우가 답답하다는 듯이 테이블을 두들겼지만 유림은 어디까지나 느긋했다.

"그래서요?"

"그래서요, 라니, 인마! 정신 차려!"

그때, 양손에 물 컵을 든 승현이 돌아왔다.

"여기요. 물 가져왔어요, 선배."

"그래. 앞으로는 똑바로 하도록."

"네, 주의하겠습니다."

거만하게 고개를 끄덕이는 유림과 순한 양처럼 고개를 끄덕이는 승현을, 현우가 튀어나올 것 같은 눈으로 바라보았다.

이젠 완연한 가을이지만 한낮의 햇살은 한여름 뺨치게 따가웠다. 식사를 마치고 사무실로 돌아가는 길에, 승현은 별생각 없이 재킷을 벗어 들었다.

"야, 승현 씨 셔츠 되게 예쁜데? 어디 거야?"

현우가 감탄한 듯이 물었다.

유림이 닦달하는 바람에 며칠 계속 밋밋한 옷만 골라 입고 있었는데, 그래도 안에 받쳐 입는 셔츠 정도는 좋아하는 걸로 입고 싶었던 것이다. 그걸 현우가 알아봐주자 승현은 조금 우쭐해졌다.

톰 브라운의 이번 시즌 신상이라고 승현이 대답하려던 그 순간,

위험한 신입사원

38

유림이 끼어들었다.

"선배도 참, 보면 모르십니까? 아디다스 아닙니까."

승현은 순간적으로 어이를 상실했다. 아디다스라니?

"이게 왜 아디다스냐, 자식아."

"아, 팔에 삼선 안 보이십니까?"

"인마, 저게 삼선이냐? 신이 네 갠데?"

"어, 네 개구나! 그럼 아디다스 짝퉁인가?"

짝퉁. 승현은 이를 악물고 대꾸했다.

"톰 브라운입니다."

"뭐야, 그건? 아디다스보다 비싼 거야?"

할 말을 잃어버린 승현에게, 현우가 대신 사과하듯 말했다.

"승현 씨가 이해해. 유림이 얘는 나이키랑 아디다스가 세상에서 제일 비싼 건 줄 안다."

"더 비싼 게 있단 말입니까?"

유림이 눈을 둥그렇게 뜨자 현우가 혀를 쯧쯧 찼다.

"에효. 하긴 유림이 네가 그런 걸 알면 옷을 그렇게 입고 다니겠냐."

"제 옷이 어디가 어때서요?"

어디가 어떻다니! 승현은 홧김에 외치고 싶은 것을 꾹 참고 좋게 말했다.

"선배, 피부도 하얀데 좀 산뜻하게 밝은 색깔로 입어보시면 어떨까요?"

"그래, 가끔씩 치마도 좀 입고. 어떻게 맨날 바지냐?"

그러나 유림은 한마디로 웃어넘겨버렸다.

"에이, 제가 그런 걸 어떻게 입습니까? 닭살 돋게."

그러는 유림은 오늘도 우중충한 회색의 펑퍼짐한 바지 정장을 입고 있었다. 지방시, 생로랑, 랑방 등의 하이엔드 브랜드, 그것도 신상들만 즐겨 입는 승현으로서는 도저히 용서할 수 없는 차림이었다.

"그냥 회사원은 단정하면 그만이죠."

그러더니 유림은 무슨 생각을 했는지 갑자기 승현을 머리끝부터 발끝까지 쭉 훑었다.

"음……, 역시 마음에 안 들어."

혼잣말처럼 말하는 유림의 눈빛이, 승현은 왠지 불길하게만 느껴졌다.

다음 날 이른 아침, 탕비실.

"자, 복창. 건전한 복장에 건전한 정신이 깃든다!"

훈련 교관처럼 뒷짐을 진 유림이 차려 자세로 서 있는 승현을 향해 말했다. 건강한 신체 아니냐, 라고 속으로 생각하면서도 승현은 순순히 따라 했다.

"건전한 복장에…… 건전한 정신이 깃든다."

위험한 신입사원 |

40

"좋아."

유림이 흡족한 듯이 고개를 끄덕였다.

"진정한 사회인이 되려면 일단 복장부터 단정하게 갖춰야 한다는 뜻이야."

승현은 울컥해서 반박했다.

"이만하면 충분히 단정하지 않습니까?"

오늘의 복장은 무려 은회색의 스테파노 리치였다. 최소한 마흔 살이 되기 전에는 죽어도 입을 일이 없다고 생각했던 브랜드였는데! 그것도 부토니에나 행커치프도 없이 더없이 노말하게 입었는데 더 이상 뭘 어쩌란 말인가.

그러나 유림은 단호하게 말했다.

"앞으로 세상에 색깔은 이 세 가지밖에 없다고 생각해. 검은색, 갈색, 회색. 알았나?"

"예?"

승현은 아연실색했다. 참고로 승현의 옷장에서 가장 드문 색을 찾으라면 그 세 가지였다.

"선배, 죄송하지만 제가 그런 옷이 없는데요."

"그럴 줄 알고 내가 준비했지."

유림이 자랑스럽게 말하며 낡은 쇼핑백 하나를 내밀었다.

"자, 선물이야."

"이게…… 뭡니까?"

쇼핑백에 커다랗게 박혀 있는 글자부터가 불길한 분위기를 풍

dangerous associate

41

기고 있었다. '올드코아 아울렛'.

떨리는 손으로 쇼핑백을 열어본 승현의 입이 딱 벌어졌다. 안에서 나온 것은 보기만 해도 절로 향토심이 불끈 솟아나는 황토색의 스리피스 정장이었다. 그것도 무려 버튼이 세 개나 달린!

승현은 직감했다. 이건 최소한도 구십 년대 후반 물건이다. 이천 년대 들어서는 구경해본 적도 없었다.

"선배, 이거 어디서 사셨어요?"

"사촌 오빠한테서 얻어 왔어. 오빠가 딱 두 번 입었대. 대학 입학식 때, 졸업식 때."

차마 무서워서 승현은 그 오빠가 대체 올해 몇 살이냐고 물을 수가 없었다.

"요즘 아침저녁으로 날이 쌀쌀하니까 위에는 이거 입고."

가슴팍에 궁서체로 '드림제과'가 선명하게 수놓인 회사 점퍼를 건네며, 유림이 말했다.

"자, 그럼 갈아입고 나와. 누가 들어가려고 하면 내가 막아줄 테니 걱정 말고."

유림이 나가고 난 후, 승현은 한참 동안 멍하니 그 자리에 서 있었다.

"……."

별의별 생각이 다 들었다. 하지만 이제 와서 못 입겠다고 버틸 수도 없는 노릇이었다. 결국 승현은 이를 갈며 끔찍한 옷들을 몸에 걸치기 시작했다.

두고 보자, 정유림!

"아니, 차승현 씨! 옷차림이 그게 뭐야? 무슨 일 있었어?"
출근하는 사람들마다 승현을 보고 놀라서 한마디씩 했다.
"승현 씨, 집안에 무슨 우환이라도 있나? 설마 회장님 건강이라
도 안 좋으신가?"
부장까지도 불러서 걱정을 할 정도가 되어서야 유림은 조금 뒤
가 켕겼다. 음, 내가 너무 심했나?
그러나 승현은 한 마디도 유림을 탓하지 않았다. 그저 미소를 지
으며 상냥하게 대꾸할 뿐이었다.
"요즘 클래식이 대유행 아닙니까. 그래서 저도 한번 입어봤습니
다."
역시나 상대가 차승현이기 때문일까, 모두들 납득한 모양이었
다.
"역시 패션 피플은 뭐가 달라도 다르네."
"그러게. 승현 씨가 입으니까 나름대로 멋이 나는데?"
한결 단정해진 승현의 차림이 유림은 퍽 마음에 들었다. 고분고
분한 태도도. 그래서 이왕 선심을 쓰는 김에 후하게 쓰기로 했다.
"구두 불편하지? 사무실에선 이거 신어. 재작년에 선물 받은 건
데 커서 여태 못 신었거든."
유림이 내미는 삼선 슬리퍼를 보고 승현이 놀란 듯이 물었다.
"이건 또 뭡니까?"

"진짜 아디다스."

유림은 자랑스럽게 말하고 승현의 어깨를 두들겼다.

"앞으론 짝퉁 말고 진퉁 사자, 응?"

그 후로도 유림은 교육이라는 명목으로 승현을 대단히 마구 다뤘다.

"승현 씨, 나 커피 좀."

"승현 씨, 이거 복사 좀."

그뿐인가? 지적질도 거침이 없었다.

"아니, 자료를 수집해 오랬지, 누가 인터넷 기사 그대로 긁어 오랬어? 다시 해 와."

"시간이 없어서 못 했다고? 그럼 밤을 새워서라도 했어야지. 지금 변명이 나와?"

"부장님도 그랜저 타고 출퇴근하시는 마당에 롤스로이스가 다 뭐야? 정신 못 차려?"

그런 유림의 태도를 보고 모두가 경악했음은 물론이다. 보다 못한 부장이 끼어들어서 한 소리 하기도 했다.

"거, 정유림 씨, 요즘 차승현 씨한테 너무하는 거 아닌가? 내가 보기엔 열심히 하는데."

그러나 오히려 승현이 나서서 유림을 감싸는 것이었다.

"아닙니다, 부장님. 유림 선배 덕분에 여러 가지로 많이 배우고 있습니다."

"진심인가?"

"네. 정말 괜찮습니다."

본인이 극구 괜찮다는데 부장도 더 뭐라고 할 수는 없는 모양이었다.

덕분에 유림은 한층 더 승현을 마음 푹 놓고 거칠게 다룰 수 있었다. 그러면서도 묵묵히 따라주는 승현의 태도에 속으로는 내심 흐뭇했다.

이 녀석, 역시 생각대로 괜찮은 녀석이었구나!

물론 그 '괜찮은 녀석'은 매일같이 속으로 복수심을 활활 불태우고 있는 중이었다.

처음에는 막말에 대한 앙심이 반, 그리고 재미가 반이었지만 이제는 정말, 진짜로 진지하게 복수해주고 싶어졌다.

아무리 이쪽에서 잘 가르쳐달라고 말했기로서니, 진짜로 회장님 손자인 자신을 이렇게까지 막 굴릴 줄 누가 알았단 말인가. 심지어 패션에까지 손을 대다니!

'두고 봐. 열 배, 스무 배로 돌려준다!'

그렇게 생각한 승현은 한층 더 집요하게 유림을 관찰하기 시작했다. 약점을 파악한 후 가장 잔인한 방법으로 복수해주기 위해서.

그런데 이 여자는 도대체가 빈틈이 보이지 않았다. 아니, 애초

에 여자라고 부르기도 망설여질 정도다. 최소한 승현은 태어나서 한 번도 이런 부류의 여자를 본 적이 없었다.

외모의 문제는 아니었다. 기본적으로 피부가 흰 데다 눈이 커다랗고 뺨이 살짝 통통해서, 얼굴 자체만 따지면 그리 나쁘지는 않았다. 하기 싫어 죽겠는데 출근해야 되니까 예의상 하는 척만 했다는 느낌이 역력한 화장만으로도, 그런대로 예쁘장하게 보일 정도였다.

그런데 표정이 군인 뺨치게 무뚝뚝한 데다 말투는 꼭 어제 제대한 병장 같다는 게 함정.

"네, 부장님. 시정하겠습니다."

"과장님, 업무보고 드려도 되겠습니까?"

옆에서 듣고 있으면 여기가 군대인지, 사무실인지 헷갈릴 지경이었다.

그뿐인가? 오늘 점심식사 후에는 유림이 뭔가를 우물거리고 있길래 껌인가 싶어 별생각 없이 손을 내밀었다가 기겁을 했다.

"저도 하나 주세요, 선배."

갑자기 손바닥 위에 은빛 알갱이들이 주르르 쏟아지는 게 아닌가?

"이, 이게 뭐죠?"

"고려은단."

유림이 은단을 오도독거리며 대꾸했다.

"건강에 좋은 거야. 먹어둬."

승현은 컬처 쇼크에 빠졌다. 이십 대의 여자가 은단을 가지고 다니며 먹다니!

이래저래 정유림이란 여자에게서는 빈틈이란 게 전혀 보이지 않았다. 아니, 다시 말하지만 애초에 여자도 아닌 것 같다. 사실은 한없이 여자처럼 생긴 남자인 게 아닐까, 하는 음모론에 승현이 진지하게 빠져 들어가고 있을 바로 그 무렵이었다.

"유림 씨, 정수기 두 개 다 비어가네. 물통 좀 갈아놔."

"예! 과장님."

과장의 말에 유림이 두말없이 자리에서 벌떡 일어났다.

이 많은 남자들을 다 놔두고 하필 유림에게 시키는 사람이나, 당연하다는 듯이 일어나는 유림이나. 하여튼 이래저래 저 여자는 여자도 아니라고 승현은 또다시 생각했다.

"같이 가자, 유림아."

현우가 자연스럽게 따라서 일어나는 걸 보면 으레 있는 일인가 보았다.

"아닙니다, 선배. 선배는 앉아 계세요."

"두 개잖아. 하나씩 들고 오면 되지 그걸 왜 혼자 해."

"혼자 하긴 누가 혼자 합니까? 승현 씨, 가자."

별안간 불똥이 승현에게로 날아왔다.

"뭐해? 냉큼 안 일어나고."

"예?"

"이런 건 입사 연차 순으로 하는 거야. 빨리 따라와."

dangerous associate

아, 참. 사무실 막내 놀이 중이었지. 어쩔 수 없이 승현은 유림을 따라 나섰다.

"으랏차!"

물통이 놓인 창고에 도착하자 먼저 유림이 물통을 번쩍 들어 올려 어깨에 멨다.

"그럼 먼저 간다. 들고 와!"

유림이 나가고 승현은 잠시 물통을 바라보며 망설였다. 이걸 내가 꼭 해야 되나? 평소에 꾸준히 헬스장에 나가고는 있지만 주로 하는 건 근력 운동이 아니라 유산소 운동이었다. 자칫 우락부락한 근육맨이 됐다간 멋진 옷을 입어도 핏이 안 사니까.

'젠장, 막내 놀이 그만둘까 보다.'

복수고 뭐고 그냥 다시 도련님으로 돌아갈까 하고 진지하게 고민하고 있는 승현의 눈에, 문득 창고 바닥에 뭔가가 떨어져 있는 것이 들어왔다.

"지갑이잖아?"

눈에 익는다 했더니 바로 유림의 지갑이었다. 바지 주머니에 넣어놨던 것이, 아까 물통을 들려고 허리를 굽히는 통에 떨어진 모양이었다.

"하여튼 지갑도 꼭 자기처럼 생긴 걸 써요."

갈색의 투박한 가죽 지갑을 보며 승현은 중얼거렸다. 그리고 별생각 없이 지갑을 열어 안을 들여다보았다.

"어디, 얼마나 있나 볼까……, 음?"

순간적으로 승현의 눈이 커졌다. 그의 눈에 들어온 것은 도저히 믿을 수 없는 물건이었다.

지난번에 했던 설문조사 이벤트가 대성황리에 끝난 덕분에 같은 이벤트를 이번에는 지방에서 진행하기로 결정되었다. 그 준비를 하느라 유림은 승현과 둘이 늦게까지 사무실에 남았다.
"승현 씨, 커피 좀."
유림이 모니터에 시선을 고정한 채로 말하자 승현이 네, 하고 순순히 탕비실로 향했다.
잠시 후 커피 잔이 책상 위에 놓였다.
"땡큐."
역시 쳐다보지도 않은 채 유림이 대꾸하자 엉뚱한 대답이 돌아왔다.
"이 지갑, 선배 거 아니에요?"
"응?"
유림은 그제야 뒤를 돌아보았다. 승현의 손에 들려 있는 것은 틀림없이 자신의 지갑이었다. 그렇지 않아도 없어져서 낮부터 한참 찾아 헤맸는데! 유림은 화들짝 놀라서 빼앗다시피 지갑을 낚아챘다.
"이걸 왜 승현 씨가 가지고 있는데?"
"낮에 창고에 떨어져 있던데요?"
아뿔싸, 하고 유림은 혀를 깨물었다. 물통 옮길 때 떨어뜨린 거

dangerous associate

49

구나! 얼른 승현의 눈치를 살폈지만 다행히도 별다른 낌새는 없었다.

"뭐, 어쨌든 가져다 줘서 고마워."

"뭘요."

승현이 웃어 보이고는 도로 제 자리에 앉아서 일을 시작했다.

유림도 잠시 일을 하는 시늉을 하다가 이내 화장실에 가는 척하고 사무실을 빠져나왔다. 그리고 문이 닫히자마자 얼른 지갑을 열어 안을 확인했다.

일단 카드와 현금은 모두 제자리에 얌전히 있었다. 그러나 정작 중요한 건 그런 게 아니었다.

'제발 그대로 있어라, 제발. 응?'

속으로 빌며 지갑 맨 안쪽 깊숙한 곳을 확인한 그 순간. 유림의 얼굴이 하얗게 질렸다.

……없잖아!

유림은 벌벌 떨리는 손가락으로 다시 한 번 지갑을 샅샅이 뒤졌다. 원래 '그것'이 들어 있었던 부분은 물론, 카드 꽂는 부분들과 심지어 동전 넣는 곳까지 싹 훑었다.

신용카드, 명함, 각종 포인트 카드, 현금. 모든 게 다 제자리에 멀쩡히 있는데 오로지 '그것'만이 온데간데없었다. 맙소사!

유림이 패닉에 빠진 그 순간, 뒤에서 목소리가 들렸다.

"혹시 이거 찾아요?"

화들짝 놀라 돌아보자 어느새 따라 나왔는지 승현이 서 있었다.

그의 손에 들려 있는 물건을 보고 유림은 그만 사색이 되고 말았다.

승현이 손에 들고 있는 것은 현우와 유림, 두 사람이 찍혀 있는 사진이었다.

"이리 줘!"

유림이 얼른 손을 뻗어 빼앗으려 했지만 승현은 가볍게 휙 피해 버렸다.

"에이, 너무 서두르지 마세요. 주인 찾아줘야 되는데."

"내 거니까 이리 내놔!"

"선배 거 확실해요? 서현우 대리님도 찍혀 있는데."

승현의 말투에는 놀리는 기색이 역력했다. 유림은 그만 눈앞이 캄캄해지고 말았다.

문제의 사진은 대학 시절에 유림이 현우와 함께 어깨동무를 하고 브이를 그린 채 찍은 것이었다. 그것만이라면 어느 정도 발뺌할 여지가 있을 텐데, 문제는 사진의 두 사람 얼굴에 하트까지 떡하니 그려놨다.

누가? 그야 물론 제 손으로!

"미처 몰랐네요, 유림 선배가 서 대리님을 좋아하는 줄은."

유림의 손이 닿지 않게 사진을 높이 들고 들여다보며, 승현이 재미있다는 듯이 말했다.

"근데 서 대리님도 알아요?"

"이리 달라니까!"

"모르나 보네. 그럼 제가 대신 전해드릴까요? 선배 마음."

순간 유림은 심장이 얼어붙는 듯한 느낌을 받았다.

"그, 그러지 마, 승현 씨. 제발."

떨리는 목소리로 말하자 승현이 뜸을 들이듯 일부러 음, 하는 소리를 냈다. 유림은 다시 한 번 매달렸다.

"내가 이렇게 빈다. 제발 부탁이니까 사진 돌려주라, 응?"

그제야 승현이 빙긋 웃고는 말했다.

"처음부터 솔직하게 말해주면, 한번 생각해보죠."

그때 유림은 대학교 신입생이었다. 부상 때문에 갑자기 수영을 그만두고 일반대에 진학했지만, 하루아침에 평범한 여자애들처럼 될 수는 없었다. 우선 말투부터가 달랐으니까.

"안녕하십니까!"

선배들만 만나면 자동으로 90도 각도로 허리를 굽히며 인사하는 바람에 보는 사람들마다 빵 터졌다.

자신을 꾸밀 줄도 전혀 몰랐다. 그때까지 옷이라고는 운동복 아니면 수영복만 입고 살아온 유림이었다. 화장품 같은 건 스킨이나 로션, 기껏해야 선크림 외에는 써본 적도 없었다.

그뿐인가, 애교라고는 약에 쓰려고 해도 없었다.

"오빠, 저희 밥 사주세요!"

여자 동기들이 그렇게 선배들에게 조를 때마다 유림은 속으로 감탄했다. 나는 오빠 소리도 오그라들어서 차마 못 하겠는데!

그렇게 애교 없고 무뚝뚝한 여자애에게 선배들은 일찌감치 관심을 끊었다. 그렇지 않아도 귀엽고 상큼한 새내기가 사방에 흘러 넘치는데 뭐하러.

그런 유림을 유일하게 챙겨준 선배가 바로 현우였다.

"정유림! 밥 먹었냐?"

"아직 안 먹었습니다, 선배님."

"여태 밥도 안 챙겨 먹고 뭐했냐? 가자, 밥 먹으러."

현우는 늘 그런 식이었다.

항상 얻어먹는 게 미안했던 유림은 가끔씩 벌써 먹었다고 거짓말을 하기도 했다. 하지만 현우는 귀신같이 알아채고는 유림의 손목을 잡아끌고 학식으로 향하곤 했다.

"얼굴에 배고파 죽겠다고 쓰여 있는데 어디서 거짓말이야?"

그리고 유림이 정신을 차렸을 때는, 이미 기나긴 짝사랑은 시작되어 있었다.

유림의 이야기를 들은 승현이 놀랍다는 듯이 두 손을 들어 보였다.

"세상에. 선배 올해 스물아홉이라면서요. 그럼 거의 십 년이나

짝사랑했다는 거예요?"

"……."

"한번 고백이라도 해보지 그랬어요?"

"그럴 수가 없었어."

대학 시절부터 하도 붙어 다니니까 소문도 나고 그랬었다.

「야, 니들 진짜로 사귀는 거 아니냐?」

하지만 그럴 때마다 현우는 박장대소를 하면서 이렇게 말했었다.

「형제 사이에 사귀면 패륜이지, 자식아!」

그랬다. 현우는 유림을 진심으로 친형제처럼 생각하고 있었다. 그렇기 때문에 유림 앞에서는 무슨 얘기든지 거리낌 없이 하곤 했다. 좋아하는 여자가 생겼다든가, 여자친구와 싸웠다든가 하는 얘기들까지도.

자신을 여자로 보지도 않는 남자에게 어떻게 좋아한다고 말할 수가 있었을까. 짝사랑이 너무 오래되다 보니 지금은 유림도 어느 정도 달관한 상태였다. 비록 연인은 아니더라도, 제일 친한 후배로서 곁에 남을 수 있는 것만으로 만족하자고 다짐하고 있었다.

"좋아하는데 그냥 후배로 만족이 돼요? 이해 안 되네."

승현이 어깨를 으쓱했다.

"괜히 고백했다가 영영 멀어지는 것보다는 낫잖아."

유림이 제일 두려워하는 것은 바로 그것이었다. 현우에게 제 마음을 들키는 것. 그랬다가는 제일 친한 선후배 사이라는 지금의

위치조차도 잃고 말 것 같았다.

그래서 지금껏 필사적으로 자신의 마음을 숨겨왔다. 현우에게도, 그 외의 누구에게도 들키지 않게.

그런데 그 오랫동안 숨겨왔던 마음이, 엉뚱하게도 오늘 승현에게 들키고 만 것이었다.

"하라는 대로 다 얘기했으니까, 약속대로 비밀 지켜주라."

유림은 고개까지 숙이며 필사적으로 부탁했다.

"현우 선배한테만은 말하지 마. 제발 부탁이다."

그 순간, 승현이 말했다.

"오케이, 거기까지."

유림이 흠칫 놀라 고개를 들자, 승현이 휴대전화를 꺼내고 있었다.

"뭐 하는…… 거야?"

"녹음 잘됐나 확인해보려고요."

승현이 대꾸했다. 그리고 곧이어 그의 휴대전화에서 유림의 목소리가 흘러나왔다.

- 내가 신입생일 때부터였어.

"……!"

경악하는 유림의 얼굴에 대고, 승현이 빙긋 웃어 보였다.

"잘됐네요, 녹음."

유림은 도저히 믿을 수가 없었다. 제대로 배우질 못해서 사회생활이 서툴 뿐이지, 그래도 나쁜 녀석은 아니라고 믿었는데. 야단

을 칠 때도 속으로는 괜찮은 놈이라고 은근히 기특하게 생각하고 있었는데. 어떻게 인간이 이렇게까지 사악할 수가!

"자, 약속대로 사진은 돌려드릴게요."

승현이 유림의 책상 위에 사진을 올려놓았다. 물론 이제는 사진 따위가 문제가 아니었다. 그보다 훨씬 더한 증거가 그의 휴대전화 속에 녹음되어 있는데!

"그럼 전 피곤해서 먼저 들어가볼게요. 나머지는 좀 부탁드려요, 선배."

유유히 가방을 들고 일어서는 승현에게, 유림은 벌벌 떨며 물었다.

"승현 씨. 그거, 어, 어떻게 할 건데……?"

"글쎄요."

승현이 고개를 갸웃거렸다.

"아직은 잘 모르겠네요. 뭐, 때가 되면 다 쓰일 데가 있지 않겠어요?"

"설마 현우 선배한테 그거 들려줄 건…… 아니겠지?"

"음……."

입술을 조금 내밀고 허공으로 시선을 돌리며, 승현은 잠시 고민하는 얼굴을 했다. 그리고 유림의 숨이 거의 넘어갈 때쯤 되어서야 싱긋 웃었다.

"선배 하는 거 봐서요."

초승달처럼 눈초리를 한껏 접으며 웃는 도련놈의 잘생긴 얼굴이 마치 악마의 그것처럼 보여서, 유림은 저도 모르게 몸을 부르

르 떨었다.

다음 날, 승현은 지각 직전에 아슬아슬하게 출근했다. 도저히 출근 복장이라고는 보기 힘든, 몸에 딱 맞는 패셔너블한 패턴의 슈트를 입고.

"전 에스프레소로요, 선배."

유림에게 건네는 아침 인사도 맨 처음의 그것으로 돌아가 있었다.

이미 먼저 출근해서 모닝커피를 다 챙긴 후 제 자리에 앉아 업무를 하고 있던 유림은 승현이 말하자마자 용수철처럼 튕겨 일어났다.

"오케이, 잠깐만 기다려!"

그러나 승현의 지시는 거기서 끝이 아니었다.

"참, 제가 늦잠을 자는 바람에 아침을 걸렀거든요. 괜찮으시면 샌드위치라도 하나 사다주시면 참 고마울 것 같은데요."

"샌드위치? 어떤 거? 계란, 아님 햄?"

"음, BLT가 좋을 것 같네요."

"알았어!"

부리나케 뛰어나가는 유림의 뒷모습을, 온 부서 사람들이 놀란 눈으로 쳐다보았다.

dangerous associate

3. 도련님의 새 장난감

"오늘만 사는 거, 드디어 그만뒀냐?"

영혼이 빠져나간 듯한 표정으로 휴게실 소파에 앉아 있는 유림에게, 현우가 자판기 커피를 건네며 물었다.

"말 시키지 마세요. 진 빠져 죽겠습니다."

유림이 멍하니 대꾸했다. 그도 그럴 것이, 며칠째 계속되는 하루 종일 심부름에 지쳤기 때문이다.

「선배, 이것 좀 대신 들어다주실래요? 선배가 힘이 좋으시잖아요.」

「선배, 이거 주소 붙여서 택배 좀 준비해주세요.」

도련놈은 유림이 했던 대로, 아니, 그보다 훨씬 더 철저하게 유림을 부려먹었다. 이건 종년도 아니고 마치 상머슴 부리는 격이었다. 그리고 후배가 선배를 그토록 대놓고 부려먹는데도 사무실에선 누구 하나 뭐라고 하는 사람이 없었다.

"미안하다. 나라도 말려줘야 되는데, 상대가 상대다 보니까."

사과하는 현우에게 유림은 손을 내저었다.

"됐으니까 그냥 선배는 가만히 보고나 계십쇼. 걔는 말리면 더 하고도 남습니다."

"근데 대체 어떻게 된 거야? 너, 차승현 씨한테 뭐 약점 잡혔냐?"

"야, 약점은 무슨 약점입니까? 그런 거 없습니다."

유림은 찔끔해서 부정했다.

"솔직하게 말해봐. 뭐가 있는 거 아냐."

"있긴 뭐가 있다고 그러십니까?"

필사적으로 모른 체하는 유림을, 현우가 수상하다는 눈빛으로 바라보았다.

"유림이 너, 혹시…… 차승현 씨 좋아하는 거 아니냐?"

유림은 진심으로 펄쩍 뛰었다.

"미쳤습니까, 선배?"

현우가 어깨를 으쓱했다.

"음, 그렇게 정색을 하는 걸 보니 아닌가 보구만."

"당연한 거 아닙니까?"

유림은 이를 악물고 말했다. 농담이라도, 단 한순간이라도 도련놈과 엮인 것이 불쾌하기 그지없었다.

"근데 만약에 지구상에 마지막으로 남은 남자가 차승현 씨라면?"

"혼자 늙어 죽고 말겠습니다!"

"어휴, 아주 단호박을 먹었네. 알았다, 취소."

dangerous associate

두 손을 번쩍 드는 현우를 노려보며, 유림은 더없이 진심으로 말했다.

"한 번만 더 그런 소리 하시면 진짜 선배라도 절교할 겁니다."

"알았어, 알았다니까. 근데 있잖냐, 유림아."

좀처럼 정색을 하는 법이 없는 유림이 도끼눈을 뜨는 게 무서웠는지, 현우가 슬그머니 화제를 돌렸다.

"메시지를 분명히 확인했는데도 대답이 없는 여자는 대체 무슨 생각인 거냐?"

"예?"

"사실은 저번 주말에 소개팅을 했거든. 아는 형 소개로."

쿵, 하고 유림의 심장이 내려앉는 소리를 냈다.

"별 기대 없이 나갔는데 되게 괜찮더라고. 긴 생머리에 애교도 많고. 왜, 유림이 너도 알잖아, 내 스타일."

"……예."

대답하는 유림의 목소리가 떨렸다. 그러나 현우는 굳어지는 유림의 표정을 전혀 눈치 채지 못하고 자못 고민스러운 듯이 말했다.

"말도 잘 통해서 그날은 되게 분위기 좋았거든? 근데 영화 보러 가자고 어제 메신저로 애프터 신청을 했는데 여태 대답이 없네."

휴대전화를 꺼내 들여다보며 현우가 고개를 갸웃거렸다.

"분명히 확인 한 걸로 뜨는데……. 여자가 이럴 땐 거절이라고 보면 되는 거냐?"

"그, 글쎄요."

뭐라고 대답해야 할지 모르겠어서 유림은 그냥 애매하게 얼버무렸다.

"하긴 너한테 물은 내가 잘못이지."

이윽고 현우가 어깨를 으쓱하더니 피식 웃었다.

"유림이 네가 무슨 여자 마음을 알겠냐? 너나 나나 마찬가지지."

알고 있다. 전혀 악의 없이 하는 말이라는 걸. 비록 여자로서는 아니지만, 다른 의미로 현우가 자신을 소중하게 생각해주고 있다는 것도.

하지만 그런 무심한 말을 들을 때마다 가슴이 아팠다. 나는 애초에 저 사람에게 여자도 아니다, 그러니까 가장 가까운 후배로 만족하자고 아무리 다짐해도, 이 아픔만은 몇 년이 지나도록 조금도 무뎌지지 않았다.

억지로라도 도저히 웃을 수가 없어서 유림은 자리에서 일어났다.

"선배, 저 이만 사무실 들어가보겠습니다."

"아니, 왜. 좀 더 앉았다 가지? 들어가봤자 어차피 차승현 씨가 또 괴롭힐 텐데."

"그렇다고 언제까지 나와 있을 수도 없잖습니까. 커피 드시고 천천히 들어오십쇼."

그렇게 말하고 유림은 도망치듯 휴게실에서 나왔다. 지금만은

웃는 얼굴로 비수를 꽂는 현우의 곁보다, 괴롭혀대는 승현의 곁이 차라리 나을 것 같았다.

유림을 가지고 노는 일은 생각했던 것보다 더 재미있었다. 그렇게 선후배 간의 서열을 중시하는 여자가 후배인 자신에게 약점을 잡혀서 꼼짝도 못 하는 것도 재미있고, 혹시나 자신이 비밀을 폭로할까 봐 하루 종일 눈치를 보면서 안절부절못하는 것도 재미있고. 이것저것 귀찮은 일을 시켜먹을 수 있어서 편하기도 했지만, 그것보다도 그 어쩔 줄 몰라 하는 표정을 보는 게 훨씬 큰 재미였다. 그동안 참고 견딘 보람이 있다.

덕분에 승현은 입사 후 처음으로 회사 다니는 재미에 푹 빠져 있었다. 아니, 정유림 괴롭히는 재미에.

"이런, 콩밥이잖아?"

점심시간의 구내식당. 밥에 섞인 푸른 완두콩을 보자마자 승현은 눈살을 찌푸렸다.

"왜 그래, 승현 씨?"

곁에 앉은 현우가 물었다.

"제가 전혀 콩을 못 먹거든요. 어릴 때부터 전혀 입에도 못 대요."

그렇게 대답하며 승현은 슬쩍 앞에 앉은 유림을 보았다. 그러고

는 들으라는 듯이 말했다.

"아, 이거 어느 세월에 다 골라내고 먹지?"

아니나 다를까, 유림이 눈치 빠르게 나섰다.

"내가 골라줄까?"

속으로는 흡족했지만 승현은 짐짓 시치미를 뗐다.

"에이, 어떻게 선배한테 그런 걸 부탁하겠어요. 마음이야 감사하지만."

"괜찮아. 내가 원래 이런 거 되게 잘하거든. 어릴 때 젓가락질 연습하느라 콩 몇백 개씩도 옮기고 그랬어."

"그러셨어요?"

못 이기는 척 식판을 넘기자 유림이 작업을 시작했다. 열심히 밥에서 완두콩을 골라내고 있는 유림을 바라보며 승현은 가만히 생각에 잠겼다.

'자, 이제 이다음은 어떻게 한다?'

물론 지금도 꿀재미였지만 이 정도로는 부족하다. 아주 눈물 쏙 빼놓을 정도로 복수해주려고 시작한 일 아닌가. 이렇게 부려먹는 정도로 끝낼 생각이 승현에게는 전혀 없었다.

'어떻게 괴롭혀줘야 잘 괴롭혀줬다고 동네방네 소문이 날까?'

승현이 그렇게 생각한 바로 그 순간, 놀랍게도 가까이서 답이 나타났다.

"야, 유림아."

현우가 불쑥 말했다.

dangerous associate

63

"너 오늘 퇴근하고 나랑 영화나 보러 갈래?"

너무나 자연스러운 말투에 승현은 순간적으로 생각했다. 둘이 평소에 가끔 영화도 보러 가고 그러나? 하지만 그게 아니라는 것을 금세 알았다. 유림의 젓가락이 허공에서 뚝 하고 멈췄으니까.

"영화요……?"

유림이 놀란 눈으로 묻자 현우가 고개를 끄덕였다.

"그래. 어제 말한 그거, 오늘도 연락이 없어서. 표는 이미 사뒀는데 환불하기도 귀찮고, 어차피 영화관도 이 근처니까 그냥 너랑 보고 치울란다."

승현은 속으로 한숨을 쉬었다. 무슨 사정인지 몰라도 데이트 신청은 아닌 게 확실했다. 하기야 데이트 신청을 이렇게 동료들이 다 있는 데서 대놓고 할 리가 있나.

그러나 유림은 대답 대신에 놀란 듯한 눈으로 현우를 쳐다만 보고 있었다.

"보러 갈 거지?"

현우가 재촉하듯 말했을 때에야 유림은 꿈에서 깬 것처럼 겨우 대답했다.

"아, 예."

"저녁 먹고 천천히 보려고 여덟 시 걸로 해놨어. 밥은 유림이 네가 쏘는 거다?"

"네, 선배."

그렇게 대답하고 유림은 고개를 돌려 다시 밥을 먹기 시작했다.

마치 아무 일 없었다는 듯이. 하지만 하얀 뺨이 희미하게 빨간색으로 물들어 있는 것을 승현은 알아챘다. 어이가 없었다.

'뭐야, 설마 지금 수줍음 타는 거야? 이 데이트 신청 같지도 않은 거에?'

그러나 분명 유림은 긴장해 있었다. 젓가락 끝이 자꾸 떨려서 집었던 반찬을 놓치는 걸 보고 승현은 더더욱 믿을 수가 없었다.

'이 목석 같은 여자한테도 이런 면이 있었단 말이야?'

승현이 눈을 크게 뜨고 지켜보고 있는 가운데, 유림은 밥을 몇 숟가락 더 뜨는 둥 마는 둥 하더니 일어나버렸다.

"먼저 일어나보겠습니다. 천천히 드시고들 올라오십쇼."

떨리지 않을 수 없었다. 현우와 친하게 지낸 지 올해로 딱 10년째가 되지만, 단둘이 영화를 본 적은 한 번도 없었다. 기껏해야 둘이 소주에 닭발이나 먹으면 모를까.

자신은 단순히 그 소개팅녀의 대타라는 걸 알면서도, 정말 그냥 티켓 환불하기는 귀찮고 날리기는 아까워서 한 말이라는 걸 알면서도, 유림은 떨렸다. 태어나서 처음으로 남자와 단둘이 영화를 보는데, 게다가 그 남자는 자신이 10년째 짝사랑하고 있는 상대가 아닌가. 떨리지 않으면 그게 비정상이지.

'이럴 줄 알았으면 아침에 좀 신경 써서 입고 올 걸.'

하긴 무당이 아닌 이상 현우가 영화 보러 가자고 할 줄 어떻게 알고 차림에 신경을 쓸 수 있겠는가. 그걸 알면서도 유림은 평소

와 다를 바 없는 제 차림이 영 아쉬웠다. 하다못해 립스틱이라도 좀 바르면 좋을 텐데, 가방에 든 거라고는 오늘도 투명한 립밤 하나뿐이었다.

그래서 유림은 은근슬쩍 화장실에서 화장을 고치고 있는 사무실 선배에게 말을 걸었다.

"와, 대리님 립스틱 색깔 엄청 예쁘십니다!"

"그래? 유림 씨도 한번 발라볼래?"

다행히도 선배는 별 의심하는 기색 없이 립스틱을 내밀었다. 유림은 냉큼 립스틱을 받아서 제 입술에 쓱쓱 발라보았다. 짙은 붉은색이 어색한 것 같기도 했지만 그냥 놔두기로 했다.

'안 바르는 것보다는 그래도 낫겠지.'

그렇게 생각하며 화장실에서 나온 유림은 복도에서 지나가고 있던 승현과 딱 마주쳤다.

"그 입술은 또 뭐예요?"

유림의 얼굴을 보자마자 승현은 기가 막힌다는 듯이 말했다.

"설마 지금 서 대리님이랑 영화 본다고 립스틱까지 바른 거예요?"

그렇지 않아도 긴가민가했던 유림은 덜컥 겁이 나서 물었다.

"왜? 이상해?"

"하!"

승현은 대답 대신에 헛웃음을 쳤다. 그러더니 그대로 유림을 쌩하니 지나쳐 갔다.

반응을 봐서는 아무래도 실패인 모양이다. 유림은 재빨리 도로 화장실로 돌아가서 립스틱을 깨끗이 지우고 나왔다.

- 이것 좀 부탁해요, 선배.

유림이 자기 자리로 돌아와보니 사내 메신저로 메시지와 함께 파일이 하나 와 있었다. 보낸 사람은 바로 옆에 앉아 있는 승현이었다.

- 이게 뭔데?

- 부장님이 내일까지 제출하라고 하신 보고서예요.

유림은 당황했다. 평소 같으면 밤을 새워서라도 해놓겠지만 오늘은 현우와 영화를 보러 가기로 하지 않았는가. 심지어 지금은 퇴근 시간 5분 전이었다!

- 미안한데 오늘은 내가 약속이 있어서.

다급히 메시지를 보냈으나 승현은 들은 체도 않았다.

- 거의 다 했으니까 마무리만 하시면 돼요. 그럼 잘 부탁해요, 선배.

그렇게 메시지를 보내자마자 승현은 자리에서 벌떡 일어났다.

"그럼 저 먼저 일어나보겠습니다."

"아니, 잠깐, 승현 씨……!"

당황한 유림이 불렀으나 승현은 뒤도 돌아보지 않고 산뜻하게 사무실을 나가버렸다.

'미치겠네!'

유림은 가슴을 졸이며 방금 승현이 보내온 문서 파일을 열었다.

dangerous associate

67

거의 다 했으니까 마무리만 해달라던 그 파일에는 달랑 세 줄이 쓰여 있었다. 제목, 이름, 그리고 소제목 한 개.

눈앞이 캄캄해졌다.

일찌감치 퇴근했던 승현은 밤 9시쯤 돼서 도로 집에서 나와 회사로 향했다.

오늘 유림이 현우와 영화를 보기로 한 것은 8시. 하지만 저녁식사를 패스하고 영화만 본다 해도, 죽었다 깨어나도 그때까지는 해낼 수 없는 일이었다. 분명 지금까지도 사무실에 남아서 일하고 있을 게 뻔했다. 그래서 일부러 사무실로 돌아가서 약 올려줄 생각이었다.

'안됐네요, 그렇게 좋아했는데 못 가게 돼서.'

아까 유림의 얼굴을 봤을 때는 정말 어이가 없었다. 하얀 얼굴에 어려 보이는 인상의 유림에게, 갈색에 가까운 다크 레드의 립스틱은 지독하게 안 어울렸다. 맑고 선명한 빨강이면 또 모를까. 보자마자 다른 사람 거라는 걸 바로 알았다.

아무리 봐도 데이트조차 아닌 그것에, 남의 립스틱까지 빌려서 바를 정도로 설레고 있는 유림의 모습이 왠지 굉장히 거슬렸다. 그래서 방해해줬다. 갈 수 없도록.

'지금쯤 엄청 풀이 죽어 있겠지?'

절망하는 유림의 얼굴을 떠올리기만 해도 웃음이 절로 나왔다. 아, 재미있다.

그러나 사무실에 도착하자마자 승현의 표정에서는 웃음기가 싹 가셨다.

"……!"

남아서 여태 일하고 있어야 할 유림이 보이지 않았던 것이다. 벌써 다 끝냈을 리가 없는데!

잠시 멍하니 서 있던 승현은 금세 걷잡을 수 없이 화가 치밀어 오르는 것을 느꼈다.

'감히 내 말을 무시해?'

곧바로 승현은 휴대전화를 꺼내 전화를 걸었다.

- 여보세요.

유림이 전화를 받자마자 승현은 이를 악물고 말했다.

"분명히 내가 보고서 다 해놓고 가라고 말했을 텐데요?"

- 부장님이 내일까지 제출하라고 하셨다며. 내일 아침까지만 해놓으면 되잖아.

유림은 조용히 대답했다.

아뿔싸, 미처 그 생각을 못 했구나!

- 어떻게든 해줄 테니까 걱정 마. 그럼 끊는다.

"잠깐……!"

승현이 황급히 불렀으나 이미 전화는 끊긴 후였다.

"젠장!"

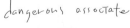

승현은 나지막이 욕설을 내뱉었다. 화가 났지만 말마따나 내일 아침까지는 해놓겠다는데 더 뭐라고 할 말도 없다.

어쩔 수 없이 승현은 그대로 사무실을 나왔다. 발소리를 쿵쿵 내며 복도를 걷던 도중에, 문득 떠오른 것이 있었다.

'잠깐만.'

승현의 걸음이 멎었다.

분명히 영화 시작 시간은 8시라고 했다. 그리고 지금은 9시가 넘었으니 한창 영화를 보고 있을 시간이었다. 그런데 방금 유림은 곧바로 전화를 받지 않았는가.

'그럼 둘이 영화 보고 있는 게 아닌 거야?'

그러고 보니 목소리를 죽이는 기색도 없었다. 단지, 이상하게 전화를 받는 유림의 말투가 평소와는 달랐던 것 같다. 딱딱하다기보다……, 뭐랄까, 좀 쓸쓸하게 들렸다고 해야 하나.

'어떻게 된 거지?'

왠지 유림의 말투가 신경이 쓰여서 견딜 수가 없었다. 승현은 다시 걸음을 재촉했다.

'이 근처 영화관이랬지?'

"하아……."

영화관 앞 벤치에 앉은 유림은 몇 번째인지 모를 한숨을 내쉬었

다.

「그럼 영화는 못 보겠네?」

퇴근 직전에 승현이 일을 떠맡기고 갔다는 유림의 말에 현우는 별로 섭섭한 기색도 보이지 않았다.

「어쩔 수 없지, 뭐. 그럼 지금이라도 환불 되나 봐야겠다.」

그렇게 말하는 현우를, 유림은 황급히 말렸다.

「아, 아닙니다! 얼른 끝내고 그쪽으로 갈 테니까 따로 저녁 드시고 영화관으로 오십쇼. 그 앞에서 만나면 되는 거 아닙니까.」

「그럼 넌 저녁도 굶고 영화 보겠다고?」

현우가 어이없다는 듯이 말했다.

「뭐 그렇게까지 해서 볼 필요 있냐. 바쁘면 다음에 보면 그만이지.」

하지만 다음이라는 게 올 리가 없다는 것을 유림은 알고 있었다. 무려 10년 만에 처음으로 단둘이 보는 영화인데!

「전부터 꼭 보고 싶었던 영화였거든요. 오늘 꼭 보고 싶습니다.」

「그랬냐?」

다행히 현우는 순순히 넘어가주었다.

「그럼 영화 시간 늦지 않게 그쪽으로 와라. 영화관 앞에서 보자.」

현우가 먼저 퇴근하고 나서 유림은 사무실에 남아 미친 듯이 일에 매달렸다. 하지만 생각처럼 쉬운 일이 아니라는 걸 금세 알게 되었다.

늦으면 영화가 물 건너가고, 그렇다고 일을 안 해놨다간 승현이

dangerous associate

71

가만히 있지 않을 터다. 이러지도, 저러지도 못하고 있던 유림은 문득 기발한 생각을 떠올렸다.

'잠깐. 어쨌든 내일 아침까지만 해놓으면 되는 거 아냐?'

영화를 보고 집에 돌아가서 나머지를 해 오면 그만이다. 밤을 새우는 한이 있더라도 뭐 어떤가, 영화만 볼 수 있으면 됐지. 그렇게 생각한 유림은 곧바로 가방을 챙겨 사무실에서 뛰쳐나왔다.

덕분에 영화 시작 시간에 아슬아슬하게 늦지 않게 영화관에 도착할 수 있었다.

그런데 이게 웬걸, 정작 영화관 앞에서 만나기로 한 현우가 나타나지 않는 것이었다. 몇 번이나 전화를 해도 계속 전화기가 꺼져 있다는 메시지만 되풀이될 뿐이었다.

'사고라도 난 거 아닐까?'

걱정이 됐지만 할 수 있는 게 아무것도 없었다. 그저 만나기로 약속한 그 자리에서 계속 하염없이 기다리는 것밖에는.

'아무 일도 없어야 할 텐데…….'

마음을 졸이며 기다리는 동안에 밤 10시가 넘었다. 가을밤의 공기는 갈수록 점점 싸늘해져만 갔다. 옷을 얇게 입은 유림은 저도 모르게 부르르 떨며 몸을 감싸 안았다.

"유리 너 많이 춥구나?"

문득 들려오는 다정한 목소리에 유림은 고개를 들었다. 상영관 하나에서 영화가 끝난 것일까, 영화관에서 커플들이 쌍쌍이 밖으로 나오고 있었다. 그중 한 커플의 남자가 입고 있던 재킷을 벗어

여자의 어깨를 감싸주는 중이었다.

"정호 너도 춥잖아. 나 괜찮은데."

"괜찮으니까 입고 있어. 유리 너 감기 걸리면 내가 속상해."

닭살 돋아 죽겠네, 하고 생각하면서도 유림은 은근히 부러웠다. 어쩜 저렇게 다정한 목소리로 말할 수가 있지.

늘 현우와는 이런 식이었다.

「어우, 추워 돌아가시겠네! 야, 유림아. 너 그거 점퍼 되게 따뜻해 보인다.」

「이거 벗어드릴까요, 선배? 전 많이 안 추운데요.」

「어? 진짜? 땡큐!」

사실은 나도 추웠는데, 하고 유림은 속으로 중얼거렸다.

'너도 추울 텐데 그냥 입고 있어, 자식아. 감기 걸릴라.'

옷까지 벗어주는 건 바라지도 않으니까, 단 한 번이라도 그렇게 말해줬으면 얼마나 좋아.

괜히 코끝이 찡해서 유림은 일부러 하늘을 올려다보았다. 하얗게 반짝이는 별들이 눈에 시렸다. 새하얀 한숨이 흘러나와 밤하늘에 천천히 퍼져 나갔다.

"어? 유림아!"

갑자기 들려온 목소리에 유림은 화들짝 놀라 소리가 들려온 쪽을 쳐다보았다. 그리고 제 눈을 의심했다.

영화관에서 방금 나왔는지, 팸플릿을 든 현우가 놀란 얼굴로 이쪽을 바라보고 있었다. 그리고 현우의 옆에는 긴 생머리에 귀여운

dangerous associate

인상의 여자가 서 있었다. 처음 보는 여자였지만 유림은 그녀가 현우의 소개팅 상대라는 걸 바로 알아보았다. 딱 현우가 좋아할 만한 타입이었으니까.

"현우 선배."

유림이 찬바람에 굳어진 입술로 겨우 중얼거렸다.

"영화 보고 나오신…… 겁니까?"

"그래. 뒤늦게 윤정 씨한테서 연락이 왔지 뭐야."

현우가 눈짓으로 여자를 가리켰다.

"휴대전화 끄기 전에 메시지 보냈는데 못 봤냐?"

"……예. 그런 거 안 왔는데요."

"진짜? 어쩐지 아까 와이파이가 안 좋더니만."

현우가 나지막이 투덜거렸다.

그러니까 결국 유림이 추운 바깥에서 안절부절못하고 걱정하며 기다리고 있는 동안, 현우는 안에서 다른 여자와 영화를 보고 있었던 거였다.

갑자기 유림은 자신이 싫어졌다. 영화부터 보고 나서 밤을 새울 각오로 달려온 자신이. 남의 립스틱까지 빌려서 바르며 설렜던 자신이.

"누구예요?"

소개팅녀가 현우의 옷소매를 살짝 잡아당기며 유림을 눈짓으로 가리켰다.

"아, 회사 후배요."

위험한 신입사원 |

74

"후배요?"

"네. 사실은 오늘 윤정 씨가 연락이 안 되는 바람에 이 녀석이랑 보려고 했었거든요."

현우의 말에 소개팅녀가 유림을 빤히 쳐다보았다. 위에서 아래로 훑는 듯한 시선이었다.

"현우 씬 여자 후배랑 영화도 같이 보시나 봐요?"

"대학교 후배기도 해서요. 친동생 같은 녀석이니까 윤정 씬 신경 쓸 거 없어요, 하하."

대수롭지 않게 웃으며 하는 현우의 말이 유림의 가슴을 또 한 번 할퀴었다.

"근데 유림아. 너 설마, 여기서 계속 나 기다린 거냐?"

"그게……."

차마 그렇다는 말이 나오지 않았다. 너무 창피하고 부끄럽고 자존심이 상해서. 하지만 다른 핑계를 댈 수도 없는 상황이었다.

"저어……."

결국 유림이 머뭇거리며 입을 연 그때였다.

"유림 선배, 기다렸죠?"

갑자기 등 뒤에서 부르는 목소리에 유림은 깜짝 놀라 돌아보았다.

"커피 사왔어요."

양손에 테이크아웃 커피 잔을 든 승현이 특유의 환한 웃음을 짓고 서 있었다.

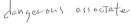

dangerous associate

"승현 씨……?"

유림은 제 눈을 의심했다. 승현이 왜 여기에?

"아니, 승현 씨는 또 웬일이야?"

승현을 본 현우도 놀라서 물었다.

"유림 선배랑 영화 봤어요, 둘이."

승현은 웃는 얼굴 그대로 눈 하나 깜짝하지 않고 거짓말을 했다.

"엥? 유림이랑?"

"네. 유림 선배가 서 대리님이랑 연락이 안 된다기에 대신 저랑
봤죠. 선배가 제 보고서 도와주셔서 제가 보답으로 영화 보여드렸
어요."

"아, 그랬어?"

현우의 얼굴이 그제야 마음이 놓인 듯이 풀렸다.

"난 또 유림이가 두 시간 넘게 밖에서 나 기다린 줄 알고 식겁했
네, 하하."

"에이, 유림 선배가 어디 그렇게 한가한 사람인가요?"

승현이 웃으며 유림을 향해 커피 잔을 내밀었다.

"영화 재밌었죠, 선배?"

즐거운 듯이 미소 짓고 있는 입가와는 달리 전혀 웃고 있지 않은
승현의 눈동자를 보고 유림은 깨달았다. 지금 승현이, 자신이 처
한 상황을 완벽하게 이해하고서 도우려 하고 있다는 것을.

이유는 모르겠지만 지금은 내민 손을 잡을 수밖에 없었다.

"……응, 재미있었어."

유림은 승현이 내민 커피를 받아들었다.

"뭐, 그럼 서로 영화 잘 보고 나왔으니까 다행이네."

현우가 말했다.

"그럼 난 이만, 윤정 씨 데려다줘야 해서."

"네, 대리님. 유림 선배는 제가 데려다드릴 테니 걱정 마시고요."

승현이 유림의 팔을 잡아 제 쪽으로 가까이 끌어당겼다. 그리고 현우 옆에 서 있는 소개팅녀를 향해 살짝 고개를 숙여 보이며 살며시 눈웃음을 지었다.

"나중에 또 뵙죠."

원래도 잘생긴 얼굴이지만 눈웃음을 칠 때는 그야말로 사람을 홀리게 만드는 게 차승현이다. 아니나 다를까, 현우의 소개팅녀는 금세 얼굴이 빨개지더니 마지막까지 승현에게서 눈을 떼지 못했다.

자기와 데이트한 여자가 눈앞에서 다른 남자에게 시선을 빼앗기고 있는데도 현우는 전혀 눈치 채지 못하는 것 같았다.

"갑시다, 윤정 씨."

싱글벙글하며 그녀에게 손을 내미는 현우를 보고 유림은 씁쓸해졌다. 하긴, 저렇게 둔하니까 여태 내 마음도 모르고 있겠지.

"뭐, 이쯤이면 됐겠죠?"

두 사람이 저만치 멀어진 후에야 승현은 유림에게서 떨어졌다.

"왜 도와준 거야?"

유림은 승현을 똑바로 쳐다보고 물었다. 도저히 이해할 수가 없었다. 그토록 하녀 저리 가라 할 정도로 부려먹더니, 왜 이런 타이밍에 나타나서 갑자기 손을 내밀어준 건지.

"별로 선배 도와주려고 한 거 아닌데요."

승현이 어깨를 으쓱했다.

"그냥 둔해 빠져가지고 남 상처 주는 캐릭터, 딱 질색이라서요."

아무렇지도 않다는 듯이 말하는 승현의 얼굴을, 유림은 물끄러미 바라보았다.

'승현 씨한테 이런 면이 있었구나…….'

갑자기 승현이 유림을 마주 바라보더니 생각났다는 듯이 말했다.

"참. 보고서는 다 하셨어요?"

"어?"

유림은 당황했다. 그러고 보니 보고서가 남았지!

"말씀드렸죠? 내일 아침까지 꼭 끝내놓으셔야 돼요."

승현은 들고 있던 나머지 커피 한 잔을 마저 유림에게 건넸다.

"자, 이것도 마저 드시고 밤새 힘내시는 거예요."

엉겁결에 유림이 커피를 받아들자 승현이 웃으며 돌아섰다.

"그럼 파이팅!"

"차, 차승현 씨! 잠깐만! 하루만 더 주라! 응?"

유림이 황급히 불렀지만 승현은 뒤도 안 돌아보고 가버렸다.

"……."

저만치 멀어지는 승현의 뒷모습을, 유림은 양손에 커피 잔을 든 채 바라보았다. 커피 잔에서 전해져오는 온기가 얼어 있던 몸에 따스하게 퍼져 나갔다.

다음 날 아침, 승현은 아무 일도 없었다는 듯이 유림에게 말을 건네왔다.

"좋은 아침, 유림 선배. 보고서는요?"

"여기."

밤을 새우느라 다크 서클이 짙어진 유림이 보고서를 내밀자 승현이 빙긋 웃었다.

"수고 많았어요. 고마워요, 선배."

어제 일에 대한 언급은 한마디도 없는 게 오히려 고마웠다.

한편 현우는 무슨 일인지 씩씩거리면서 출근했다.

"야, 유림아. 너 나랑 오늘 소주나 한잔하자."

아침 인사 대신에 다짜고짜 술타령을 하는 바람에 유림은 놀라서 되물었다.

"무슨 일 있으십니까?"

어젯밤만 해도 소개팅녀가 꽤나 마음에 들었는지 아주 싱글벙글하고 있더니만.

"하, 진짜 나 참."

생각만 해도 어이없다는 듯이 현우가 혼자 피식거렸다.

"어제 그 여자 있잖아. 집에 데려다줬더니만, 헤어지기 전에 나한테 뭐 물어본 줄 아냐?"

"뭐 물어봤는데요?"

"유림이 너랑 차승현 씨랑 사귀는 사이냐고 묻더라!"

현우가 이를 갈았다.

"아니라고 했더니 어찌나 노골적으로 좋아하던지, 어이가 없어서."

그렇게 말하며 현우는 저만치 멀리 있는 승현을 얄밉다는 듯이 노려보았다.

"하여튼 차승현 쟤도, 하필 거긴 왜 나타나가지고!"

"말이야 바른말이지, 그게 왜 차승현 씨 잘못입니까?"

유림이 반박했다.

"선배가 약속 깨는 바람에 결국 승현 씨랑 영화 보게 된 거니까 선배 잘못이죠."

"유림이 너 지금 차승현 씨 편드는 거냐? 어?"

발끈하는 현우를 향해 유림은 혀를 쏙 내밀었다.

"들면 좀 안 됩니까?"

"야, 정유림! 이 의리 없는 자식아!"

기껏 편들어준 보람도 없이, 승현은 오늘도 종일 유림을 부려먹었다. 퇴근 시간 직전에 이제야 생각났다는 듯이 일을 시켜먹는 것까지도 변함이 없었다.

"앗, 맞다! 선배, 저 내일까지 해놔야 되는 일이 있었는데 깜빡했어요."

"오늘도?"

기겁한 유림이 되묻자 승현은 또다시 녹을 듯한 눈웃음을 지었다.

"미안해요, 선배. 제가 오늘 약속이 있어서. 도와줄 거죠?"

그래도 달라진 점은 한 가지 있었다. 평소 같으면 굉장히 얄미웠을 그 웃는 얼굴이, 왠지 오늘은 그리 얄미워 보이지 않았다는 것.

'말은 저렇게 해도, 그렇게 나쁜 녀석은 아니니까.'

혼자 미소를 지으며 유림은 야근을 준비했다.

4. 너를 원하는 밤

"근데 오빠, 이렇게 늦게까지 술 먹고 놀아도 여자친구가 뭐라고 안 해?"

승현의 옆에 앉은, 화려하게 차려입은 여자가 물었다. 한 시간 전에 처음 본 남자에게 하는 말투치고는 과하게 애교스러운 걸 보면 이미 승현이 재벌 삼세라는 걸 알고 있는 것 같았다.

"없는데? 여자친구."

"에이, 거짓말. 있어도 열은 있을 거 같은데?"

"정말이야."

"맞아, 차승현 여자친구 없어."

맞은편에 앉은 태식이 거들었다.

태식은 SG백화점 오너 가문의 아들인데 승현과 동갑이었지만 벌써 이사가 되어 있었다. 승현과는 술친구 같은 관계로, 가끔씩 술자리를 가질 때마다 여자들을 데려오는 건 주로 태식의 역할이었다.

"약혼녀는 있지만."

쓸데없는 말을 덧붙인 태식이 히죽거렸다.

"말이 나서 말인데, 세라랑은 가끔 만나냐?"

"한 달에 한 번, 가족 식사 할 때 정도?"

승현이 대꾸하자 태식이 혀를 찼다.

"매정한 자식. 그래도 결혼할 여잔데 좀 만나줘라."

"결혼하면 매일 볼 텐데 뭐하러."

아까 질문했던 여자가 눈을 동그랗게 떴다.

"어머, 약혼녀도 있는데 이렇게 노는 거야?"

같이 놀고 있는 네가 그렇게 말할 주제는 아닌 것 같은데? 승현
은 조금 울컥했지만 대수롭지 않게 웃어 보였다.

"그렇게 꽉 막힌 여자 아니야."

말은 좋게 했지만 이미 술맛은 달아났다. 여자가 술을 따르려는
것을 손을 들어 막으며 승현은 말했다.

"미안, 난 여기까지만."

"어머, 왜? 벌써 취해?"

"내일 아침에 회사 가야지."

승현의 말에 주위에서 떠들썩하게 웃음이 터졌다.

"뭐야, 오빠 완전 웃겨!"

"회사 가야 돼서 술을 못 먹는대! 차승현이! 푸하하!"

여자들은 물론 태식까지 죄다 빵 터진 것을 보고 승현은 아주 잠
깐 자신의 이미지에 대해 회의를 품어보았다. 음, 내가 그렇게 쓰
레기였나?

dangerous associate

83

"생각보다 되게 열심히 나간다? 처음엔 평사원이 뭐냐고 그렇게 투덜대더니. 회사에 뭐 재밌는 일이라도 있냐?"

"재밌는 일이라기보다, 재밌는 여자가 있지."

승현은 그렇게 대꾸하고 피식 웃었다. 유림이 떠올라서였다.

"어떤 여잔데? 좀 나오라고 해봐, 따분해 죽겠는데."

태식이 눈을 빛내며 몸을 이쪽으로 바싹 기울여왔다.

"승현이 네가 뭐 재밌다고 하는 거, 흔한 일 아니잖아."

그다지 깊은 우정 따위는 없지만, 그래도 노는 취향이 맞다 보니까 같이 어울린 지가 벌써 몇 년째다. 그러다 보니 서로에 대해서는 알 만큼 아는 것이었다.

"됐으니까 신경 꺼."

승현이 대번에 잘랐지만 태식은 끈질겼다.

"왜, 같이 놀면 좋잖아. 장난감 같은 거 아냐?"

그렇지. 갖고 놀고 있으니까 장난감 같은 거지. 하지만 승현은 제 장난감을 다른 사람과 공유할 생각은 손톱만치도 없었다.

"신경 끄라고 했다."

승현은 얼굴에서 미소를 싹 지우고 싸늘하게 말했다.

"어, 차승현 이거 진짜로 정색하네?"

태식이 놀랍다는 듯한 얼굴을 했다.

"너 설마, 그 여자한테 마음 있냐?"

그 말에 승현은 진심으로 욱하고 말았다.

내가 미쳤나? 세상에 어디 여자가 없어서 그런 선머슴을!

"지껄인다고 다 말은 아니지. 입조심 좀 해야겠다."

승현이 으르렁거리듯 말하자 태식이 과장되게 어깨를 으쓱해 보였다.

"아니, 마음 있는 거 아니면 같이 좀 놀자는데 그렇게 정색을 할 건 뭐냐고. 안 그래?"

생각해보니까 그랬다. 말마따나 좋아하는 것도 아닌데, 좀 부르면 뭐가 어때서 이렇게 꽁꽁 숨겨야 한단 말인가.

어젯밤에 유림을 도와준 것은 어디까지나 충동적으로 벌인 일이었다. 짝사랑하는 남자가 다른 여자와 영화를 보고 있는 줄도 모르고, 영화관 앞에서 두 시간 넘게 추위에 떨며 기다리고 있는 꼴이 한심해서. 심지어 그 후에 여자와 함께 영화관에서 나온 그 남자를 보고도, 화조차 못 내고 있는 꼴을 보기가 짜증 나서.

그래서 저도 모르게 나섰을 뿐이다. 호감이랑은 전혀 관계없다. 천하의 차승현이 그런 여자한테 관심을 가질 리가 없지 않은가?

"너 끝까지 그 여자 안 부르면, 나 진짜 오해한다?"

약 올리는 듯한 태식의 말에 자존심이 상한 승현은 이를 악물었다.

좋아, 정유림이 진짜로 단순히 내 장난감이라는 걸 보여주지.

"닥치고 보고나 있어."

주머니에서 휴대전화를 꺼내며, 승현이 내뱉듯이 말했다.

승현이 떠맡긴 일을 다 끝내고 집에 돌아오자 이미 밤 10시가 넘어 있었다.

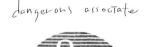

"요즘 매일 늦네. 회사 일이 많니?"

걱정스럽게 묻는 엄마에게 유림은 간단하게 대꾸했다.

"그냥 좀. 엄마, 뭐 먹을 거 없어?"

"유림이 너 설마 여태 저녁도 굶고 일한 거야?"

"응."

"세상에! 얼른 밥 차려줄 테니 씻고 나와."

엄마가 밥을 차리는 동안 유림은 샤워를 하고 나왔다. 체고 시절에 입던 낡은 주황색 체육복으로 갈아입고 밥상 앞에 앉자 그제야 안도의 한숨이 흘러나왔다. 휴, 오늘도 어찌어찌 지나갔구나.

"잘 먹겠습니다!"

유림이 군침을 꿀꺽 삼키며 숟가락을 들어 입으로 가져가려던 바로 그때였다. 갑자기 울리는 휴대전화 벨소리에 유림은 눈살을 찌푸렸다.

"누구야, 이 시간에?"

귀찮아서 전원을 끄려는 바로 그 순간, 액정에 뜬 이름이 눈에 들어왔다.

- 도련놈

"……그러니까, 날 왜 부른 거라고?"

유림이 되묻자 승현이 아무렇지도 않게 대꾸했다.

"선배, 부서 회식 때마다 분위기 띄우는 담당이라면서요? 서 대리님이 그러시던데요."

승현이 한껏 눈웃음을 지어 보였다.

"그러니까 분위기 좀 띄워주세요. 부탁해요, 유림 선배."

유림은 그만 할 말을 잃어버렸다.

― 혹시 이 휴대전화 주인이랑 아는 사이신가요? 여기 역삼동에 있는 술집인데요, 손님이 너무 취해서 쓰러지셨거든요. 좀 와주셔야 할 것 같은데요.

전화로 들은 말에 유림은 더럭 걱정이 앞섰다. 딱 봐도 부잣집 도련님 같은 외모인데 괜히 취해서 길 가다가 퍽치기 같은 거라도 당하면 큰일 아닌가. 그래서 급한 마음에 밥도 못 먹고 입은 옷 그대로 택시를 잡아타고 날아왔던 것이다.

하지만 정작 술집에 도착해보니 쓰러졌다던 승현은 멀쩡하고 룸 안에는 잘 차려입은 남녀 한 무리가 흥미진진한 얼굴로 자신을 쳐다보고 있었다.

그리고 그 가운데에 앉은 승현이 다짜고짜 이렇게 말했다.

「사실은 술자리 분위기가 영 안 살아서 불렀어요, 선배.」

망연자실해서 서 있는 유림에게, 승현이 다시 말했다.

"왜요, 싫으세요?"

"……."

"그럼 뭐, 내일이라도 서 대리님이랑 한잔하면서 허심탄회하게

얘기를 해봐야겠네요."

이 자식은 진짜로 미친놈이다, 라고 유림은 생각했다. 그리고 미친놈한테는 미친년이 약인 법이었다. 까짓 거, 하라면 해주지, 뭐.

"술."

유림은 목소리를 깔고 말했다.

"네?"

"그럼 맨 정신으로 하라고?"

승현이 눈짓을 하자 그의 옆에 앉아 있던 화려하게 차려입은 여자가 위스키가 담긴 술잔을 유림에게 건넸다. 그러나 유림은 고개를 저었다.

"됐고, 소주로 주십시오."

"주십시오?"

여자가 유림의 말투를 따라 하며 고개를 갸웃거렸다.

잠시 후, 웨이터가 소주를 가져왔다. 소주병을 따서 그대로 병째로 원 샷 해버리는 유림을, 사람들이 눈을 휘둥그레 뜨고 지켜보았다.

낮에 점심을 먹은 후로 여태 쫄쫄 굶은 속이다. 단숨에 소주 한 병을 비우고 나니 금세 취기가 확 올랐다. 유림은 입술을 손등으로 슥 닦으며 말했다.

"리나의 '너를 원해' 부탁합니다."

잠시 후, 운동화를 벗어 던지고 맨발이 된 유림의 위로 눈부신

조명이 쏟아지며 노래가 흘러나오기 시작했다.

지금 당장 나에게로 와.

사실 이건 작년 연말에 회사에서 송년회 때 했던 레퍼토리였다. 장기 자랑 일등 상품이 무려 안마 의자였는데, 마침 엄마가 전부터 그걸 갖고 싶어 했었다.

결국 동영상을 보며 일주일간 맹연습을 한 끝에 유림이 무사히 일등을 차지할 수 있었다. 개중에는 '차마 못 볼 꼴을 봤다.'는 의견도 있었지만 '다른 사람도 아니고 정유림이 섹시 댄스를 췄다. 노력이 가상하지 않은가.' 하는 이유로 압도적인 동정표가 쏟아졌던 것이다.

지금 이 순간, 너를 원해. 나에게로 와.

등짝에 대문짝만 하게 '한국체고'라고 쓰여 있는, 10년 가까이 입어서 낡을 대로 낡은 주황색 체육복 차림에 맨발로 조명 아래에서 열정적인 퍼포먼스를 펼치는 유림을 보고, 사람들은 그야말로 빵 터졌다.

"와하하하!"

"대박!"

웃다가 쓰러진 사람도, 테이블을 쾅쾅 치는 사람도, 배가 아파

서 어쩔 줄 모르는 사람도 있었다. 그러거나 말거나 유림은 뇌쇄적인 눈빛과 표정, 그리고 로봇 뺨치게 절도 있는 동작으로 거침없이 퍼포먼스를 이어갔다.

너를, 너를 기다리며 나는, 나는 젖어들고 있어.

드디어 하이라이트. 유림이 등을 곧게 펴고 무표정한 얼굴로 자신의 몸을 쓸어내리기 시작하자 기어이 환호성이 터져 나왔다.
"와아아아!"
"멋있다!"
노래가 끝났을 때, 이미 룸 안은 환호의 도가니였다.
"정유림! 정유림! 정유림!"
팔을 휘저으며 제 이름을 연호하는 관객들을 향해, 유림은 마이크를 두 손으로 잡고 공손하게 꾸벅 인사를 해 보였다.
"유림 선배한테 이런 재능이 있었을 줄은 미처 몰랐네요."
흡족한 표정의 승현이 일어나서 박수를 쳤다.
"이리 와서 한 잔 드세요, 선배."
승현에게 다가간 유림이 말없이 테이블에서 위스키 병을 집어 들었다.
"에이, 제가 따라드릴게요. 이리 주세⋯⋯."
웃으며 손을 내미는 승현의 머리 위에, 유림은 그대로 위스키를 병째 부어버렸다.

"……!"

삽시간에 룸 안의 분위기는 얼음 왕국으로 변해버렸다. 모두가 경악한 나머지 입을 딱 벌리고 유림을 바라보았다.

"넌 안 되겠다, 차승현."

엘사 뺨치게 차디찬 표정을 한 유림이 서리가 뚝뚝 묻어나는 말투로 낮게 내뱉었다.

"난 그래도 네가 쓰레기는 아니라고 생각했어. 단순히 장난기가 심해서 그러는 거지, 속은 괜찮은 놈이라고 믿었다고."

"……."

"그래서 어떻게든 참고 견디면서 한번 사람 만들어보려고 했는데, 도저히 넌 안 되겠다."

머리끝부터 위스키를 뒤집어쓴 승현이 멍하니 유림을 올려다보았다. 그런 승현의 얼굴에 제 얼굴을 바짝 들이대고, 유림은 말했다.

"한 번만 더 사람 불러내서 이딴 짓 했다간 진짜 제삿날인 줄 알아라, 쓰레기야."

숨결이 닿을 만큼 가까운 거리에서 협박을 날린 유림이 이윽고 천천히 허리를 폈다. 그리고 빈 위스키 병을 테이블 위에 탁 하고 올려놓고는, 위스키가 담겨 있는 잔을 들어 홀짝 마시고 나서 그대로 등을 돌렸다.

유림이 룸에서 나가자 그제야 승현의 양옆에 앉은 여자들이 정

dangerous associate

91

신을 차리고 호들갑을 떨기 시작했다.

"오빠, 괜찮아?"

"어떡해, 완전 다 젖었네!"

여자들이 티슈와 물수건을 동원해서 닦느라 부산을 떠는 동안, 승현은 정신이 반쯤 나간 사람처럼 아까 유림이 나가버린 문 쪽만을 계속 노려보고 있었다.

지난번에 폭언을 들었을 때와는 달리 이상하게 화가 치밀었다. 쓰레기니 뭐니 하는 욕설보다도, '믿었다'는 말이 훨씬 더 거슬렸다. 자기가 뭔데 멋대로 믿었다가, 실망했다가 한단 말인가. 나는 원래 이런 사람인데!

"저 여자, 재밌는 정도가 아닌데?"

태식이 불쑥 말했다.

"너 데리고 놀다 지치면 나도 좀 소개시켜주라."

"닥쳐."

승현이 낮게 중얼거렸다.

"뭐?"

"그 입 닥치라고 했다."

살기 어린 승현의 눈빛에, 태식도 더 말하지 못하고 입을 다물었다.

"나쁜 새끼."

화난 듯이 빠른 걸음으로 걸으며 유림은 입속으로 중얼거렸다.

무슨 동물 쇼라도 구경하는 것처럼 흥미진진하게 지켜보던 사람들의 얼굴보다도 훨씬 더 상처가 된 것은, 똑같이 웃으며 바라보고 있는 승현의 얼굴이었다.

「유림 선배랑 영화 봤어요, 둘이.」

승현이 그렇게 거짓말을 해줬을 때 유림은 생각했었다. 남의 마음을 헤아릴 줄 아는 사람이구나, 하고.

그런데 이게 뭔가. 사람을 불러내서 생판 모르는 사람들 앞에서 그런 짓을 시키다니. 심지어 그걸 보면서 박수 치고 웃고 있을 수가 있다니. 배신감에 치가 떨렸다. 잠시나마 승현을 좋게 생각했던 자신이 바보 같았다.

"비열한 놈."

그냥 뛰쳐나와도 됐을 것을 굳이 퍼포먼스까지 보여줬던 건 이 참에 아예 정을 떼고 싶어서였다. 두 번 다시 도련놈한테 기대하고 싶지 않았다.

"싹수 노오란 자식."

괜히 눈물이 날 것 같아서, 유림은 코를 훌쩍거리며 계속 걸었다. 아까 소주 한 병을 원 샷 한 데다가 나올 때 위스키까지 마시는 바람에 점점 눈앞이 흐려져가고 있었다. 뒤늦게 취기가 오르는 모양이었다. 싸늘한 밤바람도 술기운에 달아오른 뺨을 식혀주지는 못했다.

어지럽다. 걸음을 제대로 옮길 수가 없다. 쓰러질 것 같다.

결국 유림은 걸음을 멈추고 비틀거리며 가로수에 기대고 말았다.

홧김에 술을 마시는 바람에 술집에서 나왔을 때는 어질어질했다. 기사가 운전하는 차에 탄 채로 멍하니 창 밖을 내다보고 있던 승현의 눈에 문득 뭔가가 띄었다.

"잠깐 세워요."

기사가 길가에 차를 멈추자 승현이 창을 열었다.

웬 여자가 심하게 비틀거리는 걸음으로 위태위태하게 길을 걷고 있었다. 유림이었다.

'어쩐지 아까 소주 한 병을 단숨에 마시더라니.'

승현이 지켜보는 가운데 유림은 더 이상 걷기 힘든지 길가의 가로수에 비틀거리며 기댔다. 아까 박차고 나갈 때만 해도 멀쩡해 보였는데, 뒤늦게 취기가 오른 것 같았다.

어떻게 할까, 하고 생각했지만 그다지 도와줄 마음은 들지 않았다. 지금도 온몸에 뒤집어쓴 위스키가 끈적대며 불쾌한 냄새를 풍기고 있는 마당에.

"아는 분이십니까?"

기사의 물음에 승현은 손을 가볍게 저었다.

"아뇨, 됐어요. 출발해요."

그러나 차가 스르르 움직이기 시작한 바로 그 순간, 가로수에 힘없이 기대 있는 유림에게로 누군가가 다가가는 것이 보였다. 웬

중년의 사내였다.

"아가씨, 괜찮아요? 우리 어디 들어가서 좀 쉬고 갈까?"

승현은 크게 한숨을 쉬었다. 모른 척할 수가 없게 돼버렸다.

"세워요."

다시 차가 섰다. 승현은 차에서 내려 유림과 사내에게로 다가갔다. 생각대로 유림은 너무 취한 나머지 눈도 제대로 못 뜨고 있는 상태였다.

"넌 뭐야?"

치근덕대고 있는 사내를 말없이 밀쳐내자 사내가 눈을 부릅떴다. 승현은 간단히 말했다.

"콩밥 먹고 싶지 않으면 당장 꺼져."

아름다운 외모와는 전혀 다른 낮은 목소리에 사내가 움찔하며 뒤로 물러섰다.

"가요, 선배."

승현이 손을 내밀자 그제야 유림이 힘겹게 반쯤 눈꺼풀을 들어 올렸다.

"차승현……?"

"네. 선배 많이 취했어요. 같이 가요."

승현이 팔을 뻗어 비틀거리는 유림을 부축했다. 아까 위스키를 들이부을 때의 패기는 어디 가고, 유림은 순순히 승현이 하는 대로 따랐다. 꽤나 정신이 없는 모양이었다.

이제 어떻게 할까. 취한 유림을 부축한 채로 길에 서서 승현은

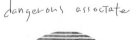

잠시 고민했다. 데려다주자니 집이 어딘지 모르고, 그렇다고 내 집에 데려가서 재우긴 싫다. 그럴 만큼 좋은 사이도 아니고.

마침 바로 앞의 작은 비즈니스호텔이 눈에 들어와서, 승현은 금세 마음을 결정했다.

그냥 저기다 대충 던져놓고 가버리자. 아침에 일어나면 알아서 집에 가겠지.

기사에게 잠시 기다리라는 눈짓을 보내고, 승현은 유림을 부축해서 호텔로 들어갔다.

"보기보다 되게 무겁네."

유림을 호텔 침대에 던져놓다시피 하는 데 성공한 승현이 숨을 몰아쉬며 투덜거렸다. 보기에는 날씬한 편인데, 운동을 오래 해서인지 몸매에 비해 꽤나 무거웠던 것이다.

"휴우."

승현은 침대 가에 걸터앉아 잠시 한숨을 돌렸다. 유림은 눈을 감은 채 죽은 듯이 미동도 않고 누워 있었다.

잠든 유림의 얼굴을 승현이 물끄러미 바라보았다.

'……이렇게 보니까 또 여자 같네.'

평소의 딱딱한 표정이 완전히 가신 유림의 얼굴은 여느 여자와 다를 바가 없었다. 아니, 오히려 보통 여자들보다도 훨씬 순수하

고 천진하게 보였다.

무방비하게 살짝 벌어져 있는 입술에 저도 모르게 시선이 머문다. 틴트도, 립스틱도 전혀 바르지 않았는데도 자연스럽게 예쁜 벚꽃 색깔을 하고 있는 입술. 마치 누군가에게서 키스를 받은 직후처럼, 살짝 도톰하게 생긴 아랫입술을 바라보다 승현은 문득 생각했다.

'저 입술은 어떤 감촉일까.'

어차피 잠들었는데 한번 슬쩍…… 하고 생각하다가 승현은 퍼뜩 제정신으로 돌아왔다.

'너 미쳤냐, 차승현? 저건 정유림이야! 아까 너한테 위스키 퍼부은 여자라고!'

승현은 얼른 유림에게서 고개를 돌리고 가슴을 진정시키려 애썼다.

'아무래도 술을 너무 마셨나 보다. 앞으로는 작작 마시자, 응?'

그렇게 속으로 다짐하던 승현은, 문득 등허리께를 살며시 툭 치는 손길에 기겁을 했다.

"깜짝이야!"

승현이 소스라치며 뒤를 돌아보자, 인사불성이 되어 잠든 줄 알았던 유림이 어느새 멀쩡하게 일어나 앉아서 이쪽을 쳐다보고 있었다.

혹시 제가 방금 했던 생각을 들켰을까 봐 승현은 기겁을 했다. 사실 그럴 리가 없는데도.

"뭐, 뭐예요, 잠든 거 아니었어요?"

"선배."

유림이 말했다. 승현은 잘못 들은 줄 알고 되물었다.

"뭐라고요?"

"미안해요, 선배한테 이런 모습이나 보이고."

그제야 승현은 유림의 말투가 이상하다는 것을 깨달았다. 아무래도 사람을 잘못 본 것 같은데? 그리고 그가 아는 한 유림이 선배라고 부를 만한 사람은 딱 하나뿐이었다. 서현우 대리.

"뭐, 사람이 살다 보면 술도 먹을 수 있지, 뭘 이런 걸 가지고."

승현은 시험 삼아 말해보았다. 역시나 유림은 '이게 어디서 선배한테 반말이야?' 하고 눈을 부라리지 않았다. 대신에 놀랍게도 눈물을 글썽이는 바람에 승현은 속으로 깜짝 놀랐다.

'뭐야. 이 여자, 울 줄도 알았어?'

유림이 훌쩍거리며 말했다.

"선배한텐 좋은 모습만 보이고 싶었단 말이에요."

그러고 보니 말투 자체가 평소와는 다르다. 말이에요, 라니!

승현은 새삼스럽게 유림을 바라보았다. 어린애처럼 훌쩍이며 눈물을 찍어내고 있는 유림은, 뭐랄까, 주인 잃은 강아지 같았다.

'이런 면도 있었구나.'

훌쩍이는 걸 보니 조금 놀려주고 싶어졌다.

"유림이 너, 나 좋아하지?"

"그, 그걸 어떻게⋯⋯!"

새하얗게 질리는 유림에게, 승현은 짐짓 현우의 말투를 흉내 내어 말했다.

"그럼 내가 모를 줄 알았냐, 자식아?"

다음 순간, 유림이 왈칵 울음을 터뜨렸다.

"멋대로 좋아해서 미안해요! 엉엉!"

당황한 것은 승현이었다. 이런 꼴을 보려던 건 아니었는데.

"유, 유림아?"

"나 같은 거, 선배가 여자로도 생각 안 한다는 거 잘 아는데, 그런데……!"

양손으로 얼굴을 감싼 채로 유림은 울면서 말했다.

"그런데도 도저히 포기가 안 돼요. 미안해요, 선배! 엉엉!"

마구 들썩이는 어깨를 보고 있자니 승현도 유림이 조금은 불쌍한 생각…… 은 무슨, 솔직히 쌤통이었다. 아까 여러 사람 앞에서 쓰레기 소리까지 들었는데.

그러나 쌤통은 쌤통이고 시끄러운 건 시끄러운 거였다. 여자 우는 소리 따위, 세상에서 제일 질색이다. 심지어 그게 정유림이라면 완전 호러지.

일단 우는 거나 그치게 해놓고 보자는 생각에 승현은 살짝 유림의 어깨에 손을 얹었다.

"유림아."

그런데 그 순간, 유림이 기다렸다는 듯이 울면서 품에 확 안겨드는 게 아닌가?

"헉!"

승현의 품에서, 유림은 하염없이 울었다.

"자, 잠깐만!"

놀란 승현이 어떻게든 떼어내려고 했으나 유림은 막무가내로 매달렸다.

"현우 선배! 나 너무 힘들어요, 엉엉!"

자꾸만 품에 안겨드는 유림에게서 좋은 냄새가 났다. 짙은 향수나 화장품 냄새가 아니라, 산뜻한 스킨로션 냄새 같은 상큼한 향기.

그뿐인가. 늘 펑퍼짐한 옷만 입고 있어서 몰랐는데 이제 보니까 은근히 볼륨이 있는 모양이다. 가슴께에 느껴지는 뭉클하고 부드러운 감촉에 승현은 그만 눈앞이 아찔해졌다.

남자의 본능이 위험 신호를 울리고 있었다. 위험하다.

"이봐요."

승현은 이를 악물고 강제로 유림의 두 어깨를 붙잡고 떼어냈다.

"잊고 있는 거 같은데, 나도 남자예요."

유림이 눈물로 촉촉이 젖은 눈을 깜빡거리며 영문을 모르겠다는 듯이 승현을 올려다보았다. 순진하기 짝이 없는 그 시선이 오히려 승현을 한층 더 자극했다.

"자꾸 이러면 나도 뒷일 책임 못 진다고요. 예?"

일부러 무서운 얼굴을 하고 협박하듯 말했는데도 유림은 전혀 개의치 않는다는 듯 도로 그의 품 안에 안겨들었다.

"좋아해요."

가슴에 기대서 가만히 속삭이는 솔직하고 사랑스러운 말. 제게
하는 고백이 아니라는 걸 뻔히 알면서도 승현의 심장이 쿵, 하고
소리를 냈다.

달콤한 꿈을 꾸었다.

꿈속에서 유림은 현우를 붙들고 울었다.

"현우 선배! 나 너무 힘들어요, 엉엉!"

놀랍게도 현우는 유림을 다정하게 안고 위로해주었다.

"네 마음 다 안다, 자식."

현실과는 너무 다른 현우의 태도에, 오히려 꿈이라는 걸 깨달았
다. 그래서 유림은 대담해질 수 있었다. 어차피 꿈이니까.

"좋아해요, 선배. 진심이에요."

꿈에서나마 고백해보고 싶었던 유림의 마음을, 현우는 받아주
었다.

"그래, 유림아. 사실은 나도 옛날부터 네가 마음에 있었어."

어차피 꿈이라는 걸 알면서도, 꿈꾸는 그 순간은 행복하기 그지
없었다.

아침에 눈을 뜰 때까지도 행복한 기분은 계속되었다. ……옆에
누워 있는 승현을 발견한 바로 그 순간까지는.

"······!"

경악과 함께 제일 먼저 든 생각은 아, 내가 잠이 덜 깼나 보다, 하는 것이었다. 아직도 꿈속이구나. 그런데 왜 하필 차승현이야? 현우 선배도 아니고!

민망해진 유림은 양손으로 제 뺨을 찰싹찰싹 쳤다.

"얼른 깨라, 깨. 주책바가지야. 추하다, 추해."

그런데 이게 웬일인가. 뺨을 치고 또 쳤는데도 잠이 깨지 않는 것이었다. 기분 좋은 듯이 푹 잠들어 있는 승현의 모습이 눈앞에서 사라지지 않는다!

그제야 유림은 등골에 서늘한 것을 느꼈다. 설마······.

유림은 덜덜 떨리는 손가락을 뻗어 살며시 승현의 얼굴에 가져다댔다. 손가락 끝에 따뜻한 피부의 감촉이 분명히 전해져오는 것과 동시에, 예쁜 눈꺼풀이 파르르 떨리며 입에서는 잠투정 같은 소리가 새어 나왔다.

"으음······."

그 순간 유림은 하마터면 비명을 지를 뻔했으나 간신히 시트를 입에 물고 버텼다.

맙소사. 지, 진짜 차승현이잖아!

"······!"

시트를 끌어안고 억지로 비명을 삼키는 유림의 눈앞에서 승현이 서서히 깨어나기 시작했다. 얼굴을 조금 찡그리며 몸을 뒤척이다가, 이윽고 길게 기지개를 켠다. 그리고 마지막으로, 눈꺼풀이

열리고 갈색 눈동자가 유림을 응시했다.

"선배……?"

나른한 느낌의 목소리는 묘하게 섹시했다. 어제까지 부르던 선배, 와는 왠지 다르게 느껴져서 유림은 불길한 예감에 몸을 부르르 떨었다.

이윽고 승현은 몸을 반쯤 일으켰다. 시트가 아래로 흘러내리면서 완전히 벗은 상반신이 드러나는 바람에 유림은 기겁을 해서 눈을 돌렸다. 그 와중에도 몸이 탄탄한 게 참 예쁘다는 생각을…… 한 게 아니라!

잠깐, 그러고 보니까 나도 속옷 바람이잖아?

"좋은 아침이에요, 유림 선배."

웃음기 머금은 다정한 목소리와 함께 팔이 다가와 유림을 끌어안으려 했다. 유림은 화들짝 놀라 손을 피했다.

"뭐, 뭐하는 짓이야?"

그러자 승현이 의아한 듯이 물었다.

"왜 그래요……?"

유림은 이불을 어깨에 두르고 단단히 여민 채 주위를 둘러보았다. 아무리 봐도 호텔로밖에 보이지 않는 인테리어에, 온몸의 솜털이 곤두서는 느낌이었다.

"여기 어디야? 내가 왜 승현 씨랑 여기 있는 건데?"

승현이 흠칫 놀란 얼굴을 했다.

"설마, 기억 안 나는 거예요?"

dangerous associate

103

"그러니까 뭐가!"

불안한 나머지 유림이 목소리를 높였다.

"대체 어디까지 기억나는 거예요?"

유림은 필사적으로 기억을 더듬었다.

"그러니까…… 술집에서 나와서 계단을 내려온 데까지."

"맙소사."

승현이 탄식하며 눈을 감았다.

"걱정이 돼서 따라 나갔더니 선배가 길에서 정신을 잃고 쓰러져 있었어요."

한참 만에야 승현은 입을 열었다.

"모셔다드리고 싶었지만 댁이 어딘지도 모르고, 어쩔 수 없이 제일 가까운 호텔로 온 거예요."

유림은 발끈했다.

"그럼 눕혀놓고 가든가! 옆에서 같이 자면 어떡해?"

그러자 승현이 곤란하다는 얼굴을 했다.

"음, 정말 기억 안 나세요?"

"그러니까 뭐가!"

승현이 한숨을 짓고는 말했다.

"선배가 절 붙들고 울었어요. 너무 힘들고 외롭다고, 더는 견디기 힘들다고요."

"내가? 웃기지 마. 말도 안……!"

말도 안 되는 소리 하지 말라고 외치다 말고 유림은 입을 다물었

다.

잠깐. 어디서 들은 것 같은 대사인데?

기억이 떠오르는 데는 오래 걸리지 않았다. 그렇다, 바로 자신이 꿈속에서 현우에게 했던 말과 정확히 일치하는 것이 아닌가!

그럼 그게 꿈이 아니었단 말이야?

순식간에 굳어진 유림의 표정을 승현도 알아챈 모양이었다.

"기억나는 거죠?"

"나, 난 꿈인 줄 알았는데……."

"너무 슬퍼하셔서 위로해드리려고 살짝 안았어요. 그랬더니 제 가슴에 기대서 한참 우시더라고요. 그러다가 갑자기 고개를 드시더니 저한테……."

거기서 말을 끊고 자신의 입술을 살짝 만지는 승현을, 유림은 튀어나올 것 같은 눈으로 바라보았다.

그러니까 내가, 저 입술을 훔쳤단 말이지!

"그리고 나서 저한테 고백하셨어요. 사실은 절 좋아한다고요."

의심의 여지가 없었다. 승현의 모든 말이 꿈과 정확히 일치하고 있었으니까.

하지만 아직 제일 중요한 부분이 석연치 않았다. 유림은 침을 꿀꺽 삼키고 떨리는 목소리로 입을 열었다.

"이, 있잖아. 혹시나 해서 묻는 건데. 그러니까, 저어, 설마, 우리가……."

"잤냐고요?"

승현이 너무 직설적으로 말하는 바람에 유림은 하마터면 펄쩍 뛸 뻔했다.

"뭐, 저도 남자니까요."

승현이 어깨를 으쓱했다.

"그, 그게 무슨 뜻이야?"

"여자가 먼저 용기 내서 고백해줬는데, 그런 상황에서 뿌리치는 건 남자도 아니죠."

"……!"

유림은 눈앞이 캄캄해졌다. 정말? 하고 매달리듯 쳐다보자 승현이 또렷하게 고개를 끄덕였다. 네.

부정하고 싶어도 도망갈 길이 없었다. 결국 모든 원흉은 자신이었다. 절망과 후회와 자기혐오의 쓰나미가 유림을 덮쳤다.

"정말 미안하다!"

유림은 침대 위에 무릎을 꿇고 승현을 향해 고개를 푹 숙였다.

"사실은 어제 그게 넌 줄 몰랐어. ……현우 선배라고 생각했어."

"뭐라고요……?"

승현이 충격 받은 듯한 얼굴을 했다. 유림은 입이 열 개라도 할 말이 없었다.

"다 내 잘못이야. 너, 아니, 승현 씨는 아무 잘못도 없어."

진심으로 사과하면서도 눈물이 쏟아질 것 같았다. 하룻밤 실수로 그만 좋아하지도 않는 남자와 자게 된 것이 슬펐다.

하지만 지금 이 상황에서 모든 잘못은 자신에게 있었다. 피해자

가 눈앞에 있는데, 슬퍼할 수도 없는 노릇이었다.

"어떻게든 내가 책임진다. 회사를 그만두라면 그만둘게. 한 대 치고 싶으면 쳐."

유림은 진심으로 사과했다. 그만큼 미안했다.

"……."

무슨 생각을 했는지, 승현은 조용히 유림을 바라보고만 있었다. 유림은 다시 한 번 고개를 조아려 사과했다.

"면목이 없다. 선배로서 이끌어줘도 모자랄 마당에…… 정말 미안해."

그래도 승현은 말이 없었다. 더 이상 침묵을 견디기 힘들어진 유림은 일어나서 주섬주섬 옷을 입었다.

"생각해보고 말해줘. 승현 씨가 하라는 대로 다 할게."

옷을 대충 챙겨 입은 유림은 마지막으로 그렇게 말하고 도망치듯 방을 떠났다.

유림이 방을 나간 후, 승현은 그제야 참고 참았던 폭소를 터뜨렸다.

"하하하하!"

아, 재밌다. 정말이지 재밌는 여자다.

물론 키스했다는 건 뻥. 잤다는 건 개뻥. 그저 유림이 하도 선배, 선배, 하면서 찰거머리처럼 달라붙는 바람에 결국 그냥 곁에 누워 잠들어버렸을 뿐이다. 술 냄새가 하도 나서 옷은 벗었고. 아,

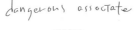

참고로 유림의 옷에는 손끝 하나 안 댔다. 아마도 술김에 더워서 본인이 벗었겠지.

그리고 아침에 눈을 떠보니 유림이 귀신이라도 본 사람 같은 표정으로 바라보고 있었다. 그 표정으로 승현은 바로 알았다. 아, 필름이 끊긴 거구나. 그리고 그 순간, 어젯밤의 앙갚음을 해줄 방법이 떠올랐던 것이다.

사실 간밤에 승현은 자꾸만 안겨드는 유림 때문에 말 그대로 도를 닦아야 했다.

솔직히 속으로는 '에이, 그냥 눈 딱 감고 확?' 하는 생각이 들지 않는 바도 아니었지만, 자신을 다른 사람으로 착각하고 있는 여자를 건드리는 건 도저히 자존심이 용서하지 않았다.

그래, 자존심. 어제 승현은 여러 가지로 자존심에 타격을 받았다.

사람들 앞에서 위스키 세례를 받은 것도 충분히 자존심 상하는 일이었지만, 자신을 다른 남자로 알고 하는 고백을 듣는 건 정말이지 치욕적인 일이었다. 그렇게 화가 날 수가 없었다.

좋아한다고 몇 번이나 되풀이해서 말하는 유림을 안고, 승현은 천장을 올려다보며 속으로 또다시 다짐했었다. 이 빚도 반드시 이자 쳐서 갚아주고 말겠다고.

「여자가 먼저 용기 내서 고백해줬는데, 그런 상황에서 뿌리치는 건 남자도 아니죠.」

말하면서도 설마하니 이런 뻔한 거짓말에 속을까 했는데, 결과

는 기대 이상이었다.

「정말 미안하다.」

유림이 대역죄인이라도 된 양 침대 위에서 무릎을 꿇고 석고대
죄를 하는 순간, 승현은 웃음을 꾹 참고 표정 관리 하느라 혼이 났
다.

"의외로 순진한 구석이 있었네."

승현은 너무 웃은 나머지 눈초리에 배어나온 눈물을 닦아내며
쿡쿡거렸다.

자, 그럼 이제 앞으로 어떻게 할까?

dangerous associate

5. 가짜 연애

　월요일 아침에 유림이 출근해보니 승현은 아직 출근 전이었다.

　탕비실에 들어가 모닝커피를 준비하는 유림의 마음은 천근만근 무겁기만 했다.

　커피 머신 앞에 서서 유림은 멍하니 생각에 잠겼다.

　「생각해보고 말해줘. 승현 씨가 하라는 대로 다 할게.」

　분명히 제 입으로 그렇게 말하긴 했다. 하지만 나중에 생각해보니 승현이 자신에게 요구할 만한 것이 별로 있지도 않았다.

　차라리 주먹으로 한 대 맞기라도 하면 마음이 편해질 것 같은데 때릴 것 같지도 않고. 그렇다고 차승현 같은 재벌 삼세가 설마하니 돈으로 갚으라고 하지도 않을 테고. 결국 결론은 같은 사무실에서 계속 얼굴 보기 껄끄러우니 그만두라고 할 확률이 제일 클 것 같았다.

　그야 상황을 이 지경으로 만든 건 자신이니 승현이 원한다면 그만두는 게 맞다. 하지만 정작 하루아침에 회사를 그만둘 생각을 하니 눈앞이 캄캄했다.

　그뿐인가. 유림은 처음이었다. 첫 경험을 좋아하지도 않는 상대와, 그것도 기억조차 나지 않게 해버린 게 생각할수록 허무하고 슬펐다. 하지만 누구를 탓하겠는가, 그 역시 자신의 탓인 것을.

"휴우……."

유림의 입에서 저절로 깊은 한숨이 새어 나왔다.

"선배."

갑자기 누군가가 뒤에서 어깨를 살며시 짚으며 부르는 바람에 유림은 소스라쳐서 작게 비명을 올렸다.

"악!"

돌아보니 어느새 들어왔는지 등 뒤에 승현이 서 있었다. 시선이 마주치는 순간 유림은 매 앞의 참새처럼 얼어붙었다.

"놀라게 해서 미안해요. 불렀는데 못 들은 것 같아서."

"와, 왔어?"

유림이 떨리는 목소리로 겨우 말하자 승현이 엷게 미소를 지었다.

"주말 잘 보냈어요?"

"그, 그래."

미안하고 불편하고 민망해서 유림은 차마 승현과 시선을 마주치지도 못했다.

잠시 후, 승현이 조용히 말했다.

"주말 내내 계속 생각했어요. 선배와 나, 앞으로 어떻게 해야 할까…… 하고요."

유림의 가슴이 마구 두방망이질 쳤다.

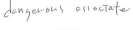

"많이 생각했는데, 아무래도 아무 일 없었던 것처럼 이대로 그냥 지낼 수는 없을 것 같아요. 선배도, 나도요."

조심스러운 말투에 유림은 맥이 탁 풀리는 것을 느꼈다. 어느 정도 각오는 하고 있었지만 직접 들으니 눈앞이 캄캄해지는 것 같았다. 역시나 결론이 그렇게 났구나.

"그래, 알았어."

유림은 아무렇지도 않게 보이려고 애를 썼다.

"승현 씨 입장에선 당연한 거라고 생각해. 그러니까 승현 씨가 결정한 대로 따를게."

애써 담담하게 말했지만 하루아침에 밥줄이 끊길 상황이었다. 막막하기 그지없었다. 얼마나 힘들게 들어온 회사인데.

"고마워요, 내 말 따라줘서."

승현이 조금 미소를 지었다. 그러고는 한 걸음 앞으로 다가서서 살며시 팔을 벌려 유림을 끌어안았다.

······잠깐, 끌어안았다?

"내가 잘할게요, 선배."

귓가에 닿는 따뜻한 숨결에 유림은 그만 굳어버리고 말았다.

"승현······ 씨······?"

"어쩌면 선배가 기억을 못 해서 차라리 다행인지도 모르겠어요."

승현은 유림을 살며시 안은 채 계속해서 속삭였다.

"그러니까 우리, 처음부터 하나씩 시작하는 걸로 해요."

유림은 완전히 혼백이 날아가버린 상태였다. 승현이 뭐라고 귓가에 대고 말을 하고 있는 것 같기는 한데 그게 뇌에 전달이 제대로 되지 않았다.

'얘가 지금 뭐라고 하는 거지? 시작한다고? 뭘?'

그리고 유림이 퍼뜩 제정신으로 돌아온 것은, 승현의 얼굴이 눈앞 바로 10센티미터 거리까지 다가왔을 때였다.

살며시 감긴 눈꺼풀. 길고 예쁜 속눈썹. 그리고 촉촉하고 부드러워 보이는 입술……, 입술?

입술이 닿기 직전에, 유림은 있는 힘껏 승현의 가슴을 밀쳐내버렸다.

"으아아아아아아악!"

그리고 그대로 비명을 지르며 탕비실을 뛰쳐나왔다.

"왜 그래?"

"무슨 일이야?"

평소 웬만한 일에는 끄덕도 하지 않는 유림이 큰 소리를 지르며 뛰쳐나오자 모두들 놀라서 모여들었다.

'방금 차승현 씨가 나한테 키스하려고 했습니다!'

라고 말할 수는 없는 노릇이다. 결국 생각해낸 것이란 겨우 이런 거였다.

"바, 바, 바퀴벌레가!"

"바퀴벌레?"

"네. 탕비실에 이, 이따만 한 바퀴벌레가 있습니다!"

dangerous associate

113

유림은 이마에 식은땀을 흘리며 애써 변명했다.

사람들이 놀라는 와중에, 승현의 표정이 점점 싸늘하게 식어가고 있는 게 눈에 들어왔다. 누가 봐도 열 받은 표정이었다.

그제야 유림은 자신이 승현을 바퀴벌레 취급했다는 사실을 깨달았다. 헉!

"유림 선배, 잠깐 저 좀 보실까요?"

그렇게 말하는 승현의 입은 미소 짓고 있었지만 눈동자는 전혀 그렇지 않았다.

유림은 저도 모르게 몸을 부르르 떨었다. 체고 시절에 선배 언니들이 기합 주려고 집합시킬 때도 이렇게 공포스럽지는 않았는데!

동물적인 감각으로 위험을 감지한 유림은 곧바로 도주를 기도했다.

"현우 선배! 쇼콜라티에 자료 필요하다고 하지 않으셨습니까?"

"했지, 한 달 전에. 근데 갑자기 그건 왜?"

"자료실 다녀오겠습니다!"

"아니, 이젠 별로 필요 없는데……, 야, 유림아!"

현우가 뒤에서 부르거나 말거나, 유림은 바람을 일으키며 사무실을 빠져나갔다.

유림이 회사 옥상에 있는 정원에서 먼 산을 바라보며 한숨을 백 번쯤 쉬었을 때였다.

"아니, 유림 씨. 왜 점심 안 먹고 여기 있어?"

"헉!"

소스라치게 놀라며 돌아보자 같은 사무실 남자 직원들 몇 명이 서 있었다. 점심식사 후 식후 땡을 위해 올라온 모양이었다.

"아, 저, 입맛이 별로 없어서 해바라기 좀 하고 있었습니다. 아하하."

"그렇다고 오전 내내 자리 비우고 있으면 어떡해? 차승현 씨가 엄청 찾던데."

"예에?"

"뭐 물어볼 거 있나 보던데? 자료실이고 휴게실이고 계속 다니면서 유림 씨 찾더라."

유림은 간이 콩알만 해졌다. 물론 언제까지나 피해 다닐 수 없다는 것은 알고 있었다. 하지만 도저히 당장 얼굴을 못 쳐다보겠는걸 어쩌란 말인가!

"대리님, 차승현 씨가 저 옥상에 있는 거 압니까?"

유림은 필사적으로 물었다. 그리고 그 질문에 대한 대답은, 바로 등 뒤에서 들려왔다.

"여기 계셨네요, 선배."

유림은 말 그대로 심장이 멈추는 듯한 느낌을 받았다. 겨우 돌아보자 승현이 한껏 미소를 지으며 이쪽을 바라보고 있었다.

"스, 승현 씨!"

"계속 찾아다녔잖아요. 옥상에 계신 줄도 모르고."

목소리는 부드러웠지만 유림은 등골에 식은땀이 흘렀다.

dangerous associate

115

"조용한 데 가서 얘기 좀 해요, 우리."

"무, 무슨 얘긴데? 그냥 여기서 하면 안 될까?"

유림은 저도 모르게 옥상 난간을 꽉 붙잡고 버텼다. 누가 잡아끌고 있는 것도 아닌데.

승현이 천천히 유림을 향해 허리를 굽혔다.

"좋게 말할 때 따라오세요, 선배."

봄바람처럼 귓가에 불어닥친 부드러운 속삭임. 하지만 그 내용에 유림은 얼어붙고 말았다.

"아니면 그냥 여기서 키스해버리는 수가 있어요."

결국 유림이 승현에게 끌려간 곳은 평소 인기척이 거의 없는 비상계단이었다.

"좀 가까이 오세요. 그렇게 멀리서 무슨 얘기를 해요?"

저만치 멀찍이 떨어져 서 있는 유림에게 승현이 말했다.

"자, 잘만 들려. 할 말 있으면 그냥 거기서 해."

유림은 최소 3미터 이상의 안전거리를 유지하려고 노력했다. 혹시나 승현이 아까 탕비실에서처럼 또 덤벼들까 봐.

"혹시 그거 알아요?"

승현이 한숨을 지었다.

"그렇게 자꾸 노골적으로 피하면 남자는 더 하고 싶어져요."

"뭐, 뭘!"

"아까 하려던 거. 계속 하길 원하는 게 아니라면 좀 가까이 오세

요.”

말이 떨어지기가 무섭게 유림은 총알같이 승현의 바로 코앞까지 달려갔다.

“좋아요. 이제 좀 얘기 나눌 만하네요.”

이렇게 된 이상 어떻게든 얘기를 끝내야 한다. 그렇게 생각한 유림은 어색하게 입을 열었다.

“승현 씨. 그러니까 저어, 그날 밤 일은…….”

“우리 잤던 거요?”

굳이 콕 집어 말할 필요까진 없잖아!

“그, 그래. 하여튼 그건 뭐랄까, 일종의 사고 같은 거였잖아.”

“음, 표현이 별로 마음에 안 들지만 그렇다 치고요. 그런데요?”

“물론 우리 둘 다 성인이니까 자신의 행동에 책임을 지는 게 맞다는 생각은 나도 해. 어, 그렇지만, 어쩌다 일이 그렇게 됐다고 해서 서로 마음도 없는데 굳이 사귈 필요까지는…….”

“마음이 없다고 누가 그래요?”

“응?”

“선배는 어떤지 몰라도 전 선배한테 마음 있어요.”

“뭐, 뭐라는 거야!”

유림은 기겁을 했다.

“말이 되는 소릴 해. 기억 안 나? 바로 그날까지도 나 막 부려먹었던 거?”

필사적으로 말했지만 승현은 어깨를 으쓱했다.

dangerous associate

"맞아요. 그런데 자고 나니까 마음이 생겼어요."

"……!"

"선배는 전혀 기억 안 나겠지만, 난 똑똑히 기억하거든요. 그날 밤에……."

"훠이! 그만! 거기까지!"

기어이 유림은 스톱을 외치고 말았다. 불타는 고구마가 된 얼굴로.

"유림 선배는 제가 그렇게 싫으세요?"

빙고, 라고 유림은 차마 말하지 못하고 에둘러 대답했다.

"시, 싫다기보다는 그러니까, 저어, 내 타입은 아니랄까……?"

"정확히 어디가 마음에 안 드시는데요?"

정확히 어디라고 말을 할 수가 없었다. 왜냐하면 마음에 드는 부분이 하나도 없었으니까!

승현의 그 넘치도록 풍부한 재력 따위, 어차피 내 돈 될 거 아닌 다음에야 그저 부담스러울 뿐이었다. 그의 놀랍도록 화려한 외모 역시 마찬가지였다. 옆에 있는 남자가 나보다 훨씬 예쁜데 어떻게 같이 다니라고!

"뭐가 마음에 안 드는지 말해주시면 고치도록 노력할게요."

진지한 승현의 말투에 유림은 어쩔 줄을 몰랐다.

"그러니까…… 그게……."

"미안해요, 쿨하지 못해서."

승현이 중얼거리듯 말했다.

"선배는 아무것도 없었던 것처럼 넘길 수 있을지 모르지만 저는 아니에요. 비록 선배 말대로 사고처럼 생긴 일이라 해도, 이미 감정이 생겨버린 걸 어떡해요."

유림이 대답할 말을 찾지 못하고 있자 승현이 불쑥 말했다.

"뭣하면 그냥 절 이용하는 셈 치면 어때요?"

"이용한다고?"

"어차피 선배도 서 대리님 짝사랑하는 거 힘들잖아요. 그러니까 절 이용해서 이 기회에 잊어보는 거예요. 사랑은 사랑으로 잊는다잖아요."

"말도 안 돼."

유림은 고개를 저었다. 애초에 승현에게 연애 감정이 생길 것 같지도 않았지만, 만에 하나 가능성이 있다 해도 사람을 그런 데 이용하는 건 너무 나쁘지 않은가.

"하여튼 승현 씨한테는 정말이지 미안하게 됐어."

유림은 고개를 숙였다.

"다른 건 뭐든지 다 하라는 대로 할게. 근데 이건 정말 아닌 것 같다."

"뭐, 어쩔 수 없네요. 선배가 그렇게까지 싫다면."

여태 부드러웠던 승현의 말투가 조금 화난 것처럼 변했다.

"대신, 회사 잘려도 불만은 없으시겠죠?"

각오했던 일이다. 유림은 입술을 깨물고 말했다.

"그래. 꼭 그래야 한다면 그렇게 할게."

dangerous associate

그러나 돌아온 말은 전혀 생각지도 못했던 것이었다.

"선배 말고, 서현우 대리님 말이에요."

"뭐?"

제 귀를 의심하는 유림을 향해, 승현이 어깨를 으쓱했다.

"지금 저, 서 대리님 때문에 차인 거잖아요. 그 정도 복수는 해 줘야 마음이 풀리겠는데요."

"현우 선배는 이 일이랑은 아무 상관도 없잖아!"

유림은 다급히 말했다.

"차라리 나를 잘라. 내가 그만둘게!"

"그럴 순 없죠. 유림 선배는 제가 좋아하는 사람인데 어떻게 제 손으로 자르겠어요."

놀리는 듯한 말투에 유림은 그제야 승현의 속셈을 깨달았다.

"차승현 씨, 지금 나 협박하는 거야?"

"어떻게 해서든 선배 놓치기 싫은 마음이라고 생각해주세요."

노려보는 유림을 향해, 승현이 미소를 지어 보였다.

"오늘 밤 열두 시까지 기다려드릴게요. 잘 생각해보시고 대답해 주세요. 서 대리님 그만두게 할 건지, 아니면 저랑 사귈 건지."

"……."

"늦지 마세요, 선배. 열두 시예요."

곁을 지나쳐서 복도로 나가는 승현의 발소리가 오래도록 유림 의 귓가에 울렸다.

유림이 말도 없이 소주 석 잔을 연거푸 비우자 현우가 한숨을 쉬었다.

"안주도 좀 먹어가면서 마셔라, 자식아. 속 부대낀다."

눈앞에 삼겹살 한 점이 놓였다. 유림의 취향대로 거의 갈색에 가깝게 구워진.

"대체 무슨 일인데 그래? 속 시원히 털어놔보라니까."

회장님 손자가 자기랑 안 사귀면 선배 자른대요.

"아무 일도 아닙니다……, 휴우."

땅이 꺼져라 한숨을 쉬고 또다시 술병을 집어 드는 유림의 손에서, 현우가 술병을 낚아챘다.

"혹시 차승현 씨가 못살게 구냐?"

유림은 깜짝 놀라 고개를 들었다.

"선배가 그걸 어떻게……."

"너 오늘 하루 종일 밖으로 돌았잖아. 승현 씨는 계속 너 어딨는지 찾으러 다니고. 그렇지 않아도 요즘 이상하게 너만 부려먹는다 했더니……. 대체 왜 그러는 거래?"

"그냥, 제가 맘에 안 드나 봅니다."

유림이 대충 얼버무리자 현우가 핀잔을 주었다.

"그러게 자식아, 신입사원 가르치는 것도 좋지만 좀 살살 했어야지. 차승현이 누구라고."

"그러게 말입니다……."

유림이 또다시 한숨을 푹 쉬자 현우가 술잔을 단숨에 비우고 잔을 탁 소리 나게 내려놓았다.

"좋아! 내가 내일 제대로 한번 들이받는다."

"예?"

"나중에야 부장이 되건, 상무가 되건 간에 어쨌든 지금은 네가 선배 아니냐. 선배가 좀 엄하게 가르쳤기로서니 이따위로 사람을 못살게 구는 건 경우가 아니지."

현우가 비장하게 말했다.

"유림이 넌 보고만 있어. 내가 내일 따끔하게 말할 테니까."

"선배!"

유림은 크게 당황했다. 가뜩이나 승현이 벼르고 있는데, 기름을 끼얹겠다는 거 아닌가.

"그러지 마세요. 그랬다가 잘리기라도 하면 어쩌려고 그러십니까? 올해 겨우 대리 다셨는데요!"

"그럼 유림이 네가 당하고 있는데 보고만 있으라고? 까짓 거, 잘리면 잘리는 거지, 뭘."

"현우 선배……!"

유림은 그만 눈물이 날 것 같았다. 현우가 이토록 자신을 생각해 주는 게 고마웠고, 동시에 제 실수 때문에 그에게 폐를 끼치게 된 게 미안했다.

'선배를 회사에서 잘리게 놔둘 순 없어.'

소주 한 잔을 부어 단숨에 비우고, 유림은 마음을 결정했다.

"선배가 오해하신 겁니다."

"뭐?"

"차승현 씨가 저 괴롭힌 거 아니라고요."

"그럼 오늘 왜 그렇게 종일 한숨 푹푹 쉬고 있었던 건데?"

"그게 저어, 그러니깐⋯⋯."

유림은 즉석에서 핑계를 급조했다.

"사실은 아침에 엄마랑 한바탕하고 나왔지 뭡니까. 퇴근 후에 엄마 얼굴을 어떻게 보나 생각하니까 답답해서 그만."

"진짜냐? 진짜 차승현 씨랑 문제 있는 거 아니고?"

의심스럽다는 눈으로 살펴보는 현우에게, 유림은 크게 고개를 끄덕였다.

"예. 정말 아니니까 오해 푸세요."

좀처럼 울리지 않는 휴대전화를 바라보는 승현의 표정이 점점 싸늘하게 굳어갔다.

「시, 싫다기보다는, 그러니까, 저어, 내 타입은 아니랄까⋯⋯?」

더없이 곤란한 표정으로 그렇게 말하던 유림이 자꾸만 떠올랐다.

정유림이 보기와는 달리 순정파라는 건 알았다. 의외로 사랑에

상처받는 타입이라는 것도.

「그런데도 도저히 포기가 안 돼요. 미안해요, 선배! 엉엉!」

그날 밤 자신을 현우로 착각하고 서럽게 울던 유림의 모습. 그것이 승현의 자존심을 상할 대로 상하게 만들었다. 그래서 이 여자가 진짜로 자신 때문에 그렇게 상처받고 우는 꼴을 꼭, 반드시, 기필코 보고 싶었다.

물론 그러려면 일단은 자신을 좋아하게 만드는 게 먼저였다. 그래서 사귀자고 했던 건데, 유림은 생각했던 것 이상으로 완강하게 거절했다. 보기만 해도 더없이 진심이라는 게 느껴져서 자존심이 다 상할 지경이었다.

대체 네가 뭔데 날?

「잘 생각해보시고 대답해주세요. 서 대리님 그만두게 할 건지, 아니면 저랑 사귈 건지.」

오기가 생겨서 나중에는 협박까지 동원했다. 수단과 방법을 가리지 않고 유림과 사귀어서, 반드시 그 마음을 제게로 돌려놓고 말 셈이었다. 그리고 세상에서 가장 잔인한 방법으로 차주리라.

"어디, 도망갈 수 있으면 도망가봐."

승현은 혼잣말처럼 뇌까렸다. 만약에 오늘 끝내 유림에게서 연락이 오지 않는다 해도, 물론 놔줄 생각은 손톱만치도 없었다.

그리고 드디어 휴대전화가 울린 것은 밤 열한 시가 조금 넘은 시각이었다.

"그럼 그렇지."

피식 웃으며 전화를 받으려던 승현의 표정이 순간적으로 변했다.

- 이세라

액정에 뜬 것은 유림의 이름이 아니었다.

"웬일이야? 이렇게 늦은 시간에."

전화를 받자마자 무뚝뚝하게 말하자 세라의 상냥한 목소리가 대꾸해왔다.

- 그렇게 통명스럽게 전화 받기예요? 한 달 만에 통화하는 약혼녀한테.

정식으로 약혼식을 올린 적도, 서로 미래를 약속한 적도 없다. 하지만 양가 사이에 이미 합의가 되었고 당사자인 둘도 받아들인 상태니까 약혼녀라는 표현도 틀린 것은 아니었다.

"용건만 간단히 부탁해."

- 오빠, 요즘 회사 되게 열심히 나간다면서요? 아빠가 보고 받고 놀라셨다기에 무슨 일인가 싶어서 전화해봤어요.

세라의 아버지는 바로 드림제과 대표이사인 이주환 사장이었다.

"그냥. 마케팅 일도 하다 보니 은근히 재밌네."

대한그룹 총수인 승현의 친할아버지는 막내 손자인 승현에게 계열사 중 하나인 드림제과를 물려줄 생각이었다. 물론 젊디젊은 승현이 회사를 경영하는 데는 노련한 누군가의 도움이 필요했고, 그게 바로 이 사장이었다.

즉, 전형적인 정략결혼이지만 승현으로서는 전혀 거스를 생각이 없었다. 어차피 재벌가의 결혼이란 으레 그런 법 아닌가. 게다가 상대인 세라는 연예인 뺨치게 예쁘고 상냥하고 애교가 많은 데다 나이답지 않게 이해심까지 갖춘 보기 드문 여자였다. 더더욱 불만이 있을 리 없었다.

「결혼 전까지는 서로 사생활에 터치하지 않았으면 하는데.」

처음에 승현이 그렇게 말했을 때, 세라는 섭섭한 기색도 없이 생긋 웃으며 흔쾌히 대답했었다.

「네.」

오히려 승현이 놀라서 되물었을 정도였다.

「서운하지 않아?」

「바람이란 여러 방향으로 부는 거잖아요. 마지막에 있어야 할 자리로만 돌아오시면 돼요.」

어쩌면 그때였는지도 모른다. 비록 사랑하지는 않지만, 이 여자가 자신에게 딱 어울리는 짝이라고 생각한 것은.

- 요즘은 밤에 술도 잘 안 드시나 봐요.

"사무실 막내 노릇이 생각보다 피곤해서."

- 아, 그래서 요즘 오빠가 바른 생활 중이시군요? 할아버님한테 감사드려야겠어요.

승현이 어떻게 놀든지 한 번도 터치를 한 적이 없는 세라다. 겨우 하는 말이 이 정도였다.

- 그럼 쉬세요, 오빠. 시간 날 땐 가끔씩 전화 좀 하셔도 돼요.

위험한 신입사원 |

126

통화 끝머리에 세라는 조금 서운한 기색을 내비쳤다.

"그래. 그럼 다음에 보자."

전화를 끊으면서 승현은 잠시 생각해보았다. 자신에게는 정략결혼이지만, 어쩌면 세라에게는 꼭 그렇지만은 않을지도 모르겠다고.

그러나 그 이상 깊이 생각하기도 전에 휴대전화가 다시 울렸다. 이번에는 진짜 유림이었다.

"네, 차승현입니……."

승현의 말이 채 끝나기도 전에 유림이 딱 잘라 말했다.

- 사귀자.

마치 전쟁에 나가는 장수 같은 말투였다.

- 대신에 현우 선배한테는 불이익 주는 일 없었으면 좋겠어.

"약속하죠."

시원스럽게 대답하며 승현은 회심의 미소를 지었다.

차승현과 사귀는 사이가 된 첫날. 당연히 일이 손에 잡힐 리 없었다. 오전 내내 유림은 반쯤 정신을 놓은 채로 시간을 보냈다.

"정유림 씨, 지난 주 금요일에 말했던 거 아직도 안 된 거야?"

그러다 과장에게서 한 소리 된통 들을 뻔했지만, 옆에서 승현이 얼른 나서서 감싸주었다.

"과장님, 그거 유림 선배가 진작 다 해서 저한테 마무리 맡기셨는데 제가 다른 일 하느라 그만 좀 늦었습니다. 오늘 내로 끝내서 드리겠습니다."

물론 과장은 즉시 꼬리를 내렸다.

"아, 차승현 씨가 하고 있었어? 그럼 그렇게 말을 하지."

"죄송합니다, 말씀드린다는 걸 그만 깜빡해서."

"크게 급한 건 아니니까 천천히 해서 줘요."

"네, 과장님."

그렇게 대답한 승현이 갑자기 책상 아래로 유림의 손을 살며시 잡아오는 바람에 유림은 화들짝 놀라 하마터면 자리에서 벌떡 일어날 뻔했다.

"......!"

삽시간에 얼음이 되는 유림의 얼굴을 지그시 바라보며 승현이 눈을 가늘게 뜨고 웃었다.

"어, 오늘 돈가스네?"

구내식당 문에 써 붙여놓은 오늘의 메뉴를 본 순간부터 현우는 각오했다. 최소한 유림에게 삼분의 일 정도는 빼앗길 것을.

그런데 웬걸, 유림은 제 몫도 먹는 둥 마는 둥 하는 게 아닌가?

걱정이 된 현우는 물었다.

"야, 유림아. 너 어디 아프냐? 오늘따라 왜 이렇게 먹는 게 부실해?"

"먹고 있잖습니까."

"돈가스잖아, 자식아. 벌써 네 거 다 먹고 내 거에 덤벼들었을 시간인데!"

어제 유림 본인은 아니라고 극구 부인했지만, 아무래도 무슨 일이 있는 게 틀림없다고 현우는 생각했다. 그렇지 않고서야 돈가스를 앞에 두고 이렇게 시큰둥할 리가 있나.

"유림 선배가 돈가스 좋아하세요?"

불쑥 끼어든 것은 승현이었다. 이 녀석이 원흉이 아닌가? 하고 의심하면서도 현우는 성실하게 대답했다.

"유림이 얘가 고기라면 사족을 못 쓰거든. 튀김이라면 환장을 하고. 그러니 튀긴 고기는 얼마나 좋아하겠어? 돈가스, 탕수육, 뭐 이런 거만 보면 애가 정신줄 놓는다."

"아, 그래요."

고개를 끄덕거린 승현이 갑자기 제 접시에 있는 커다란 돈가스 덩어리를 유림의 접시에 옮겨놓았다.

"이거 더 드세요, 유림 선배."

근처에 있던 모든 사람의 시선이 두 사람에게로 집중되었다. 특히 여직원들의 날카로운 안광이 작열했다. 그것을 알아챘는지, 유림은 당황한 얼굴로 손을 내저었다.

"됐어, 승현 씨나 많이 먹어!"

"좋아하는 사람이 먹는 게 낫잖아요. 많이 드세요."

그러더니 승현은 한술 더 떠 유림의 돈가스를 대신 썰어주기까

dangerous associate

지 했다. 유림이 됐다고 극구 사양하는데도 불구하고.

누가 봐도 다정하기 그지없는 행동에, 현우는 직감적으로 이상하다는 것을 느꼈다.

"정유림. 차승현 씨랑 너, 되게 수상하다?"

식당을 나오는 길에, 현우는 유림의 귀에 소곤거렸다. 아니나 다를까, 유림은 눈이 튀어나올 것 같은 얼굴을 했다.

"네? 수, 수상하다뇨?"

"아무래도 어젠 내가 거꾸로 생각했던 거 같은데. 너 혹시……!"

"호, 혹시 뭐, 뭐요?"

긴장한 얼굴로 침을 꿀꺽 삼키는 유림의 귀에 대고, 현우는 소곤거렸다.

"차승현 씨 약점 잡았냐?"

"……!"

"그런 거 있으면 나도 같이 좀 알자, 이참에 승진 좀 하게!"

"자, 그럼 우리 신제품의 대박을 위하여, 모두 건배!"

"위하여!"

노래주점에서의 회식. 요란한 건배 소리와 함께 수많은 맥주잔이 허공에서 부딪쳤다.

"아니, 왜 건배를 해놓고 정작 안 마시나?"

부장의 물음에 승현이 빙긋 웃으며 고개를 숙였다.

"죄송합니다, 부장님. 제가 요즘 한약을 먹고 있어서요."

"아, 그런가? 그럼 술은 멀리해야지, 암."

물론 억지로 마시라고 강요하는 자는 아무도 없었다. 아무리 본인이 최근에 보통 신입사원 행세를 하고 있다 해도, 그의 진짜 신분까지 잊을 수는 없는 것이었다.

자고로 회식이란 신입사원이 나서서 각종 개인기를 선보이다 여기저기서 따라주는 술을 거절 못 하고 다 마셔댄 끝에 인사불성이 되는 것이 정석이다.

그런데 이 술자리는 달라도 한참 달랐다. 정작 신입사원은 술 한 방울도 마시지 않은 채 입가에 미소만 띠고 앉아 있고, 그 앞에서 상사들이 알아서 술 먹고 떠들고 노래하면서 재롱들을 부리고 있는 것이었다.

개중에 가만히 앉아 있는 것은 오로지 유림 하나뿐이었다. 물론 정신이 나간 채였다.

"야, 정유림! 너 그렇게 정신 놓고 있을 거야?"

옆에 앉아 있던 현우가 옆구리를 쿡 찌르는 바람에 그제야 유림은 제정신으로 돌아왔다.

"예?"

"부장님 노래 시작하시잖아!"

깜짝 놀라 고개를 들어보니 어느새 부장이 무대에 나가고 요란한 조명이 돌아가기 시작하고 있었다.

부장님 노래하실 때 흥을 돋우는 것 역시 당연히 막내의 소임이다. 물론 따지고 보면 막내는 승현이긴 하지만, 회장님 손자분께 탬버린까지 바랄 수는 없는 노릇이다. 유림은 전주가 다 끝나기 전에 잽싸게 탬버린을 들고 무대로 나갔다.

"고혼드레에헤! 마한드레에헤! 나하는! 취해버려허써!"

부장의 깊은 소울이 담긴 혼신의 열창이 시작됨과 동시에 유림도 탬버린을 번쩍 치켜들었다. 그리고 그간 온갖 술자리에서 갈고 닦은 화려한 탬버린 실력을 선보이려던 그 순간.

"죄송합니다, 부장님. 유림 선배, 잠깐만 저 좀 봐요."

언제 일어나서 온 것일까. 심각한 얼굴을 한 승현이 유림의 팔을 잡아끌었다.

마이크를 잡고 열창하던 부장은 살짝 김샌 표정을 하면서도 얼른 따라 나가보라는 듯이 유림을 향해 눈짓까지 했다.

"응?"

영문을 모르면서도 유림은 승현이 이끄는 대로 복도로 따라 나갔다.

"무, 무슨 일이야, 승현 씨?"

문이 닫히자 승현이 그제야 미소를 지었다.

"싫어요, 내 여자친구가 그러고 있는 거."

설마 누가 듣진 않았겠지? 유림은 가슴이 철렁해서 주위를 둘러봤지만 다행히도 복도에는 두 사람 외에는 아무도 없었다.

"술 많이 먹었어요?"

승현이 손을 뻗어 유림의 뺨을 살며시 어루만졌다. 유림은 흠칫 놀라 그의 손을 피했다.

"아, 아니."

"그런데 얼굴이 빨개요. 왜 그렇지?"

승현이 고개를 갸웃거렸다. 왜는 왜야, 네가 방금 그렇게 만들었잖아!

"우리, 부장님 노래 끝날 때까지 이렇게 여기 있다가 들어가요."

유림의 손을 꼭 잡고, 승현이 즐거운 듯이 말했다.

"……."

도대체 뭐라고 리액션을 해야 할지 모르겠다.

유림은 제발 노래가 빨리 끝나주기만을 바라며 손을 잡힌 채로 고개를 푹 숙이고 있었다. 느껴지는 시선에 도저히 고개를 들 수가 없었다. 노래 한 곡 부르는 동안이 마치 영겁의 시간처럼 느껴졌다.

"제헤바할! 도라와하아아아!"

드디어 안쪽에서 노래의 마지막 부분이 새어 나오는 순간, 유림은 해방을 맞이한 사람처럼 승현에게 잡힌 손을 뺐다.

"끝났다. 얼른 들어가자!"

유림이 뒤도 안 돌아보고 룸으로 돌아가 자리에 앉자 현우가 괴이쩍다는 듯이 물었다.

"승현 씨랑 무슨 얘기 한 거야?"

입이 찢어져도 사실대로 말할 수는 없는 노릇이었다.

"그냥, 이래저래 좀 힘든가 봅니다. 고민 얘기 하던데요."

대충 둘러대자 현우가 고개를 끄덕였다.

"하긴 승현 씨 같은 사람이 사무실 막내 노릇 하자니 쉽지 않겠지. 조만간 나도 승현 씨랑 술 한잔하면서 얘기나 해야겠다."

유림은 펄쩍 뛸 뻔했다.

"아, 안 됩니다!"

"왜?"

승현이 현우에게 뭐라고 말이라도 했다간……. 생각만 해도 끔찍했다.

"고민 있다는 얘기, 저한테 한 거잖아요. 괜히 선배가 나서서 아는 체하면 어떡합니까."

"그것도 그렇네. 그럼 유림이 네가 신경 좀 써, 승현 씨한테."

"네."

"퇴근 후에 술도 좀 한잔 먹고 그러면서 들어줘. 얼마나 힘들겠냐."

현우는 진심으로 승현이 걱정스러운 모양이었다. 유림은 슬그머니 그런 현우가 원망스러워졌다. ……남의 속도 모르고.

하긴 선배가 내 속 몰라준 게 하루 이틀 일도 아니지.

한숨을 지으며 앞에 놓인 술잔을 들어 마시는 유림의 모습을, 저만치 앉은 승현이 입가에 희미한 미소를 띠고서 바라보고 있었다.

원래 회식을 좋아하는 편도 아니지만 오늘은 그야말로 가시방

석이 따로 없었다. 그런 관계로 유림은 일차가 끝나자마자 잽싸게 도주를 기도했다.

"그럼 저는 먼저 들어가보겠습니다, 부장님."

이차는 어디로 갈까를 과장과 의논하고 있는 부장에게 유림이 살짝 다가가서 말했다.

"아니, 유림 씨. 이제 겨우 열 시도 안 됐는데 벌써 들어간다고?"

"사실은 오늘 집에 제사가 있습니다."

가겠다는 사람 굳이 잡지 않는 게 그나마 마케팅팀 전통 중 바람직한 부분이다. 부장은 못마땅한 듯한 얼굴을 하면서도 고개를 끄덕였다.

"그래, 그럼 들어가봐요."

허락이 떨어졌다. 유림은 사람들에게 먼저 들어가겠다고 대충 인사를 건네고 무리를 빠져나왔다.

"휴우."

한숨을 지으며 버스 정류장으로 향하는 도중에, 갑자기 누군가가 유림의 바로 뒤에서 말을 걸었다.

"같이 가요, 유림 선배."

어느새 따라왔는지, 승현이 뒤에 서 있었다.

"승현 씨?"

유림은 깜짝 놀라 말했다.

"아니, 사람들은 어쩌고?"

"저도 먼저 가겠다고 하고 나왔어요."

승현이 어깨를 으쓱했다.

"어차피 다들 불편해하는 눈치던데, 뭐. 제가 빠져줘야 마음 편하게들 노시죠."

이러면 일부러 도망 나온 보람이 없지 않은가. 맥이 풀렸지만 유림은 애써 승현과 거리를 두고 말했다.

"그럼 승현 씨도 일찍 들어가서 쉬어. 한약 먹는다는 거 보니까 요즘 많이 피곤한 모양인데."

"거짓말이에요."

"응?"

"일부러 핑계 대고 술 안 먹은 거예요, 선배 집에 데려다주려고."

당황한 유림의 팔을 승현이 잡아끌었다.

"가요, 선배."

유림은 얼른 버텼다.

"됐어. 난 여기서 버스 타고 가면 돼."

"이 시간에 술까지 먹고 피곤해서 버스 어떻게 타요."

"그럼 택시 탈게."

"택시는 위험해서 더 안 돼요. 내 차 타요."

좀처럼 물러날 기세가 아닌 승현 때문에 유림은 속으로 발을 동동 굴렀다. 아까 사람들이랑 헤어진 곳에서 얼마 떨어지지도 않았는데! 간이 바짝바짝 쪼그라드는 느낌이었다.

"알았어. 알았으니까 일단 저만치 좀 가서 얘기하자."

"왜요?"

"승현 씨랑 나랑 둘이 있는 거 사람들이 보기라도 하면 어떡해?"

유림의 말에 승현이 갑자기 표정을 굳혔다.

"선배는 나랑 사귀는 게 창피해요?"

"뭐?"

"그렇잖아요. 낮에도 계속 다른 사람들 눈치 보고 있고. 설마 나랑 사귀는 거, 숨길 생각이에요?"

당근 아니냐! 유림은 펄쩍 뛰었다.

"그럼 승현 씨는 공개할 생각이었어?"

"당연하죠. 죄 짓는 것도 아니잖아요?"

"죄야."

유림은 딱 잘라 말했다.

"승현 씨는 뭘 몰라서 그러는데, 승냥이들이라도 알았다간 난 최소 사망이라고. 알아?"

"승냥이들이요?"

승현이 고개를 갸웃거렸다. 참, 승현 씨는 승냥이가 뭔지 모르겠지.

"있어, 그런 게. 예를 들면, 저기 민 차장님이라든가……."

마침 저만치서 이쪽으로 오고 있는 민 차장을 가리키던 유림의 안색이 갑자기 사색이 되었다.

"헉!"

기겁한 유림은 얼른 승현의 소매를 잡아끌었다.

"왜 그래요?"

"도망가자, 빨리!"

그러나 무슨 생각을 했는지 승현은 꿈쩍도 하지 않았다.

"글쎄, 빨리 가자니……!"

갑자기 세찬 힘으로 품 안에 끌어안긴 유림의 눈이 커졌다.

"글쎄, 알고 보니까 아주 술 먹으면 개더라니까요?"

"정말이야?"

"그럼요! 제가 김태희로 보였으면 말 다 한 거 아니겠습니까?"

다음 날 아침. 유림은 휴게실을 무대 삼아 혼신의 연기를 펼치고 있었다.

"갑자기 팬이라면서 다짜고짜 와락 끌어안는데, 와, 어찌나 기겁을 했는지!"

유림을 둘러싸고 있던 승냥이 중 하나가 다그쳤다.

"진짜로 술 먹고 취해서 그랬다는 거지?"

"아, 당연하죠! 그렇지 않고서야 차승현 씨가 대로변에서 저를 끌어안을 일이 뭐가 있겠습니까?"

"음, 듣고 보니까 그건 그렇네."

두목 승냥이인 민혜인 차장이 고개를 끄덕였다. 그런 그녀가 손에 쥐고 있는 휴대전화 안에는 어젯밤 껴안고 있는 유림과 승현을 찍은 사진이 들어 있었다. 아침부터 승냥이들을 집합시켜놓고 유림을 불러낸 것도 민 차장이었다. 그리고 다짜고짜 호통을 날린 것이었다.

「네 죄를 네가 알렷다!」

유림의 연기에 승냥이들은 결국 홀랑 속아 넘어가고 말았다. 물론 설마하니 승현이 유림과 그런 사이일 리가 없다는 믿음 때문에도 그랬겠지만.

"그나저나 차승현 씨 그렇게 안 봤는데, 은근히 주사가 있네."

"그러게요. 나도 한번 같이 술 마셔보고 싶다."

"뭐야?"

어느새 대화는 유림에게서 빗겨나가고 있었다. 유림은 몰래 가슴을 쓸어내리며 안도의 한숨을 내쉬었다.

'휴, 십년감수했네!'

"글쎄, 알고 보니까 아주 술 먹으면 개더라니까요?"

휴게실 문 밖에 서서 듣고 있던 승현의 얼굴이 굳어졌다.

'뭐라고? 개? 내가?'

어이가 없어서 헛웃음이 나올 지경이었다. 저 여자는 알까? 지금 자기가 자기 무덤을 점점 더 깊게 파고 들어가고 있다는 사실을.

dangerous associate

139

유림은 점점 갈수록 더 승현을 화나게 만들고 있었다. 사귀자는 말에 펄쩍 뛰고 거절을 한 것도 모자라서, 이제는 한술 더 떠 승현을 숨겨둔 남자 취급하고 있지 않은가. 나 차승현이랑 사귄다고 동네방네 자랑을 해도 모자랄 판에, 창피한 일이라도 되는 양 숨기지 못해서 안달을 하는 저 꼴이라니!

승현은 지금까지 살면서 그 누구에게서도 이런 대접을 받아본 적이 없었다. 솔직히 말해 대단히 자존심이 상했다.

그래서였다. 어젯밤에 민 차장 앞에서 일부러 유림을 껴안은 것도.

눈치 빠르기로는 둘째가라면 서러운 승현이었다. 물론 승냥이가 뭔지는 진작부터 알고 있었다. 그 승냥이들이 알게 될 경우, 유림이 어떤 꼴을 당하게 될지도.

그렇게 해서 골탕을 좀 먹여주려는 거였는데, 유림은 생각보다 머리가 좋았다. 주사라는 핑계를 대서는 잘 넘어가고 있는 게 아닌가.

이래저래 유림은 강적이었다. 지금까지 만났던, 승현이 달콤한 눈웃음만 한 번 지어도 그 자리에서 아이스크림처럼 살살 녹아내렸던 여자들과는 애초에 종류가 달랐다.

물론, 상대가 강할수록 승부욕은 한층 더 불타오르는 법.

'어떻게든 나한테 반하게 만들 테니까, 두고 봐.'

승현은 다시 한 번 마음속으로 굳게 다짐했다.

"뭐라고? 승현 오빠가?"

제 귀를 의심하는 세라에게, 미영은 흥분한 어조로 다시 말했다.

- 진짜야. 틀림없어. 내 눈으로 똑똑히 봤다니까? 회사 근처 대로변에서 그러고 있었는걸!

미영은 세라의 대학 시절 친구였다.

별로 친한 사이는 아니었지만, 같이 다니면 알아서 시녀 노릇을 하며 비위를 잘 맞추는 스타일이라 세라도 나름대로 보답을 해줬다. 아버지에게 말해서 미영을 드림제과에 취직시켜준 것이었다.

「정말 고마워, 세라야! 나 절대로 네 은혜 안 잊을게」

감격해서 눈물을 글썽거리던 미영이었다.

그런데 그런 미영이 오랜만에 전화를 하더니 흥분한 목소리로 다짜고짜 승현이 길거리에서 웬 여자랑 끌어안고 있었다는 게 아닌가?

- 여자도 내가 아는 여자야.

"어떤 여잔데?"

- 우리 회사 직원인데 나이는 스물아홉이고……, 좀 뭐랄까, 선머슴 같달까?

"선머슴?"

- 응. 사람은 괜찮은데 말투가 딱딱한 데다가 여자다운 맛이 하

나도 없어.

세라는 하마터면 웃어버릴 뻔했다.

"미영이 네가 뭘 잘못 봤겠지."

승현이 좋아하는 여자 타입이라면 꿰고 있었다. 그야 스쳐가는 여자들을 한두 명 본 게 아니니까. 모두 약속이나 한 듯이 화려한 스타일의 미모에, 애교가 많은 타입이었다. 물론 그중에 연상은 한 명도 없었고.

결혼할 사이인 자신을 놔두고 승현이 이 여자, 저 여자를 만나고 다녀도 지금껏 세라가 전혀 참견하지 않았던 것은, 그게 사랑이 아니라는 걸 잘 알고 있기 때문이었다. 어차피 놔두면 지나갈 여자들인데 일일이 굳이 참견할 필요가 없었다.

하나 더, 차승현은 집착하거나 간섭하는 여자를 딱 질색한다는 걸 세라는 잘 알고 있었다.

세라는 승현을 좋아했다. 정확하게 말하자면 승현 외의 남자는 생각할 수조차 없었다.

어릴 때부터 세라는 뭐든지 제 것이 최고가 아니면 못 견디는 성격이었다. 하다못해 인형 하나를 가져도 그 어떤 친구 것보다 제일 예쁘고 화려한 인형을 가져야만 직성이 풀렸다.

유치원 때는 그런 일도 있었다. 다른 친구가 새 인형을 가져왔는데, 누가 봐도 세라의 것보다 크고 예쁜 인형이었다. 그 길로 세라는 자신의 인형을 제 손으로 쓰레기통에 처넣어버렸다. 그때까지 그토록 아끼고 자랑하던 인형이었는데.

'최고가 아니면 필요 없어.'

세라는 평생 그렇게 생각하며 살아왔다.

그리고 차승현은 누가 봐도 최고의 남자였다. 놀라울 정도의 미모에 타고난 패션 감각, 거기에 평생 동안 써도 다 쓰지 못할 부까지 가지고 있다. 그러니 어떻게 세라가 그를 좋아하지 않을 수 있었을까.

문제는 승현이 그녀를 전혀 연애 상대로 보지 않는다는 것이었다. 물론 자존심이 상했지만 어차피 다른 여자들에게도 진짜로 마음을 주는 건 아니라는 걸 알기 때문에 참을 만했다. 승현 같은 남자를 소유하려면 그 정도는 참아줄 만하지 않은가.

그러나 가끔씩 참기 힘들 정도로 화가 날 때가 있었다. 승현이 또 새 여자를 만난다는 소문이 귀에 들어올 때라든가, 자신과는 가뭄에 콩 나듯 만나는데도 그때마다 관심 없다는 듯이 차갑게 굴 때라든가.

그럴 때는 세라 역시 가볍게 남자를 만나 즐기기도 했다. 어차피 피장파장이라고 생각하면 화도 가라앉곤 했다.

어쨌든 세라는 결혼하기 전까지는 승현의 사생활에 간섭할 생각이 전혀 없었다.

"승현 오빠, 그럴 사람 아니야."

세라는 웃으며 일축했다. 다른 여자를 만난다 해도, 남들 다 보는 거리에서 그렇게 껴안을 정도로 사랑에 푹 빠질 사람이 아니다.

"만약에 네가 본 게 승현 오빠가 맞더라도, 뭔가 다른 이유가 있었을 거야."

세라가 너무 확신에 찬 어조로 말하자 미영도 머쓱해진 모양이었다.

- 그래? 하긴 뭐, 결혼할 사인데 나보다야 네가 더 잘 알겠지.

"어쨌든 일부러 전화 줘서 고마워, 미영아."

- 그래, 세라야. 또 연락할게.

그러나 전화가 끊어지기 직전에, 세라는 저도 모르게 미영을 불렀다.

"미영아, 잠깐만."

- 응? 왜?

"네가 어제 봤다는 그 여자 말이야. 이름 좀 알 수 있을까?"

미영은 순순히 대답해주었다.

- 정유림이라고, 마케팅팀에 있어.

"그래, 고마워. 나중에 또 통화하자."

전화를 끊고 난 후 세라는 입속으로 중얼거려보았다. 정유림, 정유림…… 그러다 문득 피식 웃음이 새어 나왔다.

"나도 참. 언제부터 오빠 주위 여자들을 신경 썼다고."

애써 떨쳐버리려 해도 이상하게 개운하지 못한 느낌이 남았다.

결국 세라는 다시 휴대전화를 들어 어디론가 전화를 걸었다. 승현 때문에 자존심이 상할 때마다 불러내는 남자였다. 쉽게 말해 대용품이랄까.

- 여보세요.

상대가 전화를 받자마자 세라는 변함없이 상냥한 말투로, 그러나 명령하듯 말했다.

"코리아 호텔. 한 시간 내로 체크인 하고 룸 넘버 문자로 보내세요."

dangerous associate

y

6. 당신이 우는데 왜 이렇게 화가 나는 거지?

어영부영 승현과 사귀는 사이가 된 지 일주일이 지났다. 그리고 그동안 유림은 2킬로그램이나 살이 빠졌다.

몸무게만 줄어든 거면 그야 땡큐겠는데, 문제는 수명도 같이 바짝바짝 줄어드는 기분이었다.

역시 차승현은 평생 그 누구의 눈치도 안 보고 살아온 도련님다웠다. 툭하면 유림을 갑자기 뒤에서 껴안기도 하고, 기습적으로 뺨을 살짝 만지기도 하고, 심지어 업무 시간 도중에도 갑자기 손을 뻗어 유림의 손을 잡기도 했다.

그때마다 유림은 심장이 멈출 것만 같았다.

"제발 부탁이니까, 회사에서는 좀!"

화도 내보고 애원도 해보고 타일러도 봤다. 하지만 승현은 대답만 네, 네, 할 뿐 그럴수록 더 했다. 오히려 재미있다는 듯이 한층 더 대담해지는 것이었다.

그 탓에 유림은 하루하루 마치 살얼음 위를 걷는 기분이었다.

만약에 누군가에게 들키기라도 한다면? 지난번에는 핑계를 대

서 어찌어찌 넘어갔지만 이번에는 어림도 없다.

　상대는 두 살 연하에 후배에 신입사원에, 심지어 회장님 손자다. 게다가 어떻게 사귀게 됐는지까지 알려지게 된다면……. 생각만 해도 끔찍해서 몸이 떨렸다.

　어느새 유림은 승현의 얼굴만 봐도 깜짝깜짝 놀라며 경기를 일으킬 지경이 되어 있었다.

　"유림 선배 못 보셨어요?"

　"유림 씨? 아까 옥상에 있던데."

　사무실 선배의 대답에 승현은 곧바로 옥상으로 향했다.

　'점심도 먹는 둥 마는 둥 하고 도망치듯 나가더니, 숨은 데가 겨우 옥상이었어?'

　아무래도 유림은 정말 모르는 모양이었다. 그런 식으로 자꾸 피하면 피할수록 이쪽은 더 하고 싶어진다는 걸.

　옥상에 올라가보니 여자들 몇 명이 모여서 커피를 마시며 한창 드라마 얘기 중이었다. 그중에 유림의 모습을 발견한 승현이 가까이 다가갔다.

　"그때 갑자기 연민정이 짠, 하고 나타나서는!"

　"그래서 어떻게 됐습니까?"

　유림이 침을 꿀꺽 삼키며 물었다. 눈이 동그랗게 커져서는 주먹

까지 꽉 쥐고 토끼처럼 귀를 쫑긋 세우고 있는 게 마음에 안 들었다. 그까짓 드라마가 뭐 그렇게 재밌다고!

승현은 일부러 유림의 등 뒤로 다가가서 귓가에 대고 물었다.

"뭐 재밌는 거 있어요?"

아니나 다를까, 유림은 기겁을 하며 펄쩍 뛰었다.

"으악!"

승현은 속으로 혀를 찼다. 하여튼, 비명을 질러도. 여자가 으악이 뭐냐, 으악이.

"스, 승현 씨. 여긴 웬일로 올라왔어?"

방금까지 드라마 얘기로 생기에 넘쳤던 표정이 자신의 얼굴을 보자마자 금세 불안감으로 가득 찬다. 마치 고양이 앞의 쥐처럼 안절부절못하는 유림의 태도가 승현의 심기를 건드렸다.

대체 내가 뭘 어쨌다고!

"어머, 차승현 씨!"

"커피 마셨어? 한 잔 뽑아다줄까?"

다른 여직원들의 반응은 유림과 정반대라 더욱더 부아가 치밀었다. 그래, 이게 정상이지. 날 보면 뺨이 발그레해져서는 좋아서 어쩔 줄 모르는 거. 근데 당신만 대체 왜 그러는데? 뭐가 그렇게 잘나서?

치밀어 오르는 심술을 얼굴에 나타내지 않으려 노력하며, 승현은 미소를 짓고 물었다.

"유림 선배, 오늘 퇴근 후에 뭐 하세요?"

"오늘? 그, 글쎄. 뭐가 있었던 거 같은데. 뭐였더라?"

유림이 당황한 듯이 횡설수설하고 있는데 저만치서 부장이 불렀다.

"어이, 정유림 씨, 여기 화분 좀 옮길 게 있는데!"

"예, 부장님! 지금 갑니다!"

부장이 부르자마자 유림은 기다렸다는 듯이 반색을 하며 냉큼 그쪽으로 도망갔다. 살았다는 듯한 표정에 승현은 한층 더 울화가 치밀었다.

"근데 승현 씨, 유림 씨 오늘 뭐 하는지는 왜 물은 거야?"

같은 팀의 김 대리가 물었다.

"일이 좀 많아서요. 시간 괜찮으면 오늘 같이 야근 좀 해달라고 부탁드릴까 했죠."

승현이 거짓말로 둘러대자 김 대리가 혀를 끌끌 찼다.

"정유림이 저거, 거짓말이야. 어차피 월, 수요일 말고는 집에 일찍 가봤자 방바닥만 긁을 텐데. 걱정 말고 일 도와달라고 해."

말투가 어딘가 이상해서 승현은 물었다.

"유림 선배, 월요일이랑 수요일엔 뭐 하세요?"

"몰랐어? 월, 수에는 잔업이고 회식이고 간에 무조건 패스하고 칼퇴근하잖아."

그러고 보니 그랬던 것도 같다. 분명히 할 일이 남았는데 다음 날로 미루고 서둘러 퇴근하는 걸 몇 번 본 기억이 있었다. 그게 매주 같은 요일이었다는 건 깨닫지 못했었지만.

"무슨 일 하시는데요?"

"본인한테 물어봐. 말을 안 하니 우리가 아나. 한 일 년쯤 됐는데 아직도 절대 말 안 해줘."

그렇게 대꾸한 김 대리가 갑자기 재미있다는 듯이 웃었다.

"그래서 우리끼리 한때 소문도 돌고 그랬지. 일주일에 두 번만 요일 정해놓고 만나는 계약 연애 같은 거 하는 거 아니냐고."

다른 여직원들이 말도 안 된다는 듯이 웃었지만 김 대리는 의외로 진지했다.

"그게 꼭 근거 없는 얘기도 아니었다니깐. 유림 씨가 칼퇴근한 날, 밖에서 남자랑 같이 있는 걸 목격한 사람이 있거든. 윤 과장님이 두 눈으로 똑똑히 봤대!"

"정말요?"

"그래. 그것도 엄청나게 몸 좋고 잘생긴 남자였다지 뭐야. 박태환 같은 느낌?"

말도 안 된다고 승현은 생각했다. 스무 살 때부터 여태껏 현우만 짝사랑해왔다는 유림이 그럴 리가 없지 않은가.

그러나 한편으로는 은근히 사건의 진상이 신경 쓰이는 것도 사실이었다.

"선배, 일 거의 다 마무리되셨죠?"

퇴근 시간 5분 전, 승현이 옆자리의 유림에게 불쑥 물었다.

"어, 왜?"

"오늘 저랑 밖에서 저녁식사 해요."

'하실래요'가 아니라 '해요'다. 아니나 다를까, 승현은 목소리를 낮추더니 덧붙였다.

"선배 오늘 끝나고 아무 일 없으신 거 알아요. 그러니까 핑계 댈 생각은 마세요."

싫다고 했다가는 뭔가 사달을 낼 기세였다. 어쩔 수 없이 유림은 고개를 끄덕이고 말았다.

"그, 그래. 알았어. 하자. 하면 되잖아."

"저어, 음, 이 와인 말인데, 대충 얼마쯤 할까……?"

와인 병에 적힌 프랑스 어를 뚫어져라 보며 유림이 조심스럽게 물었다.

"글쎄요."

트뤼플을 곁들인 가리비 구이 한 점을 입에 쏙 넣으며 승현이 고개를 갸웃거렸다.

"뭐, 어차피 테이블 와인이니까 그렇게 비싸지는 않을 거예요."

"그래?"

조금 밝아지는 유림의 얼굴을 보며, 승현은 아무렇지도 않게 이어서 말했다.

"한 이, 삼십만 원 정도 하려나?"

dangerous associate

151

"이삼십……."

그나마 밝아졌던 표정이 금세 시무룩해졌다.

아까 먹고 싶은 거 있냐고 승현이 묻자 유림은 이렇게 대답했다.

「승현 씨가 골라. 내가 살 테니까.」

「오늘은 내가 살게요. 내가 먹자고 한 건데.」

그러나 유림은 딱 잘라 말했다.

「후배한테서 밥 얻어먹을 정도 아니야. 괜찮으니까 앞장서. 어디로 갈래?」

절대 밥 한 끼 얻어먹지 않겠다는 태도에 승현은 슬그머니 기분이 상했다. 명색이 후배가 아니라 남자친구 아닌가.

「좋아요. 그럼 저 먹고 싶은 데로 가도 되죠?」

「그러라니까.」

그리고 승현이 유림을 데려온 곳은 바로 이 프렌치 레스토랑이었다. 서울에서도 정통 프렌치를 선보이기로 유명한 이 식당은 가격도 가격이지만, 일단 특유의 고급스럽고 조용한 분위기부터가 처음 온 사람 기죽이기 딱 좋은 곳이었다.

아니나 다를까, 식당 입구에 들어서는 순간부터 유림의 표정은 급속도로 어두워지기 시작했다. 메뉴를 보고 한층 더 심각해졌던 표정은, 급기야 승현이 제일 비싼 코스에다 식전주로 샴페인, 거기에 와인까지 따로 주문했을 때는 그야말로 암흑에 가깝게 되었다.

"선배는 안 먹어요?"

"어? 난 속이 별로 안 좋아서. 승현 씨나 많이 먹어."

유림의 접시에 음식이 거의 그대로 남아 있는 것을 보고 승현은 이쯤 해두기로 했다. 놀리는 것도 재밌지만 그래도 사람이 눈앞에서 쫄쫄 굶는 꼴을 볼 순 없으니까.

"걱정 마요, 선배한테 돈 내라고 안 할 테니까."

"진짜?"

유림이 고개를 번쩍 들었다.

"그래도 오늘은 내가 쏘기로 한 건데……."

"여기로 데려온 거, 나잖아요. 내가 책임질 테니까 걱정 말고 어서 먹어요."

"정말 그래도 돼?"

"네."

유림의 얼굴에 급 화색이 돌았다.

"그럼 고맙게 잘 먹을게!"

가리비 구이 한 조각을 입에 넣은 유림의 눈이 순간적으로 휘둥그레졌다.

"이거 완전 맛있다!"

"그 옆에 있는 것도 먹어봐요. 맛있을 거예요."

"이게 뭔데?"

"트뤼플이에요. 버섯의 일종이라고 생각하면 돼요."

얇게 썰린 트뤼플 한 조각을 포크로 찍어 냄새를 맡아본 유림이 미간을 살짝 찌푸렸다. 특유의 향이 별로 마음에 들지 않았던 모

dangerous associate

153

양이다.

"안 먹을래. 고기만 다 먹음 됐지, 뭐."

그 버섯이 더 비쌀 수도 있다고는 차마 말하지 못하고, 승현은
화제를 돌렸다.

"근데 선배, 내가 밥 사기로 했으니까 대신 뭐 하나만 대답해줄
래요?"

"뭔데?"

유림이 입에 든 것을 꿀꺽 삼키고 승현을 바라보았다.

"매주 월요일이랑 수요일마다 대체 뭐 하는 거예요?"

승현의 물음에 바쁘게 움직이던 유림의 포크가 멈췄다.

사실 승현은 이걸 묻기 위해서 저녁식사를 하자고 한 거였다. 아
무래도 궁금증을 참을 수가 없어서.

그러나 유림은 한참 동안 정지 화면 상태로 있더니 이렇게 말했
다.

"그건 묻지 말아줬음 좋겠는데."

승현은 조금 울컥했지만 애써 드러내지 않고 부드럽게 말했다.

"나, 선배 남자친구잖아요. 애인한테도 말 못 할 일이에요?"

그래도 유림은 역시나 대답이 없었다. 꾹 다물린 입술에 승현은
더 이상 물어도 대답해주지 않을 거라는 사실을 알았다.

"알았어요. 더 묻지 않을게요."

승현은 한숨을 쉬고 말했다.

"근데 이거 하나만요. 서 대리님은 알아요?"

그것만은 확실히 해두고 싶었다. 현우가 아는 것을 자신만 모르는 건 자존심 문제였다.

"아니, 현우 선배한테도 말 안 했어."

다행히도 유림은 고개를 저었다.

"됐어요, 그럼. 언젠가 선배가 말해줄 때까지 기다릴게요."

승현이 빙긋 웃어 보이자 유림은 그제야 마음이 놓였는지 다시 열심히 먹기 시작했다. 가리비 구이도, 그 뒤에 나온 스테이크도 유림은 반 잘라 딱 두 입에 해치웠다. 얼마나 맛있게 먹는지 보고 있는 사람이 다 흐뭇할 지경이었다.

"서 대리님은 이런 데 데려와준 적 없죠?"

"그렇지, 뭐."

"지금까지 서 대리님이 사준 밥 중에서 제일 비쌌던 게 뭐예요?"

"음……."

유림이 입안에 든 음식을 꿀꺽 삼키고 대꾸했다.

"탕수육 대짜?"

승현은 우쭐해졌다.

그럼 그렇지, 이 여자가 어디서 누구한테서 이런 대접을 받아봤겠는가. 이렇게 고급 식당도 데리고 다니고 쇼핑도 원 없이 시켜주고 하다 보면 금세 넘어오겠지. 최소한 탕수육 대짜 사주는 남자한테 져서야 안 되지 않겠는가.

'가만있자, 쇼핑이라.'

거기까지 생각이 미친 승현은 새삼스레 유림의 차림을 훑어보았다.

오늘의 의상은 짙은 갈색의 밋밋한 바지 정장. 단정하기는 했지만 딱 봐도 그다지 재질이 좋은 옷은 아니었다. 물론 승현의 눈에 찰 리가 없었다. 구두나 시계, 가방 같은 소품들은 더더욱 문제였다. 특히나 매일같이 들고 다니는 투박한 모양의 검은 가죽 가방이 오늘따라 유난히 거슬렸다.

"선배, 혹시 그 가방 말고는 없어요?"

옆에 놔둔 자신의 가방을 슥 내려다보고는 유림이 대꾸했다.

"응."

"다른 거 살 생각은 없고요?"

"뭐 하러? 이 가방이 얼마나 튼튼한데. 앞으로 십 년은 더 쓰겠다."

승현은 한숨이 나올 뻔한 것을 겨우 참았다.

가만있자, 그럼 어떤 브랜드가 어울릴까. 샤넬은 너무 화려한 느낌이고, 프라다나 에르메스 정도가 좋을 것 같은데. 둘 중에서도 유림에겐 에르메스 쪽이 더 어울릴 것 같았다. 물론 구두랑 시계, 그리고 옷과 화장품도!

워낙 쇼핑을 즐기는 승현이었다. 이 여자의 답 없는 패션을 머리 끝부터 발끝까지 바꿔놓을 생각을 하자 벌써부터 가슴이 두근거렸다.

"다 먹었어요?"

유림이 디저트로 나온 판나 코타며 초콜릿, 마들렌에 셔벗까지 깨끗이 다 먹어치우는 것을 겨우 기다린 승현이 일어나며 재촉했다.

"그럼 일어나요, 나랑 갈 데가 있으니까."

"어딘데?"

"가보면 알아요."

승현이 유림을 데려간 곳은 바로 미래백화점 본점, 그것도 명품관이었다.

"이거 한번 차볼래요?"

승현이 턱짓으로 가볍게 가리킨 유리 진열장 안의 시계를, 매장 직원이 장갑을 낀 손으로 조심스럽게 꺼냈다.

로즈골드 색상의 베젤에 블루 사파이어로 장식된 동그란 크라운. 다이얼 판에는 수없이 많은 작은 다이아몬드가 촘촘히 박혀 눈부시게 반짝이는 시계의 아름다움에 유림도 잠시 숨을 멈췄다.

"예쁘긴 참 예쁘다……."

그러나 황홀한 느낌도 잠시, 표시되어 있는 가격을 무심코 봤다가 유림은 눈이 튀어나올 뻔했다.

'사, 사천만 원?'

잘못 봤나 싶어서 몇 번이나 다시 자릿수를 세어봐도 사백이 아니라 사천이 맞았다.

'내 연봉보다 더 비싸잖아!'

당황하고 있는 유림에게 승현이 물었다.

"마음에 들어요?"

"서, 설마 진짜로 이걸 살 생각은 아니겠지?"

유림이 침을 꿀꺽 삼키며 묻자 승현이 눈웃음을 지으며 말했다.

"선배가 마음에 든다고 하면요."

보는 사람이 다 살살 녹아내릴 정도로 예쁜 그 눈웃음이 오늘은 그저 무섭기만 했다. 사천만 원짜리 시계가 존재한다는 것도 무섭지만, 그걸 사겠다는 인간이 과연 제정신이란 말인가!

"아니, 마음에 안 들어."

"그럼 저건 어때요?"

승현이 뒤이어 가리킨 시계는 심지어 앞의 것보다 천만 원이 더 비쌌다.

"그것도."

"그럼 이건요?"

"글쎄, 마음에 드는 게 없다니까?"

여긴 내가 있을 곳이 아니라고 생각한 유림은 무조건 다 마음에 안 든다는 핑계로 뻗댔다. 그러나 겨우 시계 지옥을 탈출하고 나자 이번에는 가방 지옥이 기다리고 있었다.

"그런 종류의 가죽이라면 대강 천만 원대 초중반 정도로 생각하시면 될 것 같습니다. 물론 크기에 따라 다릅니다만."

매장 직원의 말에도 놀라지 않고 태연하게 고개를 끄덕일 수 있었던 것은 아까 미리 예방주사를 충분히 맞은 덕분이었다. 시계가

몇천만 원씩 하는데 가방이야 뭐.

그러나 함정은 가격이 아니라 다른 데 있었다.

"뭐라고요? 가방 하나 사는 데 몇 년씩이나 기다려야 된다고요?"

돈이 있어도 물건을 살 수 없다니, 세상에 이런 법이 있나! 화들짝 놀라는 유림에게 승현이 웃으며 말했다.

"걱정 마요. 설마하니 나한테 기다리라곤 안 할 테니까."

"왜?"

승현은 간단하게 대답했다.

"미래백화점도 대한그룹 계열사 중에 하나잖아요."

아, 참, 그랬지. 그래서 명절 때마다 미래백화점 상품권이 보너스 대신 나왔지.

"하여튼 그럼 이 백으로 주문할래요?"

유림은 승현이 누구인지 다시 한 번 실감했다. 그리고 동시에 뱃속이 뒤틀리는 듯한 느낌을 받았다. 뭐랄까, 아니꼽다고 해야 할까, 불편하다고 해야 할까.

애초에 승현이 뭘 사준다고 하든 받을 생각은 전혀 없었다. 그저 이때가 아니면 언제 이런 델 와보겠느냐는 생각에 잠자코 시계니, 가방이니 구경하러 따라다녔는데, 더는 못 하겠다. 시계는 시간만 잘 맞으면 되고 가방은 튼튼하기만 하면 그만이지, 비싼 게 다 무슨 소용이란 말인가.

"볼 만큼 봤으니까 이제 집에 가자. 피곤해."

dangerous associate

159

유림이 딱 잘라 말하고 일어서자 승현이 당황한 듯이 물었다.

"안 사려고요?"

"됐다니까. 천만 원도 넘는 가방, 어디 흠집 날까 무서워서 들고 나 다니겠어?"

구경 잘했습니다, 하고 매장 직원에게 인사를 남긴 후 유림은 미련 없이 매장을 나와버렸다.

승현이 따라 나와서 곁에 붙어 걸으며 물었다.

"그럼 구두 보러 갈래요?"

"됐어."

"옷이나 화장품은요?"

"싫어."

하는 말마다 거절하고 꿋꿋이 걷자 이윽고 승현이 앞을 가로막아 섰다.

"선배, 혹시 자격지심 같은 거 있어요?"

"뭐?"

유림은 기가 막혀서 승현의 잘생긴 얼굴을 올려다보았다.

"내가 선배 남자친구잖아요."

"그런데?"

"남자친구가 능력 돼서 사준다는데 왜 다 싫다고만 하는 거예요?"

답답하다는 듯한 목소리에 유림은 코웃음을 쳤다. 뭐, 정 그렇게 돈 자랑을 하고 싶다면야.

"좋아, 그럼 남친님. 내가 사달라면 뭐든지 다 사줄 거야?"

"뭐 갖고 싶은 거 있어요?"

얼굴이 환해지는 승현을 향해, 유림은 턱짓을 했다.

"따라와."

승현은 어안이 벙벙해서 유림이 하는 양을 지켜만 보고 있었다.

"이거 색깔 화려하고 좋다. 이거 주세요."

"와, 너무 예쁘다! 저것도요."

"이거 좀 더 큰 사이즈 있어요?"

유림이 승현을 데려간 곳은 백화점 내의 스포츠용품 전문 매장이었다. 그리고 그녀가 신이 나서 고르고 있는 것은 오로지 수영복, 그리고 수영복, 그리고 또! 수영복이었다.

유림이 왕년에 수영 선수였다는 얘기는 이미 들어서 알고 있다. 그래서 여태 말투가 저 모양이라지.

그러니까 수영복에 유난히 관심이 많은 것까지야 이해하겠다. 하지만 아무리 그래도 이건 좀 심하지 않은가. 화려한 것부터 수수한 것까지 디자인별로 쭉 사는 건 그렇다 치자. 사이즈별로 사는 것까지도 좋다 이거다. 근데 남자 수영복은 왜 사는데!

결국 스무 벌도 넘는 수영복을 고르고 난 후에야 유림은 겨우 만족한 얼굴을 했다.

"됐어요. 이거 다 주세요."

멍하니 지켜보고 있는 승현을 보더니 유림이 물었다.

"왜, 너무 비싸? 안 사줄래?"

그럴 리가. 그제야 승현은 정신을 차리고 물었다.

"이걸 다 입으려고요?"

"그럼 입지, 설마 내다 팔까 봐?"

장난처럼 가볍게 대꾸한 유림이 피식 웃었다.

"그래봤자 아까 그 가방 손잡이 값도 안 될 테니까 쿨하게 계산 부탁드려요, 남친님."

승현은 귀신에 홀린 듯한 기분으로 계산을 마쳤다.

"잘 입을게!"

양손 가득 쇼핑백을 든 유림이 즐거운 표정으로 매장을 나섰다.

같은 시각, 미래백화점. 세라는 퍼스널 쇼퍼를 대동한 채 조용한 분위기 속에서 쇼핑을 즐기고 있었다.

예비 시할아버지인 차 회장은 그룹 계열사 중에서도 알짜배기인 드림제과를 가장 예뻐하는 막내 손자인 승현의 몫으로 일찌감치 정해놓았다. 그야 감사한 일이지만 아무래도 여자인 세라로서는 이 미래백화점이 가장 탐났다.

물론 드림제과에 미래백화점까지 얹어주지 말란 법도 없다. 그래서 세라는 지금도 차 회장에게 가끔 안부 전화를 드리며 미리부터 애교 넘치는 손자며느리 노릇을 잊지 않았다.

'언젠가 이 백화점을 통째로 내 것으로 만들고 말겠어.'

죽 늘어선 명품 매장들을 훑어보는 세라의 눈빛이 순간적으로 욕망에 반짝 빛났다.

어쨌든 미래백화점에서의 쇼핑은 늘 그녀를 기분 좋게 했다. 이 모든 게 언젠가는 내 것이 된다고 생각하면 더욱더.

그러나 좋았던 기분도 잠시, 세라는 믿을 수 없는 광경을 발견하고 발걸음을 멈췄다. 몇 미터 떨어진 곳에서 웬 남녀가 나란히 걸어가고 있었다. 여자가 양손 가득 쇼핑백을 들고 있고, 남자가 그중 몇 개를 빼앗아 드는 참이었다.

그리고 그 남자는 세라가 너무나 잘 아는 사람이었다.

"승현 오빠……?"

몇 번이나 눈을 깜빡이며 다시 쳐다봤지만 승현이 틀림없었다. 세라의 하얀 얼굴이 굳어졌다.

"선배! 그러지 말고 집까지 배달시키자니까요."

"이까짓 거 얼마나 무겁다고. 그냥 들고 가면 되지."

세라가 지켜보고 있는 것도 모르고 승현과 여자는 얘기를 나누며 저만치 멀어져갔다.

세라는 예쁜 입술을 깨물고 선 채 가만히 생각에 잠겼다.

'혹시 저 여자가 바로 그……?'

미영이 말했었다. 선머슴 같고 여자다운 맛이라고는 하나도 없는 여자라고.

'뭐야, 생각했던 거랑은 다르잖아?'

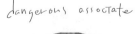

미영의 설명이 너무 극단적이었던 탓일까. 세라가 상상했던 건 거의 남장여자 수준이었는데 의외로 유림은 멀쩡했다. 표정과 말투가 딱딱하긴 했지만 생긴 것 자체는 하이틴들이 쓰는 화장품 광고에 나올 것같이 맑은 느낌의 예쁜 얼굴이었다. 약간 보이시해 보이는 게 오히려 매력 포인트라고 할까.

물론 승현이 좋아하는 여자 타입과 거리가 한참 먼 것만은 사실이었다.

'아까 선배라고 불렀지? 별 사이 아닐 거야.'

세라는 애써 그렇게 생각해보았다. 얼핏 보긴 했지만 별로 연인 같은 분위기는 아니었으니까.

하지만 전에 두 사람이 끌어안고 있는 걸 미영이 봤다고 하지 않았는가. 게다가 두 사람이 함께 쇼핑을 하고 있었다는 사실이 아무래도 마음에 걸렸다.

예전에 세라는 승현에게 애교 섞어서 졸랐던 적이 있다.

「있잖아요, 같이 가서 제 옷 좀 골라주지 않을래요?」

뭔가를 사주기를 바란 것은 아니었다. 돈이라면 세라에게도 부족하지 않을 만큼 있으니까.

단지 승현의 팔짱을 끼고, 앞으로 제 것이 될지도 모를 백화점을 함께 거닐며 사람들에게 마음껏 과시하고 싶었다. 그 어떤 명품보다도 빛나는 이 남자가 바로 내 거라고.

그러나 승현은 단호하게 대꾸했다.

「난 다른 사람이랑 같이 쇼핑 안 하는데.」

자존심이 상했지만 이해는 갔다. 차승현은 사귀는 여자가 핸드백이나 보석을 사달라고 조르면 차라리 카드를 건네주면 건네줬지, 함께 쇼핑할 인물은 아니었으니까.

그런데 저 여자는 대체 뭔데 승현과 나란히 백화점에 왔단 말인가!

어느새 세라는 주먹을 꽉 쥐고 있었다.

'아무래도 뭔가 이상해.'

막연히 느꼈던 불안감이 슬슬 모양을 갖춰가고 있었다.

아무리 생각해도 그놈의 남자 수영복이 계속 마음에 걸렸다.

"자, 여기, 승현 씨 커피."

다음 날 아침, 탕비실에서 유림이 내미는 모닝커피를 받아드는 순간에도 승현은 계속 그 생각을 하고 있었다. 도대체 그 수영복은 누구한테 주려는 걸까.

어제도 몇 번이나 물어봤지만 유림은 씩 웃으며 그저 이렇게만 대답할 뿐이었다.

「다 입을 만한 사람이 있어.」

그러니까 그게 누구냐고!

너무 신경을 써서일까. 커피 잔을 입으로 가져가던 승현은 문득 머리가 띵하니 아파오는 것을 느끼고 이마를 찌푸렸다.

"왜 그래, 승현 씨?"

유림이 놀란 듯이 물었다. 승현은 억지로 웃어 보이며 손을 저었다.

"별거 아니에요. 평소에 두통이 자주 있는데 오늘은 아침부터 좀 심하네요."

뭔가에 신경을 쓰게 되면 두통이 일어나곤 하는 승현이었다.

"에스프레소 같은 거 자꾸 마시니까 그렇지."

그러나 유림은 본인이 두통의 원인인 줄도 까맣게 모르는 듯, 선생님 같은 표정으로 훈계를 하는 게 아닌가.

"카페인이 철분 흡수를 방해해서 철분 부족으로 두통이 일어날 수가 있대."

승현은 피식 웃으며 대꾸했다.

"아침에 커피 안 마시고 어떻게 일을 해요?"

"그래도 그렇게 머리 아픈 것보다는 낫잖아."

"글쎄요."

커피 없는 아침은 상상할 수도 없다. 더 듣기 싫어진 승현은 대충 얼버무리고 화제를 돌렸다.

"참, 선배. 괜찮으면 이따 퇴근 후에 같이 저녁식사 할래요?"

식사를 하면서 어떻게든 그 수영복에 대해 캐물을 생각이었다.

그러나 유림은 곤란한 듯이 말했다.

"미안. 오늘은 퇴근 후에 일이 있어서."

"아, 참. 오늘이 그날이었죠."

거절을 당하자 은근히 부아가 났다. 대체 그 일이란 게 뭐 얼마나 대단한 거길래?

도대체 이 여자는 알 수 없는 것투성이다. 신경이 쓰여 죽을 지경인데 이미 어제 '선배가 말해줄 때까지 기다리겠다.'고 해놨으니 더 물을 수도 없었다.

결국 승현은 한발 물러섰다.

"그럼 식사는 다음에 하죠, 뭐."

그때 유림의 주머니에서 문득 휴대전화 벨소리가 울렸다.

"누구예요?"

"현우 선배네. 오늘 외근 있어서 그쪽으로 바로 출근한다고 했는데 웬일이지?"

유림이 고개를 갸웃거리며 전화를 받았다.

"여보세요. ……네? 사고요?"

갑자기 유림의 얼굴이 새하얗게 질렸다. 순간적으로 비틀거리는 유림을, 놀란 승현이 얼른 부축했다.

"유림 선배! 왜 그래요?"

잠시 후 전화를 끊은 유림이 백지장같이 하얘진 얼굴로 겨우 대꾸했다.

"현우 선배가 교통사고를 당했대. 지금 병원에 실려 가는 중이라고, 경찰이 대신 전화를……."

말을 채 맺기도 전에 유림이 갑자기 등을 돌려 정신없이 뛰쳐나갔다.

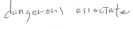

"선배, 같이 가요!"

승현이 뒤에서 불렀지만 유림에게는 들리지도 않는 것 같았다.

"젠장!"

입속으로 나지막이 욕설을 내뱉으며 승현은 유림을 따라 뛰어 나갔다.

헐레벌떡 병원으로 달려간 두 사람의 앞에 펼쳐진 것은 믿을 수 없는 광경이었다.

"어? 너네들 어떻게 알고 왔냐?"

한쪽 팔에 살짝 붕대를 감은 것 외에는 대단히 멀쩡해 보이는 현우가, 침대에 누운 채로 유림과 승현을 맞이했던 것이다.

"선배! 많이 다치지 않았어요? 괜찮은 거예요?"

유림이 떨리는 목소리로 물었다.

"한쪽 팔에 살짝 금 갔대. 뭐, 자세한 건 더 검사 받아봐야 하지만 일단 그것 빼곤 멀쩡."

현우는 아무렇지도 않게 대꾸하고는 두 사람의 손을 살폈다.

"야, 근데 너네들은 어떻게 병원에 오면서 주스 한 박스도 안 사 왔냐?"

유림과 승현은 동시에 할 말을 잃어버렸다.

"……."

그리고 한참 만에야 유림이 낮게 착 깔린 목소리로 입을 열었다.

"팔이 두 개 다 부러진 것도 아닌데, 전화는 본인이 좀 하면 안

위험한 신입사원 |

168

됐던 겁니까?"

어금니를 악물고 말하는 바람에 실제로는 '프리 드게 드……'로 들렸다.

험악한 표정의 유림과는 달리 현우는 태평하게 대꾸했다.

"글쎄, 사고 현장에 휴대전화를 떨어뜨렸지 뭐야. 경찰이 보호자 불러준다는 게 그만 유림이 너한테 전화가 갔나 봐. 네가 내 단축번호 일 번이잖냐. 뭐, 너무 감동할 것까진 없고."

"선배!"

갑자기 유림이 고함을 꽥 지르는 바람에 옆에 있던 승현까지 화들짝 놀랐다.

"지금 농담이 나오십니까? 예?"

"안 나올 건 또 뭐야. 완전히 그쪽 과실인데. 팔 한쪽 살짝 금 가고 공돈 생기게 됐……."

빙글거리던 현우가 갑자기 눈을 크게 떴다.

"뭐야, 정유림. 너 설마 우는 거냐?"

"제가 미쳤습니까? 선배 팔에 금 갔다고 울게?"

"그야 그렇긴 한데, 너 지금 눈에 그거는 그럼 눈물이 아니라 콧물이냐?"

갑자기 유림이 등을 돌리더니 병실을 박차고 나갔다.

"야, 유림아!"

현우가 급히 불렀지만 유림은 뒤도 안 돌아보고 그대로 나가버렸다.

"승현 씨, 유림이 좀 따라 나가봐. 난 이것 때문에."

제 팔에 꽂힌 링거 줄을 가리키며 현우가 당황한 듯이 말했다.

"유림이 쟤 설마 진짜 우는 건 아니겠지? 응? 내가 정유림 본 지 십 년 다 돼가는데, 한 번도 우는 거 본 적 없단 말이야!"

어쩔 줄 몰라 하는 현우를, 승현은 대답 대신에 잠시 노려봐주었다. 아까 제 차에 타고 병원으로 향하는 내내 새하얗게 질린 채 부들부들 떨고 있던 유림의 얼굴이 떠올라서였다.

"유림 선배!"

승현이 복도로 쫓아 나오자 이미 유림의 모습은 없었다. 한참 동안 유림을 찾아서 여기저기 두리번거리던 승현은, 이윽고 병원 뒤뜰에 있는 커다란 나무에 지친 듯이 이마를 기대고 서 있는 유림의 모습을 발견했다.

"유림 선배, 왜 이런 데서……."

가까이 다가갔던 승현은 흠칫 놀랐다. 유림의 어깨가 소리 없이 물결치고 있는 것이 눈에 들어왔기 때문이다.

"……."

유림은 나무에 기대서 소리를 죽인 채 흐느껴 울고 있었다. 가끔씩 다 삼키지 못한 흐느낌 소리가 입 밖으로 새어 나왔다.

"흐윽, 흑……."

마치 상처받은 어린아이 같은 흐느낌. 순간, 승현은 알 수 없는 분노가 치밀어 오르는 것을 느꼈다.

대체 서현우가 뭐라고!

"이렇게 숨어서 울면 서 대리님이 알아주기라도 해요?"

싸늘한 목소리에 유림이 화들짝 놀란 듯이 뒤를 돌아보았다.

"승현 씨!"

역시나 하얀 얼굴은 눈물로 범벅이 되어 있었다. 황급히 주먹으로 눈물을 훔쳐내는 유림을 보고, 승현은 더욱더 걷잡을 수 없이 화가 끓어올랐다.

"팔이 아주 부러진 것도 아니고, 그냥 살짝 금 간 거 가지고 왜 이렇게 호들갑을 떨어요?"

"그렇지. 맞아. 내, 내가 주책이네. 미안."

유림이 훌쩍거리며 억지로 울음을 멈추려고 했다. 그러나 잘되지 않아서 끅끅거리는 걸 보고 있자니 승현의 마음이 복잡해졌다.

화가 나는데 불쌍하고, 불쌍하니까 더 화가 난다.

"전 그냥 이대로 퇴근할게요. 선배는 이따가 알아서 사무실로 들어가든지 하세요."

최대한 감정을 눌러 죽이려 노력했지만 목소리가 절로 퉁명스러워지는 건 어쩔 수 없었다.

새빨개진 눈을 한 유림을 남겨두고, 승현은 돌아섰다.

"먼저 갑니다."

유림에게서 이 새끼니, 저 새끼니 하는 막말을 들었을 때보다도, 친구들 앞에서 쓰레기라 불리며 위스키 세례를 당했을 때보다도, 단언컨대 지금의 기분이 백배는 더 바닥이었다.

dangerous associate

171

그날 밤, 유림은 좀처럼 잠을 이루지 못했다.

「이렇게 숨어서 울면 서 대리님이 알아주기라도 해요?」

늘 부드럽게 미소를 짓고 있던 승현이 그렇게 화난 표정을 짓는 것은 처음 보았다. 그렇게 다그치듯 무서운 말투로 말하는 것도.

"그만큼 화가 많이 났다는 거겠지……, 하아."

혼잣말 끝에 한숨이 붙었다. 자신이 잘못했다는 걸 스스로도 잘 알고 있었기 때문에.

비록 원하는 바는 아니었다 해도 현재 승현과 사귀고 있는 건 사실이다. 그런데 승현의 앞에서 현우 때문에 우는 꼴을 보이다니, 아무리 생각해도 크게 잘못한 거였다.

승현에게 한없이 미안하고 부끄럽기만 했다.

'어떻게 사과를 해야 되지?'

한참을 고민하다 보니 머리가 다 지끈지끈 아파오기 시작했다.

「평소에 두통이 자주 있는 편인데 오늘은 아침부터 좀 심하네요.」

문득 아침에 승현이 했던 말이 떠올랐다. 그리고 동시에, 유림의 머릿속에 갑자기 섬광처럼 번뜩인 것이 있었다.

'맞아, 그거야!'

다음 날 아침이었다.

승현이 출근해서 평소처럼 에스프레소 더블 샷으로 하루를 시

작하고 있을 때, 뒤이어 유림이 출근했다.

"좋은 아침, 승현 씨."

어색하게 건네오는 인사를, 승현은 고개도 들지 않은 채 무뚝뚝하게 받았다. 어제 일로 아직도 기분이 좋지 않았던 것이다.

"네."

승현의 퉁명스러운 말투를 알아차렸는지, 유림이 조심스럽게 말했다.

"바쁘지 않으면 잠깐 밖에서 나 좀 보자."

어제 일을 사과하려는 모양이라고 생각한 승현은 못 이기는 척하며 자리에서 일어났다.

"그러죠, 뭐."

유림은 사무실을 나가서 비상계단이 있는 쪽으로 승현을 이끌었다. 인적이 거의 없어서 가끔씩 둘이 얘기할 때 이용하는 곳이었다.

"할 말 있으면 해보세요. 들을 테니까."

심드렁하게 말하는 승현에게, 유림이 갑자기 뭔가를 불쑥 내밀었다. 다름 아닌 1리터짜리 생수병이었다.

"약수야. 한번 마셔봐."

"네?"

승현은 당황해서 유림의 얼굴을 바라보았다.

"이 약수에 철분이 되게 많이 들었대. 우리 엄마도 한동안 만성 두통으로 고생하셨는데 커피 대신 이거 매일 마시고 좋아지셨어."

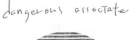
dangerous associate

유림의 목소리는 제법 확신에 차 있었지만 승현은 어이가 없었다. 나더러 아침에 커피 대신 약수를 마시라고? 천하의 차승현한테?

사실 어제 승현의 하늘 같은 자존심은 굉장히 큰 타격을 받았다. 비록 진심은 아니라지만, 명색이 사귀는 사이인 여자가 자기 앞에서 다른 남자 때문에 우는 꼴을 볼 줄이야.

물론 머리끝까지 화가 났지만 여기까지 와서 없었던 일로 할 수도 없는 일이었다. 그래서 유림이 사과하면 못 이긴 척 받아줄 생각이었다. 진심으로 사과한다면.

그런데 사과는커녕 약수라니, 이게 웬 테러란 말인가? 승현은 퉁명스레 대꾸했다.

"됐어요. 그냥 두통약 먹고 말죠."

그러나 유림은 끈질겼다.

"그러지 말고 일단 마셔봐. 나쁠 건 없잖아?"

결국 승현도 더는 버틸 수가 없었다.

"그럼, 한 모금만요."

페트병을 열고 한 모금 마시자마자 승현은 얼굴을 찌푸렸다. 사이다처럼 톡 쏘는 쇠 맛이 입안에 퍼졌던 것이다.

"맛이 되게 특이하지?"

"그러네요."

"그게 철분 맛이야. 참고 마시다 보면 익숙해져."

어안이 벙벙해진 승현을 향해 유림이 웃어 보였다.

"오늘부터 매일 갖다 줄 테니까, 커피 대신 그거 마셔. 알았지?"

어색한 듯, 어딘가 쑥스러운 듯한 그 웃음에 승현은 문득 생각했다. 잠깐, 혹시 이게 미안하다는 뜻인가?

화난 남자친구에게 사과의 표시로 약수라니, 사실이라면 대단히 희한한 표현 방식이 아닐 수 없다.

하지만 식사 후에 커피 대신에 은단을 먹는 여자라면 또 모른다.

"이거, 혹시 나 때문에 일부러 떠 온 거예요?"

"그런 건 아니고! 어차피 가족들 마실 물 뜨는 김에, 뭐 겸사겸사. 흠, 흠."

유림은 다른 곳을 쳐다보며 헛기침을 했다.

아, 역시나 그런 뜻이 맞구나. 왠지 웃음이 나왔지만 승현은 꾹 참고 짐짓 물었다.

"어제 서 대리님 때문에 울었던 거, 나한테 미안하죠?"

그제야 유림은 우물쭈물하며 말했다.

"어, 저, 그게, 그러니까…… 미안."

마지막 말은 거의 입속에서 중얼거리다시피 했지만, 승현은 용케 알아들었다.

어째서일까. 몇 분 전까지만 해도 그렇게 기분이 가라앉아 있었는데, 갑자기 소리 내어 웃고 싶어졌다.

"그럼 먼저 들어갑니다. 내일 뵙겠습니다!"

그다음 주 월요일. 역시나 유림은 퇴근 시간이 되자마자 칼같이 먼저 내빼버렸다.

휑하니 비어 있는 유림의 빈 책상을 노려보면서 승현은 두뇌를 풀 가동시켰다.

'대체 어디, 뭘 하러 가는 거지?'

문득 예전에 들었던 얘기가 뇌리를 스쳤다.

「유림 씨가 칼퇴근한 날, 밖에서 남자랑 같이 있는 걸 목격한 사람이 있거든.」

「정말요?」

「그래. 그것도 엄청나게 몸 좋고 잘생긴 남자였다지 뭐야. 박태환 같은 느낌?」

박태환이라. 왜 하필 예를 든 게 박태환이었을까.

갑자기 승현은 가슴이 철렁하는 것을 느꼈다. 잠깐, 혹시 그 남자가 수영 선수 같은 느낌이었다는 뜻이 아닐까?

「그래서 우리끼리 한때 소문도 돌고 그랬지. 일주일에 두 번만 요일 정해놓고 만나는 계약 연애 같은 거 하는 거 아니냐고.」

모든 의문의 실마리가 풀리는 것 같았다.

유림은 수영 선수 출신이다. 그러니 물론 남자 수영 선수와 충분히 알고 지낼 수도 있는 것이 아닌가.

그렇다면 어제 남자 수영복을 산 건, 설마 그 남자에게 주려고……?

'설마, 진짜로 계약 연애라도 한다는 건가?'

가슴이 마구 쿵쾅거렸다. 다른 사람도 아니고 정유림이? 도저히 믿을 수 없는 일이었지만 지금까지 나온 실마리들로는 그런 결론밖에 낼 수가 없었다.

'뭐, 직접 확인해보면 되겠지.'

그렇게 생각하고 승현은 자리에서 일어섰다. 유림이 나간 지 겨우 몇 분밖에 안 됐으니 바로 뒤쫓아 나가면 따라잡을 수 있을 것 같았다.

"그럼 저도 먼저 들어가보겠습니다!"

가방도 챙기는 둥 마는 둥 하고 승현은 잰걸음으로 사무실을 나섰다.

다행히도 유림은 그리 멀리 가 있지 않았다. 회사를 나서서 평소와는 반대쪽으로 향하는 유림의 뒷모습에, 승현의 의심은 한층 깊어졌다.

dangerous associate

177

'집에 가는 버스 정류장이 저쪽이 아닐 텐데?'

멀찍이서 승현이 뒤를 밟고 있는 것도 모르고, 유림은 뭐가 즐거운지 날아갈 듯이 가벼운 발걸음으로 어디론가 향했다.

이윽고 그녀가 멈춘 곳은 아무것도 없는 그냥 도로변이었다.

'뭘 기다리는 거지?'

승현이 그렇게 생각하자마자, 기다렸다는 듯이 하얀 승용차 한 대가 유림의 앞에 섰다. 이윽고 차에서 내린 것은 젊은 남자였다.

"⋯⋯!"

나이는 승현 또래쯤 될까. 입고 있는 옷 위로도 확실히 알아볼 수 있는 근육질의 훌륭한 체격에, 훈훈하니 잘생긴 얼굴까지. 말마따나 딱 박태환을 연상케 하는 청년이었다.

"많이 기다렸어요?"

"아니, 방금 왔어."

짧은 대화에서도 굉장히 가까운 사이라는 것을 느낄 수 있었다. 이윽고 남자가 웃으며 차 문을 열어주자 유림이 자연스럽게 차에 올라탔다.

"⋯⋯."

그 광경을 멀찍이 떨어져서 바라보고 있는 승현의 표정이 점점 굳어가고 있었다.

그다음 날 아침이었다. 승현이 출근해서 언제나처럼 에스프레소 더블 샷으로 하루를 시작하려는데, 문득 커피 잔이 치워지고 대신에 투명한 생수가 든 페트병이 놓였다.

승현이 고개를 들자 유림이 웃으며 활기차게 아침 인사를 건네왔다.

"좋은 아침, 승현 씨!"

환하게 웃는 얼굴에 승현은 심사가 뒤틀리는 것을 느꼈다.

어젯밤 승현은 치밀어 오르는 울화통에 밤잠도 설쳤다. 굴욕도 이런 굴욕이 없었다. 천하의 차승현이 양다리를 당하다니!

자신이야 그렇다 치고, 서현우 대리는 대체 그럼 뭐란 말인가. 바로 며칠 전만 하더라도 현우가 사고를 당했다고 놀라서 그렇게 울더니, 어젠 태연하게 다른 남자를 만나고 있고!

이젠 도저히 정유림이란 여자에 대해 알 수가 없었다. 대체 뭐지, 저 여자는?

속이 바짝바짝 탄다. 홧김에 무심코 페트병을 열어 약수를 한 모금 마셨다가 승현은 오만상을 다 찌푸렸다. 어휴, 쇠 맛!

이래저래 마음에 안 든다. 심사가 뒤틀린다. 화가 치민다.

승현은 옆자리에 앉는 유림을 노려보았다. 그러나 둔한 여자는 바로 옆에서 노려봐도 전혀 모르는 듯, 콧노래까지 부르며 업무를 시작하고 있었다. 그 끔찍한 검정 가죽 가방에서 주섬주섬 서류를 꺼내면서.

"승현 씨, 약수 안 마셔?"

"냉장고에 넣어뒀다가 이따 마시려고요."

재촉까지 당하는 바람에 잔뜩 짜증이 난 승현은 페트병을 들고 벌떡 일어났다. 그리고 발소리를 쿵쿵 울리며 탕비실로 가서, 그대로 개수대에 약수를 콸콸 쏟아 버렸다.

'뭐 하자는 거야? 대체.'

하지만 마지막 한 방울까지 약수를 다 버려도 화난 마음은 조금도 진정되지 않았다.

점심시간이 되기 전쯤, 현우가 갑자기 출근했다.

"어, 선배! 벌써 퇴원해도 되는 겁니까?"

유림은 반가운 마음에 얼른 달려가서 물었다.

"팔만 좀 다친 건데, 뭐. 그래도 후유증이 있을 수도 있고, 혹시 모르니까 이런저런 검사 받으면서 며칠 누워 있으라고 해서 억지로 있었던 거야. 좀이 쑤셔 죽는 줄 알았네."

"팔 말고 다른 곳은 다친 데 없답니까?"

"전혀."

"다행이다!"

유림은 그제야 마음이 놓여 활짝 웃었다.

"그나저나 다친 팔이 하필 오른쪽이라 당분간 좀 불편하긴 하겠어."

깁스를 한 한쪽 팔을 가리키며 현우가 투덜거렸다.

"간병인이 없으니까 당장 점심 먹을 일도 걱정이고."

"에이, 그게 무슨 걱정입니까? 제가 도와드리면 되잖습니까."

"진짜냐?"

현우가 반색을 했다.

"예. 선배는 아무 걱정 마십쇼."

"역시 우리 유림이, 의리 하난 알아줘야 한다니까!"

"헤헤."

둘이 거기까지 얘기한 순간, 승현이 그 앞을 지나갔다.

"어, 승현 씨!"

현우가 반갑게 부르자 승현이 걸음을 멈췄다.

"그날은 일부러 문병 와줘서 고마워."

싱글벙글 웃으며 말을 건넨 현우에게, 승현은 딱 한 음절로 대꾸했다.

"네."

그러고는 찬바람을 일으키며 저만치 가버리는 게 아닌가!

"야, 유림아. 오늘 승현 씨 뭐 안 좋은 일 있냐?"

어안이 벙벙해서 그렇게 묻는 현우에게, 유림은 이렇게 대답할 수밖에 없었다.

"글쎄 말입니다."

승현의 짜증은 슬슬 극에 달해가고 있었다.

유림을 차에 태우고 갔던 의문의 사나이 가짜 박태환(이라고 승현은 부르고 있었다) 건도 신경 쓰여 죽겠는데, 한술 더 떠서 날마다 눈

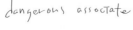

앞에서 못 볼 꼴이 벌어지는 것이 아닌가.

특히 점심시간마다 아주 가관이었다.

"자, 이제 드십죠. 깨끗하게 발랐습니다."

"땡큐, 잘 먹을게."

삼계탕을 일일이 살을 발라주는 유림이나, 그걸 받아먹고 있는 현우나!

물론 삼계탕이란 것이 한 손을 가지고는 도저히 먹기 곤란한 메뉴라는 건 이해하겠다. 그러니까 유림이 도와주는 게 당연하다는 것도 알겠다. 뭐, 좋아하는 감정을 제외하더라도, 제일 친한 선후배 사이니까.

그런데 머리로는 이해하면서도 눈앞에서 보면 자꾸 부아가 치미는 걸 어쩌란 말인가?

그뿐인가. 그 와중에도 유림은 매일 아침 꼬박꼬박 그놈의 약수 테러를 잊지 않았다. 덕분에 승현은 며칠째 모닝커피 한 잔의 즐거움을 빼앗기고 있었다.

누구한텐 점심식사 시중도 꼬박 들어주면서, 명색이 남자친구인 나한텐 이상한 약수나 자꾸 갖다 주고!

물론 갖다 줄 때마다 탕비실에 가서 꼬박꼬박 쏟아 버렸지만 그렇다고 화가 가라앉는 건 아니었다.

그러다 승현은 문득 깨달은 것이 있었다.

'잠깐. 이거 뭔가 잘못된 거 아냐?'

분명 처음엔 재밌자고 시작한 일이었다. 이 여자 같지도 않은 여

위험한 신입사원 |

182

자의 마음을 빼앗아서 엉엉 우는 꼴을 보고야 말겠다고. 그런데 갈수록 재미는커녕 스트레스만 쌓여가지 않는가!

'안 되겠다. 어떻게든 정리를 해야지.'

가장 시급한 것은 유림과 가짜 박태환의 관계를 파헤치는 것이었다. 대체 일주일에 두 번씩 만나서 어딜 가는 건지, 뭘 하는 건지, 궁금해서 미칠 노릇이었다.

'좋아. 일단 그것부터 알아내야겠어.'

주말 내내 고민한 끝에, 승현은 그렇게 결론을 내렸다.

월요일, 6시 땡 하자마자 어김없이 유림이 칼같이 자리에서 일어났다.

"먼저 퇴근합니다!"

미리 준비를 하고 있었던 승현은 유림이 사무실을 나가자마자 곧바로 뒤따라 나갔다.

유림은 회사에서 조금 떨어진 곳까지 걸어갔다. 이윽고 짭태환의 차가 나타났고, 유림을 태워 어디론가 사라졌다. 즉 지난번과 똑같았다.

승현은 미리 근처에 대기시켜놓았던 차 뒷좌석에 올라타고 기사에게 지시했다.

"저기 앞에 가는 차, 따라가줘요."

"예."

차는 금세 유림이 탄 차의 뒤를 쫓기 시작했다.

'대체 어딜 가는 거지?'

차가 달리는 동안 승현은 골똘히 생각했다.

'이 시간이면…… 클럽? 아니면 설마, 호텔?'

말도 안 된다고 생각했지만 승현의 수준에서는 도저히 그 정도밖에 떠오르는 게 없었다.

승현이 고민하고 있는 사이에 갑자기 차가 멈췄다.

"차가 저 안쪽 주차장으로 들어갔는데요. 따라 들어갈까요?"

기사가 돌아보며 물었다.

여기가 어디지, 하고 차창을 내리고 바깥의 건물을 쳐다본 승현은 흠칫 놀랐다.

"구민…… 체육센터?"

김이 팍 샜다.

수영 선수 출신인 여자가 체육센터에서 할 일이라곤 수영밖에 없지 않은가. 남자는 수영 선수 시절의 동료나 후배, 뭐 그런 거겠지. 그걸 가지고 클럽이니, 호텔이니 별의별 상상을 다 했던 걸 생각하니 어이가 없어서 웃음이 나올 지경이었다.

'자, 그럼 이제 어떡할까?'

승현은 잠시 고민했다. 하지만 여기까지 온 이상 그냥 가기도 뭐했다.

위험한 신입사원 1

184

"여기서 기다려요. 잠깐 들어갔다 올 테니."

기사에게 그렇게 지시하고 승현은 차에서 내려 체육센터로 들어갔다.

일 층 로비에 들어서자 운동을 마치고 나온 듯한 중년 주부들 몇 명이 승현의 미모를 보고 어머, 하며 놀라서 걸음을 멈췄다.

"말씀 좀 묻겠습니다. 수영장이 어디죠?"

역시나 승현의 가벼운 눈웃음 한 방에 그녀들은 단체로 무장해제 되었다.

"지하 이 층이에요!"

"지금은 수업이 없는 시간일 텐데요."

대답을 듣자마자 승현은 곧바로 지하로 통하는 계단으로 향했다.

"고맙습니다."

물론 돌아서기 전에 빙긋 웃어주는 것도 잊지 않았다.

"꺄아아아!"

아니나 다를까, 등 뒤에서 아줌마들이 일제히 쓰러지는 소리가 들렸다.

지하 이 층에 도착하자 양쪽으로 된 육중한 철문이 눈앞을 가로막았다. 승현은 망설임 없이 두 손으로 힘껏 문을 열어젖혔다.

"……."

제일 먼저 눈에 들어온 것은 수영장 한가운데서 수영하고 있는 여자였다. 더없이 유연하고도 힘찬 몸놀림이 단번에 시선을 사로

dangerous associate

185

잡았다. 원래가 공기 속이 아니라 물속에서 사는 존재라도 되는 것처럼, 여자는 자세를 자유자재로 바꿔가면서 헤엄치고 있었다.

'인어 같아.'

승현은 막연히 그렇게 생각했다. 운동이라기보다는 말 그대로 인어공주가 물속에서 혼자 재미있게 장난치는 듯한 분위기였다. 더없이 즐겁다는 느낌이 그대로 전해져왔으니까.

한참 동안 그렇게 놀던 여자가 이윽고 배영으로 영법을 바꿨다.

'⋯⋯!'

순간, 놀이가 스포츠로 돌변했다. 마치 슬로모션처럼 느릿하게 느껴질 정도로 유려한 움직임이었지만, 실제 속도는 얼마나 빠른지 눈 깜짝할 사이에 이미 저만치 이동해 있었다.

전속력으로 수영장 저편 끝까지 이동한 여자가 이윽고 물에서 나왔다. 그제야 제정신으로 돌아온 승현의 눈이, 여자의 얼굴을 본 순간 커다래졌다.

"유림⋯⋯ 선배?"

가쁜 숨을 몰아쉬며 올라오는 여자는 믿을 수 없게도 유림이었다. 믿을 수 없게도, 라는 표현을 쓴 이유는 그 여자가 숨이 멎도록 아름다웠기 때문이었다.

오랜 운동으로 다듬어진 몸매에 쓸모없는 부분이라고는 단 한 군데도 없었다. 탄탄하고 미끈한 몸은 날씬하면서도 동시에 볼륨 감을 잃지 않았다. 다이어트로 만든 흔하디흔한 마른 몸과는 전혀 다른, 환상적인 라인이었다. 밋밋한 검은 수영복 때문에 한층 더

돋보이는 새하얀 피부가 물에 젖어 백옥처럼 빛났다. 수영모를 벗자 흐트러진 검은 머리칼에서 물방울이 뚝뚝 떨어지는 것마저도 마치 영화의 한 장면처럼 보였다.

그리고 무엇보다, 생기에 넘쳐 반짝반짝 빛나고 있는 저 표정. 단언컨대 승현이 지금껏 한 번도 본 적 없는 유림이 바로 눈앞에 있었다.

"어때?"

물 밖으로 나온 유림이 숨을 몰아쉬며 가짜 박태환에게 물었다.

"역시 유림이 누나, 아직 안 죽었네요. 은퇴한 지가 언젠데."

가짜 박태환이 손에 든 스톱워치를 내보이자 유림이 기쁜 듯이 웃었다.

"그래? 헤헤."

유림의 웃는 얼굴을, 승현은 그만 넋을 잃고 바라보았다.

뚫어지게 바라보는 시선을 느꼈던 것일까. 문득 유림이 이쪽을 향해 고개를 돌렸다.

"어, 승현 씨?"

놀라서 동그래진 유림의 까만 눈동자와 시선이 마주치는 순간.

"……유림 선배."

터무니없게도 승현은 가슴의 박동이 미칠 듯이 빨라지는 것을 느꼈다.

"그럼 내 뒤를 몰래 밟았다는 거야?"

승현의 곁에 앉은 유림이 어이없다는 듯이 물었다.

유림은 젖은 수영복 위에 커다란 타월을 두른 상태였다. 하지만 타월 밑으로는 길고 미끈한 다리가 그대로 드러나 있어서, 자꾸만 그쪽으로 시선이 가는 걸 참느라 승현은 무진 애를 써야 했다.

"걱정이 돼서 그랬어요. 이상한 소문이 들려오는 바람에."

"무슨 소문?"

"선배가 일주일에 두 번씩 만나는 계약 연애를 하고 있다는 소문이요."

승현의 대답에 유림이 입을 딱 벌렸다.

"계약 연애?"

"본 사람이 있나 봐요, 선배가 웬 남자 차에 타고 가는 거."

"설마 민우?"

유림이 열심히 수영하고 있는 가짜 박태환을 손가락으로 가리켰다. 아, 이름이 민우였구나.

"쟤는 내 중학교 후배야. 여기서 수업 맡고 있고. 어차피 가는 길이니까 카풀 해준 건데!"

"사람들은 그런 거 모르잖아요."

유림의 드러난 목선에 자꾸 머물려는 시선을 억지로 돌리며 승현이 대꾸했다.

대체 이 여자는 몸에 꿀을 발랐나, 눈이 가는 곳이 왜 이렇게 많아!

그야 여자치고는 키가 크고 늘씬한 편인 건 알고 있었다. 하지만

언제나 입는 펑퍼짐하고 수수한 모양의 바지 정장 속에 이렇게 완벽한 몸매를 숨기고 있을 줄 누가 알았단 말인가.

지금껏 시스루니, 하의 실종이니 하는 미명 하에 거의 헐벗다시피 한 여자들도 수없이 보아온 승현이다. 하지만 그 어떤 여자 앞에서도 지금만큼 긴장했던 적은 한 번도 없었다.

도대체 눈을 어디다 둬야 할지 모르겠다. 마치 순진한 소녀으로 돌아간 것 같은 스스로의 반응에 승현은 크게 당황하고 있었다.

"그랬구나."

승현이 속으로 무슨 생각을 하고 있는지 까맣게 모르는 유림이 한숨을 지었다.

"승현 씨한테라도 솔직하게 말했어야 하는데. ……미안, 남친님."

장난스럽게 붙인 마지막 말에, 또 승현의 심장이 쿵 하는 소리를 냈다.

"사람들한텐 왜 계속 숨기고 있는 거예요? 수영하는 게 부끄러운 일도 아닌데."

"아, 그게 좀……."

유림이 잠시 우물쭈물했다.

"그냥 수영만 하러 오는 게 아니거든."

"네? 그럼 또 뭐가 있어요?"

"사실은……."

유림이 입을 열었을 때였다. 갑자기 수영장 문이 확 열리더니 갖

가지 색깔의 수영복을 입은 수십 명의 할머니, 할아버지들이 한꺼번에 쏟아져 들어오는 것이 아닌가!

"선생님, 안녕하세요!"

"얼른 수업 시작합시다!"

갑자기 노란 수영복을 입은 할머니 하나가 승현을 손가락으로 가리켰다.

"선생님! 저 잘생긴 총각은 누구유? 남자친구?"

유림이 웃으며 대답했다.

"지금 어머님께서 입고 계신 새 수영복을 선물해준 사람입니다. 인사 나누시죠."

다음 순간, 승현은 노인들에게 빙 둘러싸였다.

"아, 총각이 우리한테 수영복 보내준 거요?"

"고마워요, 총각! 아주 마음에 들어!"

"근데 우리 선생님하곤 무슨 사이유?"

한꺼번에 쏟아지는 말의 폭풍에 승현은 그만 어안이 벙벙해지고 말았다.

"자, 자! 이제 수업들 하셔야죠!"

유림이 박수를 치자 할아버지, 할머니들은 언제 그랬냐는 듯이 금세 흩어졌다. 그리고 맞춘 듯이 대열을 지어 서서 유림의 지도에 따라 준비 체조를 시작했다.

"하나, 둘, 셋, 넷!"

"둘, 둘, 셋, 넷!"

체조가 끝나고 나자 본격적으로 수업이 시작되었다.

대부분의 할아버지, 할머니들이 익숙하게 수영을 했지만 개중에는 시작한 지 얼마 안 됐는지 서툰 사람들도 있었다. 그런 사람들 하나하나를 유림은 짜증 한 번 내는 법 없이 끈기 있게 지도해주었다.

"어머님, 발을 그렇게 말고, 네. 그렇게요. 잘하셨습니다."

그런 유림의 얼굴에 평소의 딱딱한 표정은 눈을 씻고 찾아봐도 없었다. 시종일관 부드러운 미소가 감도는 얼굴에서 승현은 내내 시선을 떼지 못했다.

"왜 그렇게 쳐다봐?"

너무 빤히 봤던 걸까. 이윽고 유림이 의아한 듯이 이쪽을 쳐다보는 바람에 승현은 화들짝 놀라 얼른 시선을 돌렸다.

"혹시 승현 씨도 수영해보고 싶어서 그래?"

"아뇨, 전 됐어요."

승현은 얼른 손을 내저었다. 수영은커녕 물에 뜨는 법조차 모르는 승현이었다.

"왜, 이왕 여기까지 왔는데 한번 해보지. 수영 되게 재밌어."

"괜찮다니까요. 수영복도 없고……."

승현이 거기까지 말했을 때였다. 마침 곁을 지나가던 할아버지 한 분이 몸을 풀기 위해 으쌰, 하고 양팔을 휘두르다가 그만 승현의 등을 세게 치고 말았다.

"헉!"

dangerous associate

순간적으로 균형을 잃고 기우뚱거리던 승현은 그만 수영장 안으로 풍덩 빠져버리고 말았다.

"승현 씨!"

놀란 유림의 목소리가 수영장 안에 울려 퍼졌다.

"괜찮아?"

검은 트레이닝복으로 갈아입고 나오는 승현에게, 역시 그사이에 옷을 갈아입은 유림이 물었다. 아까 물에 빠지는 바람에 옷이 다 젖어버려서 유림의 후배인 민우가 빌려준 것이었다.

"……괜찮아요."

승현은 조금 분한 듯이 말했다. 젖은 머리칼 끝에 아직도 물방울이 맺혀 있는 걸 보고 유림은 그에게 수건을 건넸다.

"잠깐 앉아. 머리 좀 말리고 나가야지, 안 그러면 감기 걸리겠다."

이미 수업은 다 끝나고 사람들도 모두 돌아간 후라 수영장 안은 조용하기 그지없었다. 유림이 수영장 가에 걸터앉자 승현도 따라서 옆에 앉았다.

"근데 승현 씨는 전혀 수영을 못 하는 거야?"

아까 승현이 빠졌던 곳은 그의 키보다 훨씬 수위가 낮았다. 그래서 금세 제 발로 바닥을 딛고 서서 나오기는 했지만, 유림은 물에 빠지는 순간 그의 얼굴에 스쳤던 공포를 보았다.

"어릴 때 물에 호되게 빠진 적이 있어서요."

승현이 수건으로 머리의 물기를 닦아내며 대꾸했다.

"그래서 그런지 물이랑은 영 친해지지가 않네요."

"그렇구나."

유림은 신기하다는 생각이 들었다. 자신은 스무 살 전까지 물이 없는 삶 자체를 상상해본 적이 없는데, 사람에 따라 이렇게 다를 수도 있구나.

"선배는 언제부터 수영 시작했어요?"

이번에는 승현이 물었다.

"여섯 살 때부터."

"엄청 일찍 시작했네요?"

"응. 어릴 때 몸이 되게 허약했는데, 엄마가 뭐라도 운동을 시켜야겠다고 해서 동네 수영장 유아반에 보낸 게 시작이었어."

처음 물에 들어갔을 때의 느낌이 아직도 기억난다. 같이 시작한 다른 친구들은 물에 들어가자마자 무섭다고 엄마를 찾으며 눈물을 터뜨렸지만 유림은 정반대였다. 얕은 목욕탕 물과는 달리 몸이 둥실 떠오르는 느낌이 드는 게, 무섭기는커녕 신기하기만 했다.

"그때 시작해서 언제까지 했던 거예요?"

"고등학교 삼 학년 때."

유림은 대답하면서 저도 모르게 한숨을 지었다.

"그때가 내 전성기였지. 국가대표 상비군에도 선발됐었고, 그해 전국체전 고등부에서 금메달도 땄거든. 실업팀에서 좋은 조건으로 스카우트 제의도 왔었고……."

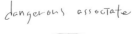

"그런데 어쩌다 갑자기 그만두게 된 거예요?"

"부상을 당했거든. 전국체전 끝나고 지상훈련 하다가."

많은 수영 선수들이 그렇듯이 유림도 평소 어깨가 별로 좋지 않았다. 뛰다가 넘어질 때 손을 잘못 짚는 바람에 어깨를 심하게 다쳤다. 수술을 해서 일상생활에는 전혀 문제가 없게 됐지만, 선수 생활은 거기서 끝이었다.

"그땐 진짜 인생이 거기서 끝나는 줄 알았어. 매일매일 수영장에 가서 가만히 물을 들여다보면서 생각했었어. 차라리 여기 빠져 죽어버릴까, 하고."

고요한 수면을 바라보며 유림은 피식 웃었다.

"근데 생각해보니까 그것도 말이 안 되는 거야. 명색이 수영 선순데 아무리 어깨를 다쳤다고 해도 물에 빠져 죽을 수가 있겠어? 그전에 헤엄쳐 나오지."

"많이 힘들었겠어요."

승현의 목소리는 부드러웠다. 그래서일까, 어느새 유림은 묻지 않은 말까지 하고 있었다.

"힘들었지. 운동하는 사람들만 봐도 질투가 날 정도로. 그래서 일부러 체대나 체육 관련 학과가 아니라 전혀 상관없는 일반 대학을 간 거야. 덕분에 적응 안 돼서 한참 고생했지만."

"그래도 지금은 괜찮아 보여서 다행이에요."

승현이 말했다.

"가끔 선배 일하는 거 보면 참 신기했거든요. 어차피 월급 받고

하는 일인데 왜 저렇게까지 열심히 할까. 그렇다고 누가 알아주는 것도 아닌 것 같은데."

"누가 알아주지 않더라도 나 자신은 알잖아."

운동을 그만두고 나서 유림은 한참 무력감에 시달렸다. 좋아하는 수영을 강제로 그만두게 된 것도 있지만, 목표 의식을 불태울 곳을 잃어버렸기 때문이라는 것을 나중에야 깨달았다.

수영을 할 때는 늘 기록 단축이라는 목표가 있었다. 목표를 달성했을 때의 짜릿한 성취감은 물론이고, 그 목표를 향해 나아가는 과정 자체가 삶의 활력소였다. 하지만 수영을 그만두고 나자 목표 자체가 사라진 것이었다.

"그걸 깨달았을 때부터, 뭐, 닥치는 대로 목표를 세워서 노력했지. 덕분에 나, 대학 들어갈 땐 문 닫고 들어갔지만 졸업할 때는 과 차석으로 나왔다?"

유림이 웃었다.

"지금은 일하는 게 즐거워. 노력해서 목표를 이뤄낼 때 성취감이 장난 아니거든. 사실은 그래서 마케팅보다도 기획 같은 거 해보고 싶기도 하고."

"그럼 부서 이동 신청해보지 그래요?"

"그게 내 맘대로 되나, 뭐. 언젠가 갈 수 있으면 좋겠다고 생각하는 거지. 게다가 지금 있는 자리에서 주어진 일에 최선을 다하는 것도 나름 재밌고."

"여기 우수 사원이 있다고 상 주라고 해야겠네요, 할아버지한

dangerous associate

테.”

승현이 장난스럽게 말하고는 따라 웃었다.

“그래서, 수영은 언제부터 다시 시작한 거예요?”

“작년부터. 아까 그 후배 녀석이 오랜만에 연락하더니 자원봉사 부탁하더라고.”

사실은 그 훨씬 전부터 다시 수영을 하고 싶은 욕구에 시달리고 있었다. 물론 선수로서는 무리지만 수영 자체가 그리웠다. 하지만 왠지 용기가 나지 않아서 차일피일 미루고 있던 차에 후배의 부탁을 받은 것이었다.

“그렇게 자원봉사도 하고, 수업 전에 개인 연습도 하고 있는 거야.”

일주일에 두 번씩 수영할 수 있는 이 시간이 유림에게는 더할 나위 없이 소중했다. 할아버지, 할머니들이 기뻐하시는 모습을 보는 것도 즐겁고, 수영할 수 있는 것도 즐거웠다. 비록 선수 시절과는 비교도 안 되는 기록이지만 다시 수영할 수 있다는 자체가 얼마나 즐거운 일인지 몰랐다.

“참, 강제 기부시키게 된 건 미안.”

유림이 승현을 향해 고개를 까딱해 보였다.

“수업 받으시는 아버님, 어머님들, 사실은 대부분 자식 없이 혼자 사시는 분들이야. 사정이 좋지 않아서 수영복 한 벌 새로 사는 것도 쉽지 않으시거든. 승현 씨 덕분에 다들 새 수영복 입고 엄청 좋아들 하셨어.”

"뭐, 나도 아까 인사 받으니까 기분 좋던데요."

그렇게 대꾸한 승현이 고개를 갸웃거렸다.

"근데 왜 회사 사람들한테는 숨기는 거예요? 좋은 일 하는데, 사실대로 말해도 될 걸."

유림이 머리를 긁적였다.

"그게, 말하기가 좀 그렇더라고. 내 입으로 나 좋은 일 해요, 하기가."

"하긴, 선배가 그런 캐릭터가 아니긴 하죠."

"그러니까 승현 씨도 회사엔 비밀로 해주라."

"맨입으로요?"

"알았어, 나중에 한잔 사면 되잖아. 그러니까 비밀 지켜주는 거다?"

유림이 새끼손가락을 불쑥 내밀었다. 승현은 왠지 어색한 얼굴로 손가락을 걸었다.

"좋았어! 자, 그럼 더 늦기 전에 나가볼까?"

마음이 편해진 유림은 활짝 웃으며 자리를 털고 일어났다. 승현이 그 뒤를 따랐다.

밖으로 나오자 이미 해가 완전히 져 있었다.

늦가을의 싸늘한 바람이 한 줄기 불어와 유림은 저도 모르게 목을 한껏 움츠렸다. 문득 승현은 괜찮을까 싶어 쳐다보자 역시나 승현의 머리칼에는 아직도 물기가 남아 달빛에 은은하게 빛나고

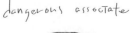

dangerous associate

있었다.

　빌려 입은 트레이닝복 위에 얇은 재킷 하나만 걸치고 있는 승현을 보자 유림은 슬그머니 걱정이 됐다. 날씨도 점점 추워지는데 감기라도 걸리면 어쩌나.

　유림은 입고 있던 점퍼를 벗었다.

　"이거 입어."

　"네?"

　승현이 걸음을 멈추고 유림을 바라보았다.

　"머리도 아직 덜 말라서 춥잖아. 그러니까 승현 씨 입으라고."

　유림에게는 더없이 자연스러운 행동이었다. 현우와는 늘 이래 왔으니까. 그러나 점퍼를 건네자 승현은 받아서 잽싸게 입는 대신에 어이없다는 표정을 했다.

　"저기요, 선배 머리도 아직 젖어 있는 거 알아요?"

　"나야 늘 이러고 다니는데, 뭐. 아무렇지도 않으니까 입어. 이거 오버사이즈라 승현 씨한테도 얼추 맞을 거야."

　유림은 재촉하듯 다시 점퍼를 내밀었다.

　"자, 얼른."

　승현이 한숨을 짓더니 고분고분 점퍼를 받아들었다.

　'음, 이제야 말을 좀 듣는군.'

　그렇게 생각한 유림은 흡족한 미소를 지으며 다시 걷기 시작했다. 그러나 웬걸, 채 두세 걸음도 떼어놓기 전에 어깨에 따스한 감촉이 느껴졌다.

“응?”

놀라서 돌아보니 승현이 입을 꾹 다문 채 도로 점퍼를 입혀주고 있는 중이었다.

“승현 씨? 나 진짜 괜찮다니까…….”

“한 마디만 더 해봐요. 집까지 안고 가버릴 테니까.”

승현이 경고하듯 말했다.

“……!”

유림은 얼른 입에 지퍼를 채웠다.

승현은 반강제로 유림에게 도로 점퍼를 입혔다. 그러더니 자기가 입고 있던 재킷까지 벗어서 점퍼 위를 단단히 감싸주었다.

“잘 들어요.”

승현이 유림의 양어깨에 손을 얹고 무릎을 조금 굽혀 시선을 맞췄다.

‘뭐, 뭐야. 왜 갑자기 얼굴을 들이대고 이래?’

달빛을 받은 화난 듯한 미모가 바로 눈앞 가까이에 다가오는 바람에 유림은 화들짝 놀라 얼른 시선을 다른 곳으로 돌렸다.

“내가 선배 남자친구예요. 옷을 벗어줘도 내가 선배한테 벗어주는 거라고요. 알겠어요?”

야단치듯 엄한 목소리에 찔끔한 유림은 대답 대신에 고개만 끄덕였다. 입이라도 잘못 벙긋했다가는 자칫 승현이 아까 한 말을 실천해버릴까 봐.

“지금까지 선배가 어떻게 살아왔는지 몰라도, 나한테는 여자예

요."

여자. 너무나 당연한 그 말이 굉장히 생소하게 들려서 유림은 오히려 놀랐다. 아, 그렇지. 나 여자였지.

"또 이러면 다음번엔 진짜 화낼 거예요. 알았어요?"

끄덕끄덕.

유림이 닥치고 고개를 끄덕이자 승현은 그제야 좀 마음이 풀린 모양이었다.

"그럼 가요."

승현이 유림의 손을 꽉 잡고 걷기 시작했다.

다음 날, 승현은 아침부터 컨디션이 별로 좋지 않았다. 아무래도 전날 물에 빠졌다가 덜 마른 머리로 밤바람을 맞은 탓인지 몸이 좀 나른하게 느껴졌다.

하지만 그렇다고 어제 유림에게 옷을 벗어준 게 후회되지는 않았다.

'하여튼, 바보 같긴.'

세상에 어떤 여자가 남자한테 그렇게 자연스럽게 옷을 벗어준단 말인가. 보아하니 한두 번 해본 솜씨가 아니던데, 보나마나 현우 때문에 든 버릇일 게 틀림없었다.

괜히 저만치 앉아 있는 현우를 노려보는 승현이었다.

그리고 유림은 늦잠을 자는지 오늘따라 출근 시간에 아슬아슬하게 맞춰서 왔다.

"늦어서 죄송합니다!"

뛰다시피 빠른 걸음으로 와서 옆에 앉는 유림의 머리에 살짝 물기가 남아 있는 게 눈에 들어왔다. 아마 늦어서 머리를 제대로 말릴 겨를도 없었던 모양이다.

"부장님 아직 안 오신 거 맞지?"

유림이 가쁜 숨을 몰아쉬며 승현에게 소리 죽여 물었다.

감고 나서 그대로 말린 듯 자연스러운 머리 모양. 언제나 그렇듯 한 듯 만 듯 가볍기 그지없는 화장. 전에도 벌써 몇 번이나 본 회색의 슬랙스 정장. 오늘도 유림의 모습은 평소와 전혀 다를 바가 없었다.

하지만 승현의 눈에는 유림의 얼굴 위에 어제 보았던 모습이 겹쳐 보였다. 물기에 젖어서 아름답게 반짝반짝 빛나던 그 모습이.

순간 승현은 가슴의 박동이 빨라지는 것을 느끼고 괜히 시선을 돌렸다.

"네. 아직요."

"휴, 다행이다."

마음이 놓인다는 듯 유림이 웃었다. 그러고는 가방에서 어김없이 약수가 든 병을 꺼내 승현의 책상에 올려놓았다.

"자, 오늘 마실 거."

머리도 다 못 말릴 정도로 바쁜 와중에도 굳이 이걸 챙겨 오다

dangerous associate

201

니. 승현은 처음으로 유림에게 고마움을 느꼈다. 지금까지는 늘 몰래 탕비실에 가서 쏟아 버리곤 했는데, 오늘만은 그럴 생각이 들지 않았다.

"잘 마실게요, 선배."

그렇게 말하고 승현은 페트병의 뚜껑을 열었다. 처음 마셨을 때는 그토록 싫었던 톡 쏘는 맛이, 왠지 오늘은 별로 나쁘지 않게 느껴졌다.

8. 심쿵사(心쿵死)

아침부터 부장에게서 한 소리를 들은 현우는 하루 종일 기분이 별로 좋지 않았다.

이렇게 기분이 꿀꿀할 때는 소주 한잔이 제일이다. 물론 술 상대로는 정유림만 한 인물이 없다. 무슨 얘기를 해도 귀 기울여 들어주고, 들으면서 맞장구도 잘 쳐주고, 알아서 다 챙겨주니까 마음 놓고 취할 수도 있고.

"야, 유림아! 너 오늘 끝나고 별거 없지? 족발에 소주나 한잔하러 가자."

그래서 퇴근 시간이 가까워왔을 때 현우는 유림의 자리에 가서 말을 걸었다.

"그러지요, 뭐."

역시나 유림은 흔쾌히 승낙했다. 하기야 지금껏 유림은 현우가 뭘 하자고 하든지 별로 거절한 적이 없었으니까.

"그래, 그럼 정리되면 말해라. 같이 나가자."

현우가 그렇게 말하고 돌아서려는 순간이었다.

dangerous associate

203

"그건 좀 곤란하겠는데요."

갑자기 유림의 옆자리에 앉은 승현이 불쑥 끼어들었다.

"유림 선배, 오늘 퇴근 후에 저랑 선약이 있거든요."

화난 듯한 목소리에 유림이 오히려 당황한 얼굴을 했다.

"응? 무슨 선약?"

"선배 나한테 한잔 사기로 약속했던 거, 기억 안 나요?"

"아, 그거! 근데 그게 왜 하필 오늘……."

"난 꼭 오늘 먹어야겠어요."

그렇게 말하며 승현은 현우에게로 시선을 돌렸다.

"괜찮으시죠? 서 대리님."

도전하듯 쳐다보아오는 눈빛에 현우는 조금 당황했다.

'아니, 선약이 있으면 있는 거지 왜 저렇게 쳐다보고 난리야? 싸움 거는 것도 아니고.'

그러고 보면 요즘 승현의 낌새가 이상하기는 했다. 뭐랄까, 좀 쌀쌀맞아졌다고 할까? 가끔씩 노려보는 것같이 느껴질 때도 있었다. 특히 유림이 팔을 다친 자신의 식사를 도와줄 때 몇 번 따가운 시선을 느꼈던 것 같다.

하지만 이래저래 둔한 편인 현우는 그럴 때마다 잠시 쟤가 뭘 잘못 먹었나, 하고 의아하게 생각했을 뿐, 곧 잊어버리곤 했다. 게다가 진짜 노려봤다 해도 뭐 어쩌겠는가. 상대는 회장님 손자신데.

어쨌든 지금도 승현은 노골적으로 곱지 않은 눈빛을 보내고 있었지만 현우는 대수롭지 않게 넘기기로 했다.

"아, 그랬어? 난 또 몰랐네. 미안."

그렇게 대답하고 현우는 자리로 돌아와서 앉았다.

'자, 그럼 정유림은 물 건너갔고. 그럼 누구랑 한잔할까?'

그렇게 생각하다 현우는 문득 깨달았다. 유림이 아니면 마땅히 함께 술 마실 상대가 없다는 것을.

김 대리는 유부녀고, 박 대리는 술버릇이 더럽고, 최 과장은 얘기를 들어주기는커녕 자기가 설교를 보탤 사람이다. 그 외의 사람들은 편하게 같이 술잔 기울일 만한 사이가 아니고. 즉 아무리 생각해도 유림뿐이었다.

'뭐야. 나, 이렇게 주위에 사람이 없었나?'

쓴웃음이 절로 나왔다. 그동안 유림과 너무 잘 지내와서 미처 깨닫지 못하고 있었나 보다.

그러고 보면 마지막 연애가 벌써 3년 전이었다. 그런데도 현우는 그다지 연애해야겠다는 생각을 절실하게 하지 않고 있었다. 이따금씩 소개팅 건수가 있으면 마다하지는 않지만 목매달 정도로 아쉽지는 않았다.

'유림이 자식이 늘 같이 술도 마셔주고, 밥도 먹어주고, 얘기도 들어주고 하니까 그런가?'

어쩌면 그게 유림 때문인지도 모르겠다고 현우는 처음으로 생각해보았다.

'잠깐. 근데 유림인 언제 승현 씨랑 술 먹기로 약속했다는 거지?'

은근히 섭섭했다. 자신이 모르는 사이에 둘이서만 술 약속을 했

다는 게.

'정유림, 이 의리 없는 자식.'

괜히 유림이 원망스러워진 현우는 뒤를 돌아보았다. 한번 노려 봐줄 셈이었다.

그러나 이미 유림과 승현의 자리는 텅 비어 있었다.

"응? 얘네 그새 어디 간 거지?"

현우는 고개를 갸웃거렸다.

승현이 유림을 끌고 간 곳은 바로 자료실이었다. 물론 자료 찾는 걸 도와달라는 핑계였지만, 아니나 다를까. 자료실 안에 들어서자 마자 승현은 다짜고짜 유림의 손목을 잡고 구석으로 향했다.

"스, 승현 씨? 잠깐만. 이것 좀 놓고, 응?"

당황한 유림이 주위를 둘러보며 얼른 손목을 빼려 했지만 어림 도 없었다.

"이제 우리 둘뿐이네요."

결국 자료실 구석으로 유림을 몰아넣고 난 승현이, 앞을 가로막 은 채 말했다.

"그럼 뭘 잘못했는지 말해봐요, 선배 입으로."

"그게……."

유림은 그만 꿀 먹은 벙어리가 되었다.

"남자가 단둘이 술을 먹자고 했다, 그럼 오케이 하기 전에 당연히 나한테 먼저 의견을 물어봐야 하는 거 아닌가요?"

"……미안."

"하물며 그게 다른 사람도 아니고, 서 대리님이라면 더더욱 그렇다고 생각하는데요."

"미안하다. 내가 생각이 짧았어."

유림이 고개를 푹 숙인 채 사과하자 승현이 휴, 짧게 한숨을 쉬었다.

"생각해봐요. 나는 유림 선배를 좋아하는데, 선배는 서 대리님을 좋아하고. 그런데 그 둘이서 술을 마신다는데 내 기분이 어떨 것 같아요?"

그 말에 유림은 더더욱 미안해졌다.

"미안해, 승현 씨. 미처 거기까지 생각을 못 했어."

닥치고 무조건 사과하자 승현도 더 화낼 수는 없는 모양이었다.

"좋아요. 앞으로는 이런 일 없을 거라고 믿을게요."

이제 끝났나 싶어 유림이 안도의 한숨을 내쉬는데, 승현은 가볍게 턱짓을 했다.

"그럼 가요."

"어? 어딜?"

"오늘 나랑 한잔하기로 했잖아요. 가서 가방 챙겨 가지고 지하주차장으로 내려와요, 기다리고 있을 테니까."

당황하는 유림의 귓가에 승현이 속삭이듯 말했다.

"도망갈 생각 하면 안 돼요."

문제는 그 한잔하러 간 술집이라는 것이, 유림이 지금까지 태어나서 본 것 중에 제일 고급스러운 술집이라는 거였다.

"아니, 뭐 이런 데씩이나……."

주눅이 든 유림이 주위를 둘러보며 중얼거렸다.

사실 유림은 승현이 한잔하자는 말에 으레 회사 앞 포장마차에서 매운 닭발에 소주나 한잔하는 건 줄 알았다. 아니면 꼼장어든가.

그런데 이건 유림이 생각했던 분위기와는 완전히 정반대였다. 은은한 음악이며 살짝 어두운 조명, 심플하고 세련된 인테리어. 군데군데 앉아 있는 손님들의 차림새마저도 두루 고급스럽지 않은가.

심지어 승현이 주문한 술은 예쁜 색깔의 칵테일이었다. 체리로 장식한 앙증맞은 잔을 보고 유림은 잠시 할 말을 잃었다.

"어때요. 마음에 들어요?"

"아, 그…… 그래."

"다행이다. 전부터 선배랑 여기서 꼭 한번 칵테일 마시고 싶었어요. 제가 아는 곳 중에선 여기가 제일 분위기가 좋거든요."

승현이 턱을 괴고 유림을 바라보며 칵테일만큼이나 예쁘게 눈웃음을 지었다.

"자, 건배."

가볍게 유리잔을 부딪치자마자 유림은 평소 버릇대로 한입에 톡 털어 넣어버렸다. 그리고 부드럽게 넘어가는 감촉과 입안에 남는 향기에 뒤늦게야 깨달았다. 참, 이거 소주 아니었지.

"미안. 칵테일인 거 깜빡했다."

유림이 빈 잔을 내려놓으며 계면쩍게 말하자 승현이 아무렇지도 않다는 듯이 말했다.

"괜찮아요. 술이야 얼마든지 또 시키면 되죠, 뭐."

승현이 바텐더에게 또다시 칵테일을 주문했다.

"평소에 이런 거 마실 일이 있어야, 뭐. 칵테일 소주면 모를까."

"칵테일 소주요? 하하."

"응. 사실 진짜 칵테일은 오늘 처음 마셔보는 건데."

촌스럽다고 놀릴 줄 알았는데 승현은 빙그레 웃었다.

"기분 좋은데요?"

"응?"

"선배랑 처음으로 칵테일 마신 남자가 나라는 거잖아요."

그렇긴 한데, 그게 무슨 대단한 의미가 있는 일인가……. 둔감한 유림이 그렇게 생각하고 있는데, 승현이 다시 말했다.

"왠지 유림 선배는 못 해본 일이 되게 많을 것 같아요."

"……."

"앞으론 나랑 하나하나 같이 해요."

"으, 응."

어색하게 고개를 끄덕이는 유림을, 승현이 눈을 가늘게 뜨고 지그시 바라보았다.

뭐랄까, 마음 한구석이 살랑거리는 듯한 느낌이 들었다. 유림은 승현의 눈을 똑바로 마주 바라보지 못하고 괜히 애꿎은 칵테일 잔만 들어 홀짝 마셔버렸다.

"앗, 또 원 샷 했다!"

당황하는 유림을 보고 승현이 쿡쿡 웃었다.

칵테일이란 건 깜짝 놀랄 정도로 종류가 많았다. 하나하나 맛도, 색깔도 다 다르고, 놀랍게도 그 하나하나가 다 맛있었다.

"이건 어때요?"

"이번엔 이것도 한번 마셔볼래요?"

승현은 차례차례 칵테일을 주문해주었다. 당연한 결과지만, 그로부터 몇 시간 후 술집을 나올 때 유림은 꽤 많이 취해 있었다.

"괜찮아요?"

계단을 내려오다 그만 균형을 잃고 넘어질 듯 크게 비틀거리는 유림을, 곁에 있던 승현이 얼른 부축했다.

"선배, 취하셨나 봐요."

승현이 속삭이듯 말했다. 어느새 승현의 가슴에 얼굴을 기대고 안기다시피 한 자세가 된 유림은 화들짝 놀라 그의 품에서 빠져나왔다.

"미, 미안해!"

"괜찮아요. 아무래도 내가 좀 말렸어야 했는데."

그렇게 말하고는 승현이 손목에 찬 시계를 보았다.

"지금 출발하면 열두 시 전에 선배 집에 도착할 것 같네요. 가요."

"난 됐어. 늦었는데 승현 씨도 집에 가야지."

유림이 사양했지만 승현은 듣지 않았다.

"어차피 기다리는 사람도 없는데 집에 일찍 들어가봤자죠."

"승현 씨도 술 먹었잖아. 대리 불러야 되는 거 아냐?"

"걱정 마요. 난 알코올 안 든 칵테일만 마셨으니까요."

유림은 놀랐다. 이것저것 마셔보느라 정신이 팔려서 정작 승현이 뭘 마시고 있는지는 전혀 몰랐던 것이다.

"왜 그랬어?"

"여자친구랑 술 먹는데 같이 취하면 어떡해요. 집에 데려다줘야죠."

"아니, 뭐, 택시도 있는데……."

그러나 승현은 딱 잘라 말했다.

"택시는 위험해서 안 돼요."

그러고 보니 예전에 회식 때도 승현은 이렇게 말했었다.

'일부러 핑계 대고 술 안 먹은 거예요, 선배 집에 데려다주려고.'

유림은 굉장히 아리송한 기분에 빠졌다. 뭐랄까, 굉장히 불편한 것 같으면서도 어딘가 간지럽고, 간지럽긴 한데 또 그게 싫지는 않은 기분이랄까.

"잠깐만 여기 있어요. 차 빼 가지고 올게요."

승현이 차를 가지러 간 동안 유림은 이 알쏭달쏭한 기분의 정체에 대해서 고민해보았다. 그리고 잠시 후, 승현의 차에 탔을 때 비로소 그 이유를 깨달았다.

"가만히 있어요. 내가 벨트 매줄게요."

태어나서 이런 대접, 즉 제대로 된 여자 대접을 받아보는 건 처음이었던 것이다.

현우와는 늘 그랬다. 술 한잔하자고 하면 당연히 가는 곳은 회사 앞 포장마차였고, 소주를 먹다 현우가 먼저 취하면 늘 유림이 그를 챙겨서 택시 태워 집에 보내곤 했다.

그러나 승현은 전혀 달랐다. 술 한잔하자면서 데려온 곳은 자기가 알고 있는 중에 제일 분위기 좋은 술집이었다. 게다가 유림을 집에 데려다주려고 본인은 일부러 술 한 방울 마시지 않았다.

"한창 막힐 시간이라 좀 걸릴 거예요. 피곤할 텐데 눈 좀 붙이고 있어요."

핸들을 잡은 승현이 시동을 걸며 다정하게 말했다. 따뜻하게 히터까지 틀어주는 바람에 그렇지 않아도 술기운이 오른 유림은 서서히 잠에 빠져들었다.

'많이 다르구나, 현우 선배랑 승현 씨는.'

유림이 완전히 잠들기 직전에 마지막으로 한 생각이었다.

옆에서 세상모르고 잠들어 있는 유림의 얼굴을 바라보며 승현

은 생각했다.

'이걸 그냥 확, 키스해버려?'

예전에도 생각했었지만 대체 이 여자는 자고 있으면 왜 이렇게 무방비해 보이는 건지 모르겠다. 평소에는 군인 저리 가라 할 정도로 딱딱한 표정을 하고 있는 주제에.

'이런 얼굴로 잠들어 있으면 아무 생각 없던 사람도 딴생각을 하게 될 수밖에 없잖아.'

제 흑심을 유림의 탓으로 돌리며 승현은 혼자 미소 지었다. 시선은 여전히 유림의 얼굴에 고정한 채로.

오늘 유림과 함께 있는 내내 느낀 것이 있었다. 이 여자는 조그만 배려에도 감동한다는 거. 밤에 집까지 데려다준다거나 차에 타면 안전벨트를 매주는, 다른 여자들 같으면 아주 당연하게 여길 일에조차도 유림은 마치 커다란 선물이라도 받은 것같이 깜짝 놀란 얼굴을 했다.

그런 반응이 재미있기도 하고, 조금은 안타깝기도 했다. 대체 지금까지 얼마나 여자 대접을 못 받아왔으면 이까짓 일들에.

사실 승현은 그리 다정한 스타일은 아니었다. 말이야 다정하게 하지만 행동은 오히려 그 반대일 경우가 많아서, 지금껏 사귀던 여자친구들에게서는 무심하다고 원망도 많이 들었다. 하지만 왠지 유림에게는 일부러 자꾸만 다정하게 대해주고 싶어졌다. 작은 배려에도 어쩔 줄을 몰라 하는 그 표정이 보고 싶어서라도.

잠든 유림의 얼굴을 보며 가만히 이런저런 생각을 하고 있다가

정신을 차려보니 시간이 너무 늦어 있었다. 혼자 사는 자신이야 몇 시에 귀가하든 상관없지만 가족들과 함께 사는 유림은 곤란할지도 모른다는 생각이 들었다.

"선배, 그만 자고 일어나봐요."

가만히 흔들어 깨우자 유림이 화들짝 놀라며 눈을 떴다.

"으, 응? 여기가 어디야?"

"다 왔어요. 이제 집에 들어가봐야죠."

"아, 그래. 미안해. 깜빡 잠들었네."

유림이 안전벨트를 풀며 인사를 건넸다.

"그럼 데려다줘서 고마워. 조심해서 가."

말하자마자 내리는 유림의 뒤를 따라 승현도 얼른 차에서 내렸다.

"왜 내려?"

"대문 앞까지 데려다줄게요. 여자 혼자 밤늦게 골목길 다니는 거 아니에요."

그러나 유림은 아무렇지도 않다는 듯이 대꾸했다.

"바로 요 앞인데, 뭐. 됐으니까 이제 가봐."

그 순간 승현은 조금 울컥했다. 뭐야, 이 여자는. 나랑 헤어지는 게 전혀 섭섭하지 않아? 조금이라도 더 같이 있고 싶다든가, 그런 생각은 전혀 없는 거야?

"그럼 내일 회사에서 보자!"

그렇게 말하고 쿨하게 돌아서서 가는 유림의 뒷모습이 얄밉게

까지 보였다.

"잠깐만!"

더 생각하기도 전에 승현은 유림의 뒤를 쫓아가 손목을 붙잡고 돌려세우고 있었다.

"왜 그래?"

놀라서 묻는 유림을, 승현이 다짜고짜 확 끌어당겨 제 품 안에 가두었다.

"선배, 오늘 나랑 같이 있을래요?"

"……!"

유림을 옴짝달싹도 못하게 끌어안으며 승현이 한숨처럼 속삭였다.

"들여보내기 싫어요."

삽시간에 승현에게 껴안기고 만 유림이 놀라서 버둥거렸다.

"스, 승현 씨?"

"들어가지 말고 나랑 있어요."

승현은 놓아주기는커녕 더욱더 세차게 유림을 끌어안으며 말했다.

"어차피 가족들도 지금은 다 자고 있을 거 아녜요. 아침 일찍 보내줄게요, 네?"

유림은 기겁을 했다. 아침까지 뭘 하자는 건데! 그에 대한 대답은 금세 돌아왔다. 승현이 이어서 귓가에 이렇게 속삭인 것이었다.

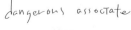

"우리 어차피 처음도 아니잖아요."

그의 말에 포함되어 있는 속뜻에 유림은 곧 기절할 것만 같았다. 그러니까 승현이 말하는 같이 있자는 뜻은, 즉 '그런' 뜻 아닌가!

"아, 저, 그게, 나는, 저어, 미안하지만 아직 마음의 준비가!"

유림은 더듬거리며 어떻게든 승현을 밀어내려고 애를 썼다. 싸늘한 밤공기에도 불구하고 이마에 식은땀이 촉촉하게 배어났다.

"이, 이것 좀 놓고 말하라니까!"

그제야 승현이 서운한 듯이 유림을 껴안았던 팔을 풀었다.

"선배, 왜 이렇게 떨어요."

승현의 긴 손가락 끝이 유림의 굳어진 뺨 위를 살며시 스쳤다. 그 순간 유림은 불에라도 덴 것처럼 화들짝 놀라며 어깨를 움츠렸다.

"꺅!"

승현의 잘생긴 이마에 살짝 주름이 갔다.

"지금 나 피한 거예요?"

정답이었다. 오늘 밤 같이 있자고 조르는 이 놀라운 미모의 두 살 연하의 남자가, 유림에게는 그야말로 호환 마마보다 더 무서웠다. 최소한 이 순간만은.

"미, 미안해. 그날 밤 그랬다곤 하지만, 나는 기억도 잘 안 나고……."

심장이 너무 쿵쿵 뛰는 바람에 목소리가 절로 떨렸다. 승현의 얼굴조차 똑바로 쳐다볼 수가 없어서 유림은 고개를 푹 숙인 채 발밑

에 길게 드리워진 그림자만 내려다보았다.

　승현이 가만히 한숨을 쉬었다.

　"그렇게 겁먹지 마세요. 싫다는데 억지로 잡아먹지 않아요."

　"승현 씨……."

　"선배가 싫다면 안 할게요."

　유림은 하마터면 소리 내어 안도의 한숨을 내쉴 뻔했다.

　"그럼 이만 가볼게요. 내일 회사에서 봐요, 선배."

　작별인사를 건넨 승현이 갑자기 유림 쪽으로 고개를 숙여왔다.

　"……!"

　"잘 자요."

　따스한 입술이 살며시 이마에 닿는 순간, 유림은 얼어붙었다.

　침대에 누운 지 한 시간이 지나도록 잠이 오지 않았다. 양도 세어보고 심지어 자라도 이백 마리까지 세어보았는데도 여전히 눈이 말똥말똥했다.

　「들여보내기 싫어요.」

　「들어가지 말고 나랑 있어요.」

　귓가에 승현의 목소리가 계속해서 반복 재생되는 바람에 잠은 커녕 심장이 너무 뛰어서 숨쉬기도 힘들 지경이었다. 결국 유림은 이불을 박차고서 벌떡 일어나 앉고 말았다.

"으아! 미치겠네!"

유림이 괴로워하며 머리를 마구 헝클어뜨렸다.

「잘 자요.」

이마에 아직도 승현의 입술의 감촉이 남아 있는 것 같았다. 따뜻하고, 부드럽고, 촉촉했던 입술. 살며시 제 이마를 쓰다듬어보다 유림은 그만 얼굴이 확 뜨거워졌다.

'그, 그러고 보니까 키스도 했다고 했었지?'

둘이 밤을 함께 보내고 난 다음 날 아침, 승현이 분명히 그랬었다. 유림 쪽에서 먼저 키스했다고.

사건 이후로 지금껏 유림은 그날 밤의 일에 대해서 떠올려본 적이 없었다. 일부러 생각하지 않으려고 노력했을 정도다. 하지만 왠지 지금은 자꾸 그날 밤의 일이 신경 쓰였다.

'그때, 나는 어떤 기분이었을까?'

아까 그 부드럽고 따스했던 입술이 진짜로 입술에 닿으면 어떤 기분일까. 멍하니 생각하며 유림은 저도 모르게 제 입술을 어루만지고 있었다.

'에이, 나도 참. 키스 정도는 좀 기억하면 어때서.'

그러다 유림은 퍼뜩 놀랐다. 뭐야, 나 지금 아쉬워하는 거야? 승현 씨랑 키스했던 게 기억 안 나서?

"아악!"

아무도 없는 방에서 유림은 또 얼굴이 새빨개진 채 혼자 비명을 지르며 이불을 뒤집어써버렸다.

그로부터 또 한 시간 넘게 뒤척이다 유림은 새벽녘에야 겨우 잠이 들었다. 그리고 꿈을 꾸었다. 승현과 키스하는 꿈을.

다음 날, 평소보다 일찍 출근한 승현은 유림이 아직 출근하지 않은 걸 확인하고는 탕비실로 향했다. 보통 유림이 모닝커피를 준비할 때가 많지만 오늘은 일찍 출근한 김에 승현이 팔을 걷어붙였다. 탕비실 커피 머신 앞에서 커피를 준비하며, 승현은 어느덧 어젯밤 일을 떠올리고 있었다.

'꺅!'

유림은 자신이 살짝 뺨을 만진 것만으로도 기겁을 하며 피했다. 경계하는 기색이 역력했다.

'아직 갈 길이 한참 멀었다는 건가?'

하여튼 어려운 여자라니까. 한숨이 절로 나왔다. 이 정도 했으면 웬만한 여자는 벌써 백번도 더 넘어왔을 텐데.

'오늘 나랑 같이 있을래요?'

그렇게 유혹한 것은 진심이었다. 헤어지는 게 조금도 섭섭하지 않다는 듯이 쿨하게 돌아서서 가는 여자를 어떻게든 자신에게 푹 빠지게 만들고 싶었다. 사실, 일단 안고 나면 그렇게 만들 자신도 있었고.

'아, 저, 그게, 나는, 저어, 미안하지만 아직 마음의 준비가!'

dangerous associate

하지만 유림은 말 그대로 질색을 하면서 피했다. 승현의 자존심이 또 한 번 상처 입은 것은 더 말할 나위도 없었다.

하여튼 하는 짓마다 제대로 승부욕을 불타오르게 만드는 여자다. 마음을 얻는 과정에 드는 수고 정도는 기꺼이 감수할 정도로.

'좋아. 언제까지 버티나 두고 보겠어.'

다시 한 번 결심을 다지고 나서 승현은 준비한 커피를 가지고 탕비실에서 나왔다.

"자, 모닝커피 드세요!"

승현이 상사와 선배들에게 커피를 쭉 돌리고 나서야 유림이 출근했다.

"좋은 아침입니다."

인사를 건네며 들어오는 유림의 모습을 보는 순간 승현의 얼굴에 생기가 돌았다. 분명히 바로 어젯밤에도 봤는데, 왜 이렇게 와락 반가운 마음이 드는 건지 몰랐다.

"굿모닝, 유림 선배!"

승현은 얼른 유림에게 다가가 활기차게 인사와 함께 커피를 건넸다. 활짝 미소를 지으면서.

"그러고 보니까 요즘 출근이 좀 늦네요. 늦잠 자는 거예요?"

살갑게 물었는데 웬걸, 유림의 반응은 영 떨떠름했다.

"어, 좀 피곤해서."

마주 인사하며 미소 짓기는커녕, 시선을 피하며 커피 잔만 받아 들더니 얼른 자리로 가버리는 것이 아닌가!

무안해진 승현은 잠시 멍하니 서 있다가 곧 유림의 뒤를 따랐다.

"왜 그래요? 뭐 안 좋은 일이라도 있었어요?"

옆자리에 앉으며 물었지만 유림은 여전히 이쪽을 쳐다보지도 않았다.

"일은 무슨."

퉁명스러운 대꾸에 승현은 짚이는 게 있었다. 아, 혹시 그건가.

"혹시 어젯밤에 내가 같이 있자고 해서 화난 거예요?"

귓가에 대고 속삭이듯 묻자 유림은 말 그대로 앉은 자리에서 펄쩍 뛰었다.

"꺅!"

유림의 비명 소리에 사무실 사람들의 시선이 일제히 이쪽으로 향했다.

"거기 왜 그렇게 시끄러워?"

부장이 이쪽을 보며 묻자 유림이 더듬거리며 대답했다.

"아, 아무것도 아닙니다. 바, 바퀴벌레가 있어서요!"

"그래? 이거 업체를 불러서 약을 한번 쳐야지 안 되겠구만."

또 바퀴벌레 취급을 당하고 만 승현의 표정이 구겨졌다. 물론 속사정을 알 리 없는 부장은 곧이어 태평한 소리를 했다.

"그나저나 오늘 낮엔 볕이 좋다는군. 정유림 씨, 화분 좀 옥상에 옮겨다놔."

"네!"

유림이 용수철이 튕기듯 벌떡 일어났다. 지금껏 한두 번 본 광경

도 아닌데, 오늘따라 승현은 이상하게 부아가 치밀었다. 대체 사무실에 남자가 몇인데 그걸 꼭 연약한 여자한테 시킨단 말인가. 운동선수 출신이라고는 하지만 은퇴한 게 벌써 10년 전 일이고, 게다가 남한테 무거운 건 유림에게도 역시 무거울 텐데!

"부장님, 제가 하겠습니다."

저도 모르게 승현은 유림의 팔을 붙잡아 강제로 자리에 앉히고 있었다.

"뭐?"

또다시 시선이 이쪽으로 집중되었다.

"제가 사무실 막내니까 제가 하는 게 옳다고 생각합니다. 그러니까 앞으로 화분이든, 물통이든, 무거운 거 옮길 일이 있으시면 저한테 시켜주십시오. 애꿎은 유림 선배한테만 시키지 마시고요."

마지막 말에 울컥한 마음이 섞였다. 아니나 다를까, 부장은 굉장히 당황한 표정을 지었다.

"아니, 차승현 씨! 뭔가 오해가 있는 것 같은데, 내가 뭐 딱히 정유림 씨를 부려먹으려고 한 게 아니라, 그저 정유림 씨가 무거운 걸 잘 드니까……."

"아무리 그래도 여사원 아닙니까. 남자들도 수두룩한데 하필 유림 선배한테만 시키는 건 너무하지 않습니까?"

"승현 씨!"

유림이 당황한 얼굴로 승현의 옷소매를 잡아당겼다.

"승현 씨가 몰라서 그러는데, 내가 원래 무거운 거 진짜 잘 들어. 선수 시절엔 벤치프레스 사십 킬로그램씩도 아무렇지 않게 들고 그랬단 말이야. 그래서 그런 거지……."

"선배는 가만히 있어요!"

승현이 무서운 얼굴로 말했다. 이런 바보가, 편을 들어주면 고마워하지는 못할망정!

"죄송합니다, 부장님. 다 제가 교육을 잘못 시킨 불찰입니다."

승현을 말리는 데 실패하자 유림은 이번엔 부장을 향해 몇 번이나 허리를 숙였다.

그 모습을 보자 승현은 더더욱 화가 치밀었다. 어차피 부장 따위, 내 앞에서 숨도 제대로 못 쉬는데!

"유림 선배가 왜 사과하는 거예요? 잘못한 것도 없는데!"

승현이 참지 못하고 목소리를 높였다.

"내가 승현 씨 사수야. 승현 씨 잘못이 내 잘못인 거야."

유림이 고개를 숙인 채 말했다.

"그러니까 난 또 뭘 잘못한 건데요? 내가 뭐 못 할 말이라도 했어요?"

"시끄러워, 신입사원."

유림이 이를 악물고 낮게 말했다. 질책하는 듯한 시선에 승현은 입을 다물었다.

"여긴 사무실이고, 네 위로는 다 상사야. 그따위로 해서 조직 생활에 언제 적응할래?"

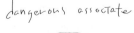
dangerous associate

223

"……!"

"화분 올려다놓고 오겠습니다, 부장님."

굳어진 승현을 뒤로하고, 유림은 커다란 화분을 번쩍 들고서 사무실을 나갔다.

날이 본격적으로 추워지려는지 며칠 계속 흐리더니, 오늘은 햇볕이 제법 따사로웠다. 옥상에서도 제일 햇볕이 잘 드는 명당자리를 골라 화분을 내려놓고, 유림은 그 앞에 쪼그려 앉아 한숨을 내쉬었다.

"휴우……."

가만히 가슴께로 손을 가져갔다. 여태 심장이 팔딱팔딱 뛰고 있는 게 느껴졌다.

「아무리 그래도 여사원 아닙니까. 남자들도 수두룩한데 하필 유림 선배한테만 시키는 건 너무하지 않습니까?」

아까 승현이 그렇게 말해줬을 때는 솔직히 기뻤다.

지금껏 사무실에서 물통이든, 화분이든 무거운 게 있으면 늘 유림 차지였다. 선수 시절부터 다른 여자 선수들에 비해서 유난히 중량에는 강한 게 사실이었고, 윗사람이 시키면 아무것도 묻지도, 따지지도 않고 일단 하고 보는 게 오랜 선수 생활로 생긴 버릇이기도 했다.

하지만 유림도 결국은 사람이었다. 승현의 말마따나 남자들도 수두룩한데 매번 자신만 시켜댈 때는 가끔씩 씁쓸하기도 했다. 입

밖에 내서 말한 적은 없지만 내가 돌쇠인가, 하는 생각도 들었다.

지금껏 아무도 승현처럼 저렇게 나서서 편을 들어준 적은 없었다. 현우가 함께 도와주기는 했지만, 이건 너무하지 않느냐고 나서서 말해주지는 못했다.

그래서 기뻤다, 승현이 자신을 위해서 말해준 것이.

그럼에도 불구하고 화를 낸 것은 그를 위해서였다. 아무리 승현의 말이 옳다 해도 부서원들이 다 있는 앞에서 부장에게 대놓고 대든 것은 나빴다. 그 대가는 결국 승현 자신에게 돌아오기 마련이었다.

「차승현 씨가 부장님한테 대놓고 면박 줬다며?」

「아무리 회장님 손자라도 그렇지, 너무하는 거 아냐? 부장님이 나이가 몇인데 새파랗게 어린 게.」

십중팔구 이런 말이 돌게 된다는 걸, 회사 생활을 몇 년 해본 유림은 뻔히 짐작할 수 있었다. 그래서 일부러 승현을 야단쳤던 것이다.

"승현 씨, 화났으려나…….."

난초 잎에 스프레이로 물을 뿌리며 유림은 중얼거렸다.

'기껏 내 편을 들어준 건데 오히려 야단을 맞았으니 화났겠지.'

유림이 울적해지려는 바로 그 순간이었다.

"유림 선배."

가만히 부르는 목소리에 유림은 흠칫 놀라 돌아보았다가 깜짝 놀랐다. 언제 왔는지, 승현이 바로 뒤에 서 있는 것이 아닌가.

"승현 씨!"

화들짝 놀라 유림은 튕기듯 일어났다.

"······여긴 왜 올라온 거야."

유림은 어색하게 말했다. 승현의 얼굴을 쳐다보는 대신에 엉뚱하게 저만치 먼 산을 바라본 채로.

왜일까, 아침부터 유림은 승현의 얼굴을 똑바로 쳐다볼 수가 없었다. 어젯밤에 이마에 받은 키스 때문인지, 아니면 그 후에 꿈에서 나눴던 키스 때문인지 모르겠지만, 어쨌든.

"많이 화났죠?"

승현이 조심스럽게 물었다.

"아니, 뭐 내가 화날 거 있나."

유림은 여전히 다른 곳으로 시선을 향한 채 대꾸했다. 의도한 건 아닌데 말투가 자꾸 퉁명스럽게 나왔다. 아마도 떨리는 걸 숨기려고 애를 쓰고 있는 바람에 생기는 부작용 같았다.

"미안해요, 괜히 선배 곤란하게 만들어서."

승현이 짧게 한숨을 쉬며 사과했다.

"하지만 정말 한 번쯤은 꼭 말하고 싶었어요. 선배만 부려먹는 거, 너무 보기 싫어서요."

"회사 생활이 다 그런 거지, 뭘. 난 별생각 없으니까 승현 씨도 신경 쓸 거 없어."

역시 퉁명스럽게 대꾸하자 승현이 안타까운 얼굴을 했다.

"선배는 별생각 없는지 몰라도 보는 나는 안 그렇다고요."

"……."

"좋아하는 여자가 혹사당하는 거 보는 기분이 어떤지, 알아요?"

좋아하는 여자.

전에도 승현에게서 좋아한다는 말을 들은 적이 있다. 그때는 더없이 난감하게만 느껴졌던 말이었는데, 오늘은 얼굴이 확 뜨거워졌다.

심장이 너무 크게 뛰어서 고막까지 쿵쿵 울리는 소리가 들렸다. 거울이 없으니 모르긴 몰라도, 아마 지금 자신의 얼굴은 목덜미까지 새빨개져 있을 게 틀림없었다.

"앞으로 그런 일은 내가 할게요. 내가 신입이니까 그게 맞잖아요. 그러니까 선배는 가만히 있어요."

다정한 말이 기쁘다. 기뻐서 눈물이 날 것 같다. 눈물이 날 것 같아서 곤란하다. 곤란해서 도망치고 싶어진다.

"저어, 이만 내려가봐야 할 거 같은데."

유림은 뒷걸음질을 쳤다. 새빨개진 자신의 얼굴을 보고 승현이 이상하게 생각할까 봐 무서웠다.

"왜요?"

역시나 승현은 의아하다는 얼굴을 했다.

"좀 더 있어도 되잖아요. 모처럼 우리 둘뿐인데."

승현이 한 발짝 가까이 다가서는 순간, 유림의 심장이 큰 소리로 비명을 질렀다. 두근!

도저히 안 되겠다. 단 1분이라도 더 단둘이 있다가는 심장마비

dangerous associate

에 걸릴 것만 같다.

"그럼 나 먼저 내려간다. 처, 천천히 내려와!"

일방적으로 그렇게 말하자마자 유림은 홱 돌아서서 빠른 걸음으로 걷기 시작했다.

"유림 선배! 잠깐만요!"

뒤에서 승현이 당황한 듯이 불렀지만 물론 돌아볼 수가 없었다. 얼굴이 너무 새빨개져 있었으니까.

"그럼 나 먼저 내려간다. 처, 천천히 내려와!"

유림은 그렇게 말하자마자 홱 돌아서더니 도망치듯 가버렸다.

"유림 선배! 잠깐만요!"

승현이 불렀지만 뒤도 돌아보지 않았다.

뒤에 남겨진 승현의 입에서 이윽고 한숨이 흘러나왔다.

'도대체 왜 저렇게 화가 난 거지?'

아까 자신이 부장에게 대든 게 마음에 안 들었던 건 알겠다. 워낙 상명하복을 목숨처럼 여기는 여자니까.

하지만 분명 유림은 그전부터, 그러니까 출근한 그 순간부터 승현에게 퉁명스럽게 굴고 있었다. 그야 원래도 그다지 상냥한 태도는 아니었지만 오늘은 평소와는 확실히 달랐다. 일단 눈조차 맞추려고 하질 않으니까.

'설마 진짜로 어젯밤에 내가 같이 있자고 해서?'

아무리 생각해도 그것뿐이었다. 승현은 저도 모르게 뒷목에 손

을 갖다댔다. 기가 찰 노릇이었다.

'아니, 내가 호텔로 끌고 간 것도 아니고. 겨우 그 정도 말에 저렇게 화를 내다니!'

그렇게까지 내가 싫다는 건가? 단둘이 있는 것도 싫어서 저렇게 허둥지둥 도망갈 정도로?

승현의 자존심은 또 한 번 심각하게 타격을 받았다.

'두고 보자, 반드시 먼저 날 원하게 만들어줄 테니까.'

오기가 발동했다.

네이버 밴드의 승냥이 모임.

- 오늘 아침 승현 님 출근길 직찍입니다. 열두 장 건졌는데 세 장은 흔들렸네요.

승현의 사진이 업로드 되자마자 순식간에 수십 개의 댓글이 주르르 붙었다.

- 완전 은혜로워! 고마워요, 대포여신 님!

- 으으, 왜 때문에 승현 님은 이렇게 네이비 슈트가 잘 어울리는 걸까요?

- 네이비승현 님은 the love♥

전화가 온 것처럼 쉴 새 없이 울려대는 알람에 유림은 더는 버티지 못하고 진동을 꺼버렸다.

dangerous associate

으아, 탈퇴하고 싶다!

하지만 물론 나갈 때는 마음대로가 아니었다. 함정은 들어갈 때도 마음대로가 아니었다는 거지만. 처음부터 승냥이 밴드에는 강제 가입 당한 것이었다. 승현과 가장 가까이 있을 수 있는 은혜로운 자리에 있으면서 가입하지 않는다는 게 말이 되느냐며.

요즘 승냥이 밴드는 매일 새로 올라오는 승현의 사진과 목격담으로 아주 만선이었다. 왜냐하면 요 며칠 승현의 미모가 놀랍도록 일취월장하고 있었기 때문에.

아니, 원래부터 미친 비주얼이었는데 거기서 더 일취월장할 게 있느냐고? 놀랍게도 그게 가능하다는 사실을 승현은 직접 몸으로 보여주고 있었다.

요 며칠 승현은 평소보다도 훨씬 더 엄청난 미모를 자랑했다. 아침부터 헤어숍에라도 들렀다 온 것처럼 세련되고 프레시한 머리 모양에, 패션 까막눈이 봐도 감탄이 절로 나올 만큼 멋진 라인의 슈트. 그예 누군가를 홀리고 나서야 직성이 풀리겠다는 듯이 대놓고 흩뿌리는 매력적인 미소!

특히나 오늘 입은 네이비 슈트는 대박이었다. 흔히 남자 양복은 올을 다툰다고 한다. 단 한 치도 어긋남이 없이 완벽히 계산된 핏을 봤을 때 디올 옴므나 아르마니 따위의 프레타 포르테가 아니라, 최고급 이태리제 오트 쿠튀르가 틀림없었다.

그뿐인가? 약간 밝은 느낌의 네이비 컬러가 승현의 신선하면서도 경박하지 않은 이미지에 무서울 정도로 어울렸다. 이건 출근

을 할 게 아니라 당장에 화보를 찍으러 스튜디오로 가야 할 판이었다.

복도를 걸어오는 승현을 향해 승냥이들은 눈물을 흘리며 일제히 휴대전화 카메라를 켰고, 개중에는 소싯적에 덕질 좀 해봤는지 심지어 대포를 가져와서 들이대는 자까지 있었다.

그리고 문제의 그 네이비승현 님은 지금 이 순간, 바로 유림의 옆자리에 앉아 있었다.

"선배, 저 열 있는 것 같아요."

그것도 자꾸만 쓸데없이 말을 걸어대면서!

"이마 좀 짚어봐줄래요?"

"근무 시간이야. 쓸데없는 소리 말고 일에 집중해."

유림은 퉁명스럽게 대꾸하며 모니터만 뚫어져라 들여다보고 있었다.

"정말 열이 있는 것 같다고요. 저번에 수영장에 빠진 후로 계속 감기 기운이 있다니까요?"

따스한 숨결이 귓가에 훅, 하고 와 닿는 바람에 유림은 그예 새빨개지고 말았다. 제발 그렇게 귀에 대고 속삭이듯 말하지 말란 말이야!

"그만하지 못해?"

벌컥 화를 내며 고개를 돌렸다가 유림은 그만 승현과 정통으로 눈이 마주치고 말았다.

"아, 이제야 똑바로 쳐다봤다."

dangerous associate

231

승현의 눈이 기쁜 듯이 가늘어졌다. 장난기를 머금은 아름다운 갈색 눈동자가 다정하게 자신을 바라보고 있었다. 그 눈과 시선이 마주치는 순간 어김없이 유림의 심장이 반응했다.

쿠웅!

이래서다, 요 며칠 승현을 제대로 쳐다볼 수조차 없게 된 건. 시선만 마주쳐도 심장이 쾅 하고 내려앉는데 어떻게 얼굴을 똑바로 보고, 심지어 대화를 한단 말인가?

평정심을 찾으려고 유림도 무진 애를 써봤다. 수영을 하면서 마인드 컨트롤도 해봤고, 밤에 하도 잠이 안 와서 벌떡 일어나 나가서 한바탕 조깅을 하기도 했다.

하지만 그렇다고 나아지는 건 전혀 없었다. 승현이 말을 걸어올 때마다 유림은 죄 지은 사람처럼 화들짝 놀라곤 했다. 사실 별말도 아닌데도. 그뿐인가? 승현이 곁을 스쳐 지나기라도 할라치면 긴장돼서 온몸이 다 굳었다.

이런 자신의 태도가 한심하면서도 당황스러워서 유림은 견딜수가 없었다.

'뭐야, 대체 나 왜 이러는 거야? 여중여고여대 나온 여자도 이렇진 않겠다!'

비록 연애 경험은 없었지만 남자를 대하는 데는 익숙한 유림이었다. 워낙 어릴 때부터 남자 선후배, 친구들과 함께 어울려 운동을 해왔기 때문이다. 게다가 수영이라는 운동의 특성상 남자 선수들의 맨몸을 숱하게 보게 된다. 그러다 보면 거리낌도 없어지고

위험한 신입사원

편해지기 마련이었다. 오히려 너무 편해서 동성이나 다름없이 대할 정도였다.

현우도 크게 다르지는 않았다. 좋아하긴 했지만, 별로 그가 불편하게 느껴진 적은 없었다. 그랬다면 그 오랜 세월 동안 마음을 숨기고 있을 수도 없었겠지.

그랬던 유림에게 난생처음 불편하게 느껴지는 남자가 나타난 것이었다. 바로 차승현.

'별거 아냐. 필요 이상으로 너무 잘생겨서 그래.'

유림은 애꿎은 승현의 외모를 탓했다. 가뜩이나 잘난 인간이 무슨 마음을 먹었는지, 작정하고 저렇게 차리고 나타나는데 배겨낼 장사가 있나!

"자꾸 말 걸지 말고 일이나 해."

유림이 면박을 주고 도로 시선을 돌리자 승현이 조그맣게 투덜거렸다.

"쳇."

미모와는 달리 목소리만 들으면 오히려 조금 낮은 편이었다. 눈을 감고 들으면 훨씬 더 차분한 스타일의 미남이 말하고 있는 것 같은 느낌이랄까.

그 격차에 유림의 심장이 또 한 번 반응했다. 두근!

'안 되겠다.'

이러다간 심장이 배겨낼 수가 없다. 오늘은 끝나자마자 바로 튀어야겠다고 유림은 결심했다.

'참, 그리고 보니까 오늘 수영하러 가는 날이었지. 일찌감치 가서 머리나 식혀야겠다.'

유림이 그렇게 생각하고 있을 때였다.

- 유림 누나! 갑자기 할아버지가 입원하셔서 저 오늘 누나 데리러 못 갈 것 같아요.

후배인 민우에게서 갑자기 메시지가 왔다.

유림이 매주 수영 강습을 하는 체육센터는 직선거리로 따지면 회사와 그리 멀지 않았지만 교통편이 애매했다. 대중교통으로 가려면 버스를 타고 다시 지하철로 갈아타서 다시 버스를 타야 하는 식이었다. 그야 못 할 것도 없지만, 문제는 그렇게 되면 수업 시작 시간에 맞출 수 없다. 그래서 평소에도 꼬박꼬박 후배의 차를 얻어 타고 다녔던 건데.

'택시라도 타고 가야겠다.'

유림이 그렇게 생각하고 있는데, 승현이 이번에는 메신저로 말을 걸어왔다.

- 무슨 일 있어요, 선배?

- 아니, 별거 아냐.

- 방금 메시지 온 거 보고 당황했잖아요. 뭐 안 좋은 일이라도 있어요?

- 아니라니까. 그냥 민우가, 오늘은 일이 있어서 데리러 못 온다고 해서.

- 그래요? 그럼 내 차 타고 가면 되겠네요.

유림은 하마터면 앉은 자리에서 펄쩍 뛸 뻔했다.

- 됐어, 나 택시 타고 가면 돼. 고맙지만 사양할게.

- 퇴근 시간에 이 근처에서 택시 잡기 힘들어요. 그냥 잠자코 타고 가요.

하지만 유림은 필사적이었다. 승현과 단둘이 차 안에 있어야 하다니, 생각만 해도 벌써부터 도망가고 싶어졌다.

- 열도 있다면서. 됐으니까 일찍 들어가서 쉬어.

하지만 승현은 막무가내였다.

- 끝나고 지하 주차장에서 기다릴게요. 조금 있다가 따라 내려와요.

- 글쎄, 괜찮다니까? 누가 보기라도 하면 어쩌려고!

유림이 키보드를 쾅쾅 눌러가며 메시지를 보내자 이윽고 승현이 짧게 한숨을 쉬었다. 그러고는 몸을 이쪽으로 확 기울이더니 갑자기 소곤거리는 것이 아닌가.

"우리 사귀는 거, 그냥 확 사람들한테 말해버릴까요?"

협박이 틀림없었다. 결국 유림은 눈물을 머금고 고개를 끄덕일 수밖에 없었다.

"알았어. 알았다고."

현우의 눈에 수상한 장면이 띈 것은 정확히 퇴근 시간이 된 바로 그 순간이었다.

"그럼 먼저 들어가보겠습니다."

6시 땡 하자마자 일어난 승현이, 유림에게 뭔가 눈짓을 보내는 것이 눈에 들어왔던 것이다. 그리고 유림은 괜히 미적대고 있다가 그로부터 10분 정도 지난 후에 자리에서 일어났다.

「저도 이만 퇴근하겠습니다! 내일 뵙겠습니다!」

틀림없이 둘이 밑에서 몰래 따로 만나기로 한 눈치였다.

'대체 왜?'

현우는 고민에 빠졌다. 두 사람은 직장 선후배 관계다. 퇴근하고 나서 둘이 저녁을 먹든, 술을 한잔하든 전혀 거리낄 게 없었다. 그런데 왜 일부러 몰래 만나기로 한 걸까.

그러다 퍼뜩 떠오르는 것이 있었다.

'참, 그러고 보니까 오늘 유림이 일 있는 날이잖아?'

유림이 매주 월, 수요일에 사라지는 거야 물론 현우도 알고 있다. 처음에는 대체 뭐 하러 가는 거냐고 묻기도 했다.

하지만 유림은 얼버무릴 뿐 속 시원히 대답해주지 않았고, 현우도 더는 묻지 않았다. 말하기 싫다는데 억지로 물을 필요도 느끼지 못했거니와, 솔직히 말해서 그렇게 캐물을 정도로 관심이 있지도 않았기 때문이다.

그런데 오늘 유림이 승현과 같이 나갔다는 건, 승현은 유림의 '그 일'이 뭔지 알고 있다는 뜻이 된다. 가장 가깝게 지내는 자신도 모르는데!

현우는 갑자기 이상한 기분에 휩싸였다. 뭐랄까, 말로 잘 설명할 수는 없지만 확실히 불편한 종류의 감정인 것만은 틀림없었다.

문득 며칠 전에 승현이 부장에게 대들던 것이 떠올랐다.

'아무리 그래도 여사원 아닙니까. 남자들도 수두룩한데 하필 유림 선배한테만 시키는 건 너무하지 않습니까?'

그때도 지금과 비슷한 기분이 들었다.

'아니, 제가 뭐라고 나서서 저래?'

현우라고 유림이 늘 혼자 잡일을 떠맡는 게 마음에 걸리지 않았을 리 없었다. 하지만 상사들이 시키는데 나서서 말릴 수도 없어서, 그냥 조용히 유림을 도와주는 게 다였다. 그래서일까. 당당하게 나서서 유림을 위해 말해주는 승현이 왠지 아니꼬웠다. 누구는 지금껏 입이 없어서 참은 줄 아나.

'……아무래도 이상해.'

나란히 비어 있는 승현과 유림의 책상을 바라보며, 현우는 그렇게 생각했다.

사무실에서 나온 승현은 회사 밖으로 나가 샌드위치와 음료를 샀다. 길에서 마주치는 여자들마다 어머나, 하며 얼굴을 붉히는 바람에 왠지 심술이 났다. 그러니까 이 반응이 정상 아니냐고!

돌아오는 길에 승현은 길거리 상점의 쇼윈도에 비친 자신의 모습을 들여다보았다. 역시나 제 눈으로 보아도 흠잡을 데 하나 없는 완벽한 비주얼이었다.

그런데 대체 왜 정유림, 저 여자만!

아무리 승현이 작정하고 차려입고 멋지게 꾸며도 유림의 반응은 그저 심드렁하기만 했다. 심지어 거들떠보지도 않는데 아주 사람 미칠 지경이었다. 설마 저 여자, 여자를 좋아하는 거 아냐? 하는 생각마저 들었을 정도였다. 물론 유림이 현우를 좋아한다는 사실을 금세 떠올리긴 했지만.

"하여튼 강적이라니까."

그렇게 투덜거리며 승현은 회사로 돌아왔다. 찬바람을 맞아서 으슬으슬 몸이 떨렸다.

사실 아까 유림에게 열이 있다고 말한 건 거짓이 아니었다. 며칠 전 물에 빠지고 나서 덜 마른 머리로 찬바람을 맞은 데다 유림에게 옷까지 벗어준 탓인지, 그날부터 계속 미미하게 감기 기운이 있었다.

몸이 나른한 것이 그냥 집에 가서 쉬었으면 딱 좋겠지만 지금은 유림을 데려다주는 게 먼저다. 이렇게라도 같이 있지 않으면 또 도망가버릴 테니까.

승현이 먼저 차에 타고서 기다리고 있자 얼마 안 있어 유림이 내려왔다.

"얼른 가자. 누가 보기 전에."

유림은 차에 타자마자 재촉했다.

"아무리 급해도 안전벨트는 매셔야죠."

그렇게 말하며 승현은 유림의 안전벨트에 손을 뻗었다.

"내가 해줄게요."

자연스러운 행동이었으나 유림이 순간적으로 흠칫 몸을 굳히는 것이 느껴졌다. 경계하는 기색이 역력했다.

"나, 나도 손 있거든."

하여튼 여자다운 면이라곤 없다니까. 승현은 속으로 한숨을 쉬면서도 겉으로는 유림의 얼굴을 바라보며 빙긋 웃어 보였다.

"알아요, 선배 손 있는 거. 그래도 내가 해주고 싶어서 그래요."

마음먹고 날린 눈웃음이었는데, 유림은 꼭 못 볼 거라도 봤다는 듯이 창 밖으로 시선을 돌려버렸다.

"……"

입술을 꾹 다문 채 고개를 돌리고 있는 유림을 보자 승현은 뱃속이 뒤틀렸다. 저렇게 외면하고 있으면 억지로라도 내 쪽을 보게 만들고 싶잖아.

어쨌든 지금은 갈 길이 바빴다. 승현은 차의 시동을 걸고 나서 샌드위치와 음료가 든 종이 꾸러미를 유림의 무릎 위에 놓아주었다.

"가는 동안 이거 먹어요."

그제야 유림이 종이 꾸러미를 내려다보았다.

"이게 뭔데?"

"샌드위치랑 주스예요. 선배 항상 퇴근하자마자 수영 수업하러 가느라 밤늦게나 돼야 저녁 먹으니까 배고플 것 같아서요."

수영이라는 게 꽤나 칼로리 소모가 심한 운동이라고 들었다. 그

dangerous associate

239

런데 유림이 쫄쫄 굶은 채로 개인 운동에 수업까지 마치고 밤늦게 집에 가서야 저녁을 먹는 게 마음에 걸려서, 아까 미리 사놓은 것이었다.

"승현 씨……."

무슨 생각을 하는지, 유림은 그저 꾸러미를 물끄러미 내려다보고 있을 뿐 선뜻 열어서 먹으려 하지 않았다.

"이리 줘요. 내가 따줄게요."

승현은 손수 주스 병을 따서 쥐여주기까지 했다. 빨리 먹으라는 뜻이었다.

"고마워."

차가 출발하고 얼마 후, 유림이 불쑥 말했다.

"고마우면 이만 화 좀 풀어줄 수 없어요?"

승현이 핸들을 잡은 채로 말했다.

"화?"

"화났잖아요, 지금, 나한테. 며칠 전에 내가 밤새 같이 있고 싶다고 한 것 때문에."

당황한 얼굴을 하는 유림을 힐끗 보고, 승현은 말을 이었다.

"다신 그러지 않을 테니까 이제 화 풀고 나 좀 똑바로 봐요."

유림은 대답이 없었다. 그리고 승현이 슬슬 초조해지기 시작했을 때쯤, 갑자기 불쑥 말했다.

"화난 거 아니야."

"네?"

"승현 씨한테 화난 거 아니라고. 그냥 좀⋯⋯."

"그냥 좀 뭐요?"

"⋯⋯아니야. 아무것도."

뭔가 말하려다 말고 유림은 차마 못하겠다는 듯이 말끝을 흐렸다. 평소의 정유림답지 않은 태도에 승현의 궁금증이 더욱더 폭발했다.

결국 승현은 한적한 곳을 골라 잠시 차를 세웠다.

"뭔데 그래요. 말해봐요. 화난 게 아니면 대체 왜 자꾸 날 피하는 거예요?"

"그게⋯⋯."

"말 안 하면 나 출발 안 해요. 오늘 수업 못 가는 줄 알아요."

승현이 으름장을 놓자 유림도 더 버틸 수가 없는 모양이었다.

"그냥 요즘 내가 좀 이상해서 그래."

"어떻게 이상한데요?"

"⋯⋯승현 씨 얼굴을 똑바로 못 쳐다보겠어."

유림이 고개를 푹 숙인 채 말했다.

"뭐랄까, 같이 있으면 자꾸 긴장돼서 숨도 잘 못 쉬겠고⋯⋯, 하여튼 이상해."

그 순간, 유림의 하얀 얼굴이 귓불까지 빨개져 있는 게 눈에 들어왔다.

잠깐. 그럼 설마 이건⋯⋯.

승현은 그만 기뻐서 크게 소리 내어 웃고 싶었다. 아직 멀었구

dangerous associate

241

나, 차승현. 이 쉬운 것도 진작 눈치를 못 채고.

그야 이 여자의 수줍음 타는 법이 다른 여자들과는 전혀 달랐기 때문이다. 이쪽을 거들떠보지도 않은 채로 퉁명스럽게 말을 하니 알 리가 있나.

승현은 안전벨트를 풀었다. 그리고 유림을 향해 바싹 다가앉으며 물었다.

"나 좋아해요?"

"아니, 저어, 그것까진 모르겠는데!"

기겁을 한 유림이 몸을 피하며 대꾸했다.

"좋아하니까 설레서 내 눈도 제대로 못 쳐다보는 거잖아요. 틀렸어요?"

"모, 모른다고. 가까이 좀 오지 마!"

"난 가까이 있고 싶어요."

승현은 더욱더 가까이 다가갔다.

"오, 오지 말라니까!"

유림이 기겁을 하며 반대쪽으로 피했지만 물론 좁은 차 안이니 더 도망갈 데가 있을 리가 없다. 이제 유림은 완전히 반대쪽 창문에 달라붙다시피 한 채 눈을 꽉 감고 굳어 있었다.

그 모습이 승현의 눈에는 그렇게 사랑스러워 보일 수가 없었다.

'못 참겠어.'

그렇게 생각하는 것과 동시에 승현은 저도 모르게 유림에게로 입술을 가져가고 있었다.

입술이 마주 닿는 순간, 승현은 눈앞에서 불꽃이 튀는 것 같은 느낌을 받았다.

'······?'

예전에 잠시 상상해본 적이 있었다. 저 여자랑 키스하면 어떤 기분일까, 하고. 지독하게 딱딱한 여자니까 막연히 키스해도 별로 재미없을 거라고 결론을 내렸던 것 같다.

그런데 실상은 전혀 반대였다. 립스틱은 물론 하다못해 흔한 립밤조차 바르지 않은 유림의 입술은 놀랍도록 촉촉하고 부드러웠다. 이건 반칙이잖아, 하는 생각이 들 정도로.

그뿐인가. 하필 아까 승현이 산 것은 생딸기 주스였다. 딸기 맛이 아련하게 남아 있는 입술은 정신을 잃을 정도로 달콤했다. 억지로 눈을 뜨려고 해도 자꾸만 눈이 스르르 감겼다. 뜰 수가 없다.

"읍······!"

유림이 버둥거리며 승현을 뿌리치려 했다.

어림도 없지. 승현은 유림이 도망가지 못하게 단단히 끌어안았다. 지금 이 여자를 놓치면 아마 미쳐버리고 말 거다. 옴짝달싹도 못하게 꽉 끌어안은 채로 승현은 정신없이 유림의 입술을 훔쳤다.

하지만 점점 그것만으로는 모자라게 됐다. 이렇게 달콤한 입술인데, 그 안은 또 얼마나 더 달콤할까. 직접 파고들어가 맛보고 싶어서 몸이 달았다.

자연스럽게 승현은 유림을 살짝 고쳐 안으며 고개의 각도를 바꿔 이번엔 더 깊이 입 맞추려 했다. 그러나 유림은 아주 잠시 포옹

dangerous associate

243

이 느슨해진 그 짧은 틈을 놓치지 않았다.

"……이거 놔!"

소리치며 승현의 가슴을 확 밀쳐내는 것이었다.

"하, 하지 말랬잖아!"

유림이 숨을 몰아쉬며 화난 듯이 소리쳤지만 승현의 귀에는 들어오지 않았다.

이 와중에도 승현은 유림의 젖은 입술에서 눈을 뗄 수가 없었다. 정확히 말하면 반쯤 정신이 나가 있는 상태였다. 한두 번 해본 키스도 아닌데!

갑자기 유림이 가방을 들고 차에서 확 내리는 바람에, 그제야 승현은 제정신으로 돌아왔다.

"선배!"

놀란 승현은 얼른 차에서 따라 내렸다. 유림은 화난 듯이 빠른 걸음으로 벌써 저만치 가고 있었다.

"놀라게 했다면 미안해요. 하지만……."

승현이 얼른 뒤따라가 변명하려 했지만 유림은 이를 악물고 말했다.

"따라오지 마."

"수업하러 가야 하잖아요. 어쩌려고요?"

하지만 유림은 딱 잘라 말했다.

"지금 따라오면 진짜로 네 얼굴 두 번 다시 안 봐, 차승현."

무섭게 말하고 유림은 다시 몸을 돌려 가버렸다.

"……."

결국 승현은 유림의 뒤를 따라가지 못했다.

'설마 내가 잘못 짚은 건가?'

아까는 분명히 나한테 마음이 있는 것 같아 보였는데, 키스했다고 저렇게까지 화를 내다니.

승현이 그 자리에 선 채로 혼란스러워하고 있는데 문득 주머니에서 휴대전화 진동이 느껴졌다. 어머니인 전 여사였다.

"여보세요."

- 오늘 할아버님 모시고 식사하는 날인 거, 잊지 않았겠지?

전화를 받자마자 전 여사는 다짜고짜 용건부터 말했다. 오랜만에 통화하는 아들에게 잘 지냈냐고 묻지도 않은 채로.

아, 오늘이 벌써 그날인가.

승현은 이맛살을 찌푸렸다. 한 달에 한 번씩 어머니와 할아버지와 함께 식사를 하게 정해져 있는데, 그게 바로 오늘인 모양이었다.

- 늦지 않게 본가로 바로 오너라.

"네, 어머니."

역시나 전 여사는 할 말만 딱 끝내자마자 먼저 전화를 끊어버렸다.

"……."

유림과 함께 있었을 때는 조금도 추운 줄 몰랐는데. 문득 엄습하는 한기를 느끼고 승현은 저도 모르게 몸을 부르르 떨었다.

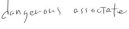

dangerous associate

9. 좋아하는 건지도 몰라

"저도 좀 도울까요, 어머님?"

팔을 걷어붙이고 나서는 세라에게, 돋보기안경을 쓰고서 쌀을 고르고 있던 전 여사가 정색을 했다.

"글쎄, 그렇게 부르는 건 아직 이르대도 자꾸만 그러는구나."

웃는 얼굴에 침 못 뱉는다는 속담이 전 여사에게만은 적용되지 않았다. 아무리 세라가 입안의 혀처럼 살갑게 굴려고 노력해도 절대 곁을 주지 않는 것이었다.

"함께 살 비비고 살다가도 열두 번씩 갈라서는 게 요즘 세상이야. 하물며 정식으로 약혼식을 올린 사이도 아닌데 앞으로 어찌될 줄 알고 경솔하게 벌써부터 어머님이라니?"

면전에서 무안을 당했지만 세라는 오히려 활짝 미소를 지으며 말했다.

"참, 제가 깜빡했어요. 죄송해요."

"앞으론 주의하도록 하거라."

전 여사는 차디찬 어조로 그렇게 말하고는 하던 일에 다시 집중

했다. 깨지거나 모양이 나쁜 쌀을 하나하나 골라내어 예쁘고 완벽한 모양의 쌀들만 남기는 것이었다. 그녀의 시아버지인 차 회장이 있는 본가에서 식사를 준비할 때만은 절대 도우미 아줌마에게도 시키는 법 없이 늘 직접 하는 일이었다.

'유난을 떨기는.'

쌀 고르기에 집중하고 있는 전 여사를 몰래 흘겨보며 세라는 생각했다. 겉으로는 속없는 사람처럼 생글생글 웃고 있지만, 물론 진짜로 그럴 리는 없었다.

승현은 아버지가 돌아가시고 없다. 그러니 시어머니 걱정만 하면 되는 셈인데, 그 시어머니 자리인 전 여사가 자신을 며느릿감으로 그리 탐탁하게 여기지 않는다는 것은 처음부터 알고 있었다.

현재 세라의 아버지인 이주환 사장은 드림제과의 대표이사라고는 하지만 어디까지나 오너가 아니라 단순한 경영자에 불과했다. 주인의 재산을 맡아 관리하는 집사나 마찬가지다. 말하자면 로열 패밀리인 승현은 성골, 세라는 진골 같은 거였다.

그러니 승현의 어머니가 세라와의 결혼을 반대한 것도 무리는 아니었다. 비슷한 재벌가의 아가씨를 며느리로 맞이하고 싶다고 시아버지인 차 회장에게 직접 부탁했다고도 들었다.

물론, 그 부탁을 차 회장이 거절했기 때문에 세라가 지금 이렇게 본가에 식사 초대까지 받아 와 있을 수 있는 거겠지만.

「잘나가는 며느리, 능력 있는 며느리, 똑똑한 며느리, 저는 원하지 않습니다.」

세라의 부모님을 처음 만난 자리에서 전 여사는 대놓고 그렇게 선언했었다.

「그저 남편이 일에 지쳐 집에 들어왔을 때, 맛있는 음식과 따뜻한 미소로 반겨줄 수 있는 상냥하고 현명한 며느리면 됩니다. 그래서 세라가 졸업 후에 괜히 일한답시고 어설프게 사회에 나가 때를 묻히는 것보다는, 그저 얌전히 몸가짐을 조심하면서 요리나 가사를 배워 신부수업을 해줬으면 하는 게 제 바람입니다.」

시대착오도 이만저만이 아닌 발언에 세라의 부모님은 경악을 감추지 못했다. 하지만 승현을 사위로 맞이할 욕심에 꾹 참는 것이 눈에 보였다.

결국 전 여사의 요구대로 세라는 대학 졸업 후에 취업을 하지 않았다. 사실 별로 하고 싶은 생각도 없긴 했지만 타의로 못 하게 된 것이 기분 좋을 리는 없었다. 게다가 요즘 세상에 신부수업이라니!

'어디 두고 봐, 결혼 후에는 지금처럼 호락호락 당하고 있지만은 않을 테니까.'

속으로 칼을 갈면서도 세라는 언제나 그렇듯이 겉으로는 미소를 띠고 있었다.

승현이 도착한 것은 식사 준비가 끝나고 차 회장과 전 여사, 세라까지 모두 다 식탁 앞에 앉은 후였다.

"거 일찍 좀 다니지 못하겠느냐?"

들어서는 승현을 향해 식탁 가운데 앉은 차 회장이 근엄하게 목소리를 높였다.

"죄송합니다, 할아버지."

그러나 승현은 조금도 주눅 들지 않고 대답했다.

"사실은 몸이 좀 안 좋아서요. 운전을 천천히 하다 보니까 늦었습니다."

아니나 다를까, 그 말 한마디에 차 회장의 노기가 금세 가셨다.

"그래? 아니, 대체 어디가 안 좋기에?"

가장 사랑했던 막내아들인 승현의 아버지가 일찍 세상을 떠난 후, 차 회장은 그 사랑을 승현에게 쏟았다. 손자가 여럿이나 있는데도 불구하고 승현만 유독 예뻐했다. 그룹에서 가장 알짜배기라고 해도 과언이 아닌 드림제과를 일찌감치 승현의 몫이라고 선언하는 바람에, 승현의 큰아버지들과 사촌들의 불만이 이만저만 아니기도 했다.

그래도 차 회장의 승현에 대한 애정은 굳건했다. 이렇게 정기적으로 따로 불러서 식사 자리를 갖는 손자도 오로지 승현뿐이었다.

그렇게 애지중지하는 손자가 아프다는 말에 차 회장은 금세 마음이 약해지는 모양이었다.

"병원은 가봤느냐?"

"별거 아니에요, 할아버지. 그냥 감기 기운이 있는 정도예요."

걱정이 되어 어쩔 줄 모르는 차 회장과 달리 전 여사는 차가운 표정 그대로 말했다.

"왔으면 어서 이리 와 앉거라. 할아버님 시장하실라."

"네, 어머니."

그렇게 대답하고 승현은 제 자리에 가서 앉았다. 맞은편에 앉은 세라가 눈매를 곱게 휘며 인사를 건네왔다.

"오랜만이에요, 승현 오빠."

"그래."

승현은 세라를 힐끗 보고 간단히 대꾸했다.

한 달에 한 번 있는 가족 식사 자리에 굳이 세라를 부르는 것은 할아버지의 뜻이라는 걸 잘 알고 있다. 결혼 전에 미리 친해져서 연애라도 하길 바라시는 거겠지. 하지만 승현은 그러고 싶은 생각이 전혀 없었다. 정략결혼도 모자라서 연애까지 집안에서 시키는 대로 하라는 법이 있나.

이윽고 식사가 시작되었다. 차 회장의 관심사는 오로지 승현에게만 향해 있었다.

"그래, 요즘 회사 다니기는 어떠냐?"

"그냥 다닐 만은 합니다."

승현은 건성으로 대답했다. 아무래도 열이 점점 오르는 것 같았다. 점점 몸에서 기운이 빠져나가는 게 느껴져서 식사고 뭐고 그냥 누워 자고 싶은 생각이 간절했다. 하지만 몸 상태가 안 좋다는 걸 굳이 어머니 앞에서 티를 내고 싶지는 않았다. 말해봐야 관심조차 안 가질 게 뻔했으니까.

"말만 저렇게 하는 거예요, 할아버님. 사실은 오빠, 굉장히 열심

히 하고 있대요."

승현 대신에 세라가 애교스럽게 끼어들었다.

"얼마나 성실하게 일하는지, 저희 아버지도 보고 받고 놀라셨다지 뭐예요."

"그래? 믿어도 되겠느냐?"

차 회장이 미심쩍다는 듯이 승현과 세라를 번갈아 보았다.

"네, 할아버님. 믿으셔도 돼요."

세라가 활짝 웃으며 대답했다.

가족 식사 자리에 세라를 부르는 것도 꼭 나쁘지만은 않군, 하고 승현은 생각했다. 알아서 할아버지에게 애교를 떨어가며 말 상대를 도맡아주고 있으니 굳이 자신이 떠들 필요가 없지 않은가.

그 후로도 식사 내내 비슷했다. 몸이 안 좋아 말수가 적어진 승현과 원래 말이 별로 없는 전 여사 대신에 세라 혼자서 웃고 떠들며 재잘거렸다.

그런 세라가 차 회장은 퍽 귀여운 모양이었다.

"너희들, 평소에 만나서 데이트도 좀 하고 그러느냐?"

승현에게 한 질문이었지만 이번에도 세라가 대신해서 나섰다.

"가끔요. 하지만 요즘은 오빠가 일이 바빠서 자주는 못 만나요, 할아버님."

물론 거짓말이었다. 이런 식사 자리가 아니면 따로 세라를 만나는 일은 전혀 없었으니까.

"승현이가 상무이사로 승진하려면 적어도 후년은 돼야 할 텐데,

dangerous associate

그때까지 기다리기 힘들지는 않겠느냐? 뭣하면 그전에 미리 결혼을 해도 큰일 날 건 없다만."

승현은 가슴이 철렁했다.

"아직은 둘 다 어리고 하니 때가 아닌 것 같습니다, 아버님."

다행히 전 여사가 나서서 차분하게 이의를 제기했다.

"승현이도 아직은 회사에서 더 자리를 잡아야 할 때고, 게다가 저쪽도 혼사를 치르려면 나름대로 준비가 필요하지 않겠습니까."

세라도 나섰다.

"옳은 말씀이시라고 생각해요, 할아버님. 요즘 같아서는 결혼해도 오빠 일이 너무 바빠서 신혼도 제대로 보내지 못할 것 같아요. 후년까지 기다리는 것쯤이야 전 아무렇지도 않은걸요?"

싹싹하게 말하는 세라를, 차 회장이 기특하다는 듯이 건너다보았다.

"그래. 꼭 이렇게 모여서 식사할 때 아니라도 좋으니까 가끔 승현이랑 같이 놀러 오너라."

"정말 그래도 돼요?"

세라가 손뼉을 치며 좋아했다. 예쁜 얼굴에 미소가 꽃처럼 피어났다.

"그럼 전 이만 집에 가서 쉬겠습니다, 할아버지."

식사를 마치자마자 승현은 말했다. 그러나 차 회장은 엉뚱한 소리를 했다.

"마침 뒤뜰에 낙엽이 한창이다. 아파서 곧 죽게 된 거 아니면 세

라하고 한 바퀴 돌고 나서 가도록 해라."

"맞아요, 아까 해 있을 때 보니까 은행잎이 너무 예쁜 색이지 뭐예요?"

세라까지 맞장구를 치는 바람에 승현도 버틸 수가 없었다.

"나가자."

그렇게 말하고 먼저 일어서는 승현의 뒤를, 세라가 활짝 웃으며 따라나섰다.

본가의 뒤뜰은 말이 좋아 뒤뜰이지 사실 작은 숲 정도의 규모였다. 여기저기 노란 달을 닮은 가로등이 밝혀져 있어서, 역시 노랗게 물든 은행잎과 은은하게 어우러져 말마따나 무척 보기 좋았다.

'옆에 있는 여자가 유림 선배였으면 좋았을 텐데.'

어느샌가 승현은 딴생각을 하고 있었다.

그런 승현의 마음을 눈치 챈 것일까, 조금 떨어져서 나란히 걷고 있던 세라가 갑자기 불쑥 말했다.

"그 여자분, 누구예요?"

"무슨 소리야."

"얼마 전에 백화점에서 같이 쇼핑하고 계셨잖아요. 오빠가 선배라고 부르시던데."

승현은 조금 놀라 걸음을 멈췄다.

"설마 내 뒷조사 한 거야?"

"그런 눈으로 보지 마요. 나도 쇼핑하러 갔다가 우연히 본 거니

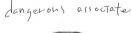

dangerous associate

까요."

세라가 두 손을 내젓고는 물었다.

"사귀는 사이예요?"

승현은 굳이 부정하지 않았다. 어차피 세라와 결혼 얘기가 오간 후로도 여자는 몇 명이나 사귀었다. 물론 세라도 알고 있을 거라고 생각했다.

"결혼 전까지 사생활에는 서로 터치하지 않기로 한 걸로 기억하는데."

"그랬죠. 그러긴 했는데……."

세라가 고개를 갸웃거리며 승현의 눈을 똑바로 들여다보았다.

"왠지 이번에는 좀 다른 것 같은 느낌이 들었거든요."

승현은 실소했다.

"뭐, 그 여자가 좀 다르긴 하지."

하지만 세라는 따라 웃지 않았다.

"그런 뜻 아닌 거, 오빠도 아시잖아요?"

승현은 갑자기 만사가 귀찮아졌다. 여기서 세라를 상대로 유림과의 사이에 대해 미주알고주알 떠들고 싶지 않다. 별로 유쾌하지 않은 주제이기도 했지만, 그보다도 찬바람을 맞자 가뜩이나 안 좋은 몸이 본격적으로 더 나빠지고 있었다. 빨리 집에 가서 쓰러져 자고 싶은 생각뿐이었다.

"넌 신경 쓰지 않아도 되는 일이야. 그럼 다음에 보자."

일방적으로 얘기를 정리하고 승현은 다시 걸음을 옮겼다.

위험한 신입사원 |

그러나 오늘따라 세라는 집요했다. 갑자기 뛰어오더니 승현의 앞을 가로막아 서는 것이 아닌가.

"왜 저는 안 되는 거예요?"

"뭐?"

"결혼 전에 실컷 연애하고 싶은 거잖아요. 그 연애, 그냥 저랑 하면 안 돼요?"

가로등 불빛에 비친 세라의 예쁜 얼굴은 빨갛게 물들어 있었다. 마치 첫사랑에 빠진 소녀가 용기를 쥐어짜 내 좋아하는 선배에게 제 마음을 고백하는 것 같은 분위기였다.

웬만한 남자들은 다 사랑스럽다고 생각할 것이 틀림없었다. 차승현은 제외하고.

누군가가 왜 이세라는 안 되는 거냐고 묻는다면, 승현은 이렇게 대답할 것이었다.

'너무 완벽하거든.'

그렇다. 이세라는 너무 완벽했다. 미모나 학벌, 집안 따위의 조건 이외에도 모든 것이 다.

할아버지인 차 회장을 대하는 애교도, 어머니인 전 여사를 대하는 깍듯함도, 자신을 향해 드러내는 적당한 애정과 넘치는 이해심도, 너무 완벽하게 가상하고 아름다웠다. 심지어 지금 자신을 올려다보는 이 안타까운 눈동자마저도 너무 완벽하게 순정이다.

그렇다는 건, 어딘가가 연기라는 뜻이지. 승현의 날카로운 감은 그렇게 말하고 있었다.

dangerous associate

"저랑 해요, 연애."

물론 증거는 없다. 하지만 이렇게 애처롭도록 떨리는 목소리로 고백하는 세라보다, 재미로 만나서 가볍게 노는 화려한 스타일의 여자들 쪽이 차라리 더 진실해 보이는 걸 어쩌란 말인가.

어쩌면 그래서인지도 몰랐다. 명색이 약혼녀인 세라를 두고 다른 여자들을 계속 만나면서도 전혀 양심에 거리낌이 느껴지지 않는 것은.

승현은 입가에서 미소를 지웠다.

"예전에 나한테 말했었지? 마지막에 있어야 할 자리로만 돌아오면 된다고."

"그랬지만……."

"그렇게 해줄 테니까 그때까지는 신경 꺼."

결혼까지는 아직 2년이 남았다. 결혼을 엎을 생각은 없지만 그때까지는 웬만하면 세라와 엮이고 싶지 않았다. 이렇게 식사 자리에서 강제로 얼굴을 보는 것만으로도 차고 넘친다.

"먼저 들어간다."

내뱉듯이 말하고 승현은 다시 걸음을 옮겼다. 그러나 몇 걸음 가기도 전에 세라가 뒤에서 목소리를 높였다.

"만약에 돌아오지 못하게 되면요?"

승현은 뒤돌아보지 않은 채로 딱 잘라 말했다.

"그럴 일 없어."

그날 밤.

유림은 늦게까지 잠 못 들고 이리 뒤척, 저리 뒤척 하고 있었다.

"미치겠네……!"

기어이 이불을 푹 뒤집어쓰고 마는 유림의 얼굴이 어둠 속에서 빨갛게 달아올라 있었다.

첫 키스였다. 물론, 유림이 기억하는 한에서는 그렇다는 거긴 하지만.

「나 좋아해요?」

키스하기 전에 승현이 물었을 때, 유림은 심장이 멎을 정도로 놀랐다.

'내가? 승현 씨를?'

아니라는 대답이 나오지 않는 것이 더욱더 당황스러웠다.

스무 살 때부터 10년 동안이나 남자라고는 현우 하나만 바라봐 왔다. 다른 사람을 좋아할 수 있을 거라는 생각은 해본 적도 없다. 그런데 만난 지도 얼마 안 된 승현을 좋아하게 됐다고? 내가?

혼란스러워서 머릿속이 하얘져 있을 때, 승현이 다짜고짜 키스해왔던 것이다.

「이거 놔!」

그렇게 외치며 뿌리쳤던 것은 너무 놀라서였다. 갑작스러운 일이어서도 그랬지만, 있는 힘껏 뿌리치려 했는데도 전혀 먹히지 않

아서 더욱더 그랬다. 나름대로 힘에는 자신이 있었는데도 불구하고 승현은 꿈쩍도 하지 않았던 것이다.

평소에 유림은 승현을 그다지 남자로 의식해본 적이 없었다. 일단 나이가 어린 데다 후배고, 웬만한 여자보다 더 고운 얼굴에 늘 미소를 띠고 있어서 더 그랬다.

그런데 아무리 힘껏 밀어내도 승현이 조금도 꿈쩍하지 않는 그 순간, 유림은 처음으로 뼈저리게 느꼈다. 차승현이 남자라는 것을.

승현에게서 '남자'를 느낀 그 순간 유림은 패닉에 빠졌다. 그래서 승현이 잠시 방심한 사이에 무작정 뿌리치고, 그대로 도망친 거였다.

「지금 따라오면 진짜로 네 얼굴 두 번 다시 안 봐, 차승현.」

한시라도 빨리 승현과 떨어져서 머리를 식히고 싶어서 일부러 그렇게까지 말했다.

'내가 정말 승현 씨를 좋아하나?'

그 질문에 대한 답이 스스로도 궁금했다. 그래서 계속 생각했다. 수영하는 동안에도, 수업하는 동안에도, 돌아오는 길에도, 잠자리에 들어서도.

하지만 역시 이게 좋아하는 감정인지는 알 수가 없었다. 알 수 있는 건 단지 갑자기 키스해온 승현의 입술이 싫지 않았다는 것뿐.

단순히 놀랐을 뿐이다. 결코…… 싫지는 않았다.

어둠 속에서 가만히 제 입술을 어루만져보다가, 유림은 또다시 새빨개져서 이불을 푹 뒤집어쓰고 말았다.

다음 날 아침, 출근하는 내내 유림은 고민했다. 대체 승현의 얼굴을 어떻게 봐야 하지, 하고.

아무 일 없던 것처럼 대해야 하나? 아니면 일단 화부터 내고 봐야 하나?

하지만 고민한 보람도 없이, 결론은 굉장히 허무하게 났다. 승현이 결근을 한 것이었다.

"아, 그래? 몸이 많이 안 좋다고? 감기 몸살? 저런! 요즘 감기가 독하다더니, 쯧쯧."

부장이 저만치서 큰 소리로 통화를 하고 있었다. 안타까움과 걱정과 자애로움이 뚝뚝 떨어지는 목소리로, 통화 상대가 누군지는 뻔히 짐작할 수 있었다.

'혹시 승현 씨도 내 얼굴 보기 민망해서 저러는 거 아냐?'

유림은 잠시 그렇게 생각했지만 곧 어제 승현이 했던 말이 떠올랐다. 열이 있다면서 이마 좀 짚어봐달라고 했었지.

'그러고 보면 입술도 이상하게 뜨거웠던 거 같은데…….'

그렇게 생각하다 유림은 혼자 얼굴을 확 붉혔다.

"그래, 회사 일은 아무 걱정 말고 푹 쉬게. 푹 쉬어야 얼른 낫

지."

병원 꼭 가보라는 둥, 밥 잘 챙겨 먹으라는 둥 갖은 위로를 다 하고 나서야 부장은 겨우 통화를 끝냈다. 그러고도 성이 차지 않았는지, 갑자기 이러는 것이었다.

"차승현 씨 혼자 사는 모양인데, 누가 좀 들여다봐야 하는 거 아닌지 모르겠네."

아니나 다를까, 화살은 유림에게 돌아왔다.

"정유림 씨, 이따 퇴근 후에 죽이라도 좀 사들고 가보지?"

"네? 제가요?"

유림은 화들짝 놀라 말했다. 그야 걱정이 안 되는 건 아니지만, 얼굴을 어떻게 마주해야 할지조차 고민스러운 마당에 심지어 집까지 찾아가라니!

"저어, 부장님. 그건 좀……."

하늘 같은 상사의 명령에 유림이 드물게 반항을 시도하려던 그때였다.

"감기 몸살 걸린 정도 가지고 집까지 찾아가는 건 오히려 오버 같습니다, 부장님."

현우가 중간에 끼어들어주었다.

"게다가 아무리 평소에 가깝게 지낸다 해도 직장 선배 아닙니까. 차승현 씨도 오히려 불편해 할 것 같은데요."

그 말에 부장도 납득하는 표정이었다.

"생각해보니까 그것도 그렇군. 뭐, 그럼 일단 지켜보도록 하지."

휴우, 유림은 몰래 안도의 한숨을 쉬었다.

문제는 그다음 날에도 승현이 출근하지 않았다는 것이었다.

"오늘은 전화도 안 받는데. 이거 상태 많이 안 좋은 거 아닐까?"

부장이 영 걱정스러운 얼굴로 말했다. 무단결근보다도 승현의 안위가 훨씬 더 신경 쓰이는 모양이었다.

유림 역시 걱정이 되어 견딜 수가 없었다. 사실 어제 퇴근 후에 몇 번인가 전화를 하고 휴대전화 메신저로 말도 걸어보았다. 많이 아프냐, 괜찮은 거냐. 그러나 승현의 휴대전화는 계속 꺼져 있었고 여태 메시지 확인조차 안 하고 있었다.

생각해보면 승현은 처음 입사했을 무렵, 건성으로 회사 다닐 때조차도 결근만은 하지 않았다. 그런데 이틀이나 연이어 결근한 걸 보면 상태가 엄청나게 안 좋다는 뜻이 아닐까.

'이거, 정말 심각한 거 아니야?'

유림은 손톱을 깨물며 초조하게 생각했다.

오늘은 불금. 그러나 하루 종일 유림은 마음 한구석이 무거운 채로 보냈다. 비어 있는 옆자리가 신경이 쓰여서 일도 손에 잡히지 않았다.

"아무래도 안 되겠는데."

퇴근 시간이 거의 다 되었을 때쯤, 또다시 승현에게 통화를 시도했던 부장이 고개를 절레절레 저으며 수화기를 내려놓았다.

"여태 연락이 안 되는 걸 보면 뭐가 있는 모양이야. 아무래도 누

가 좀 가봐야겠는데.”

어제와 달리 유림은 냉큼 나섰다.

“제가 가보겠습니다, 부장님.”

“오, 그래주겠나?”

가방을 챙겨 서둘러 일어나는 유림에게, 부장은 당부를 잊지 않았다.

“내가 보냈다고 차승현 씨한테 꼭 얘기하고. 걱정 많이 했다고도. 응?”

‘아무래도 유림이 녀석이 이상해.’

현우는 요즘 들어 부쩍 그런 생각을 할 때가 많아졌다.

사람의 감정에 비교적 둔한 현우였다. 그런데도 요즘은 유림이 왠지 점점 멀어지고 있는 것 같은 느낌을 확실하게 받고 있었다.

예전에는 분명 둘도 없이 친한 사이였는데 지금은 한발 밀려난 것 같다. 그리고 그 밀려난 자리에 끼어든 것이 아무래도 승현인 것 같았다. 콕 집어 설명할 수는 없지만 뭔가가 계속 마음에 걸렸다. 아무래도 둘 사이에 자신이 모르는 뭔가가 있는 것만 같다.

오랫동안 소나무처럼 늘 묵묵히 곁에 있어준 유림이, 그래서 존재조차도 가끔씩 잊을 정도로 익숙했던 유림이 자꾸만 멀어지는 느낌이 들었다. 그게 불안하고 신경이 쓰였다.

그저께 퇴근 후에 둘이 짠 듯이 사라져버린 후 현우는 저녁 내내 마음이 좋지 않았다. 이유도 없이 초조하고, 누구에겐지 모르게

자꾸 화가 치밀었다.

　오늘도 마찬가지였다.

　"제가 가보겠습니다, 부장님."

　유림이 나서는 순간 현우는 짜증이 치밀었다.

　'유림이 쟤는 왜 또 오지랖을 떨어? 입원을 한 것도 아니고, 기껏해야 감기 몸살이라는데!'

　서둘러 일어나서 나가는 유림의 뒤를, 현우는 얼른 겉옷과 가방을 챙겨들고 따라 나갔다.

　"잠깐, 유림아. 나도 같이 가자."

　복도에서 부르자 유림이 돌아보았다.

　"네? 선배도 가시는 겁니까?"

　"나도 차승현 씨 선밴데 걱정되는 거야 똑같지. 내 차 타고 가면 너도 편하잖아."

　"아, 아닙니다! 저 혼자 가도 됩니다."

　유림은 두 손을 크게 내저으며 사양했다.

　"됐어. 어차피 집에 일찍 가봐야 할 일도 없는데 같이 가지, 뭐."

　"정말 괜찮습니다. 별일도 아닌데 둘씩이나 그럴 거 없습니다!"

　펄쩍 뛰는 꼴이 이건 아무리 봐도 사양이 아니라 거절이었다. 현우는 마음이 상했다.

　'왜, 승현 씨랑 있는데 내가 끼는 게 싫다는 거냐?'

　그 말이 목구멍까지 치밀어 올랐지만 애써 삼켰다. 입 밖에 내서 말하면 정말로 기정사실이 되어버릴까 봐.

현우가 잠시 주춤하는 사이에 유림은 빠르게 말했다.

"하여튼 선배까지 신경 쓰실 거 없습니다. 제가 알아서 들여다볼 테니 걱정 마십쇼."

그러더니 현우가 뭐라고 말하기도 전에 달아나듯 저만치 가버리는 것이 아닌가.

"그럼 저 먼저 가보겠습니다! 내일 뵙겠습니다!"

쏜살같이 복도 저편 끝으로 사라지는 유림의 뒷모습, 현우는 우두커니 선 채로 바라보았다.

"……."

둔한 남자, 서현우의 가슴속에서 어떤 감정이 새롭게 생겨나기 시작하고 있었다.

아니, 어쩌면 그건 아주 예전부터 존재했던 감정인지도 몰랐다. 지금껏 깨닫지 못했을 뿐.

승현은 태어나서 걸려본 것 중에 제일 지독한 감기 몸살을 겪는 중이었다. 온몸의 뼈 마디마디가 다 아프고, 이불을 머리끝까지 뒤집어써도 오한이 나서 몸이 벌벌 떨렸다.

"으윽……."

몸을 돌려 누우며 승현은 낮게 신음했다. 손끝만 까딱해도 온몸이 비명을 질렀다.

처음에는 그냥 누워서 쉬면 나아지겠지, 하는 생각에 무작정 누워만 있었다. 그러나 웬걸, 사태는 갈수록 점점 나빠졌다.

앓아누운 지 이틀째가 되어서야 승현은 누군가의 도움이 필요하다는 것을 절실하게 깨달았다. 병원에 가든지, 약을 사다 먹든지, 아니면 최소한 따뜻한 물이라도 마시고 싶었다.

하지만 그 어떤 것도 혼자서는 도저히 할 수 없는 상태였다. 열은 전혀 내려갈 기미가 없고, 몸은 점점 갈수록 더 아팠다. 꼬박 이틀을 굶은 몸에는 기운이라고는 한 줄기도 없었다.

말 그대로 꼼짝달싹도 할 수가 없었다. 추워 죽겠는데 난방을 켜러 거실로 갈 기운이 없다. 목이 말라 죽을 것 같은데 물을 마시러 갈 힘도 없었다. 휴대전화 배터리가 다 떨어져서 꺼졌는데 충전기를 찾아 연결할 엄두조차 나지 않았다.

그러고 있자니 아픈 것도 아픈 거지만 슬슬 겁이 나기 시작했다. 이대로 있다간 정말 귀신도 모르게 죽고 말 것 같다는 생각이 들었던 것이다.

어떻게든 해야겠다고 생각했지만 생각뿐, 도저히 몸이 움직여주지를 않았다. 그래서 승현은 어제에 이어 오늘도 하루 종일 침대에 누운 채 끙끙 앓고만 있었다.

어느덧 정신마저 혼미해져갈 때 어렴풋이 초인종 소리가 들렸다.

딩동.

집에 찾아올 사람이라곤 없는 데다 보안이 철저해서 잡상인 따

dangerous associate

265

위가 들어올 수 있는 곳도 아니다. 몽롱한 정신에 헛것이 들렸나 보다, 하고 생각하고 있는데 초인종 소리는 두 번, 세 번, 다시 들려왔다.

누군가가 찾아온 게 틀림없었다. 승현은 눈을 번쩍 떴다.

젖 먹던 힘까지 다해서 겨우 몸을 일으켰다. 쓰러질 듯 위태로운 걸음으로 거실을 가로지르며 승현은 이 넓은 아파트를 독립 공간으로 삼은 것을 처음으로 후회했다. 그냥 작은 오피스텔이나 구할걸.

겨우 현관까지 가서 문을 열었을 때, 승현의 체력은 드디어 0을 찍었다. 그리고 열린 현관문 밖에 서 있는 사람의 얼굴을 보는 순간, 쓰나미와도 같은 안도감이 밀려와 그를 덮쳤다.

"……유림 선배."

그렇게 중얼거리고, 승현은 넘어질 듯 크게 휘청거렸다.

"승현 씨!"

유림이 깜짝 놀라 그를 부축했다.

얼마나 잤을까.

승현이 눈을 떴을 때 창 밖은 이미 어두워져 있었다. 방 안은 어느새 훈훈하게 따뜻해져 있고 머리맡에 놓인 가습기에서 새하얀 김이 모락모락 올라오고 있었다. 푹 자서 그런가, 왠지 아까보다 한결 몸이 가뿐해진 것 같았다.

"정신이 좀 들어?"

승현이 몸을 일으켜 앉는데 마침 유림이 방으로 들어왔다. 손에는 쟁반이 들려 있었다.

"······유림 선배."

목이 부어서 소리가 잘 나오지 않았다. 가까스로 부르자 유림이 승현의 무릎 위에 쟁반을 놓아주었다. 쟁반 위에는 김이 모락모락 나는 죽 그릇이 얹혀 있었다.

"선배가 끓인 거예요?"

"아니, 사온 건데."

유림이 쿨하게 대꾸하는 바람에 승현은 힘없이 미소 지었다. 하여튼 정유림답다니까.

어차피 사온 건지, 직접 끓인 건지 말하지 않으면 어떻게 안단 말인가. 보통 여자 같으면 그릇에 옮겨 담고 자기가 끓인 척해서 이참에 여자다운 척도 좀 하고 그럴 텐데.

생각해보면 회사에서도 마찬가지였다. 한 번쯤 무거운 걸 옮기다가 허리라도 삐끗하는 척이라도 좀 했으면 사람들이 그렇게까지 시켜먹진 않았겠지. 그저 요령도 피울 줄 모르고, 잔머리도 굴릴 줄 몰라서 시키는 대로 열심히만 하다 보니까 일이 이렇게까지 된 거 아닌가.

하지만 유림의 그런 올곧음이, 가끔은 바보스럽게까지 느껴지는 성실함이 오히려 승현은 좋았다. 그런 면이 사랑스럽다고 생각한다.

"감기약도 대충 사왔어."

dangerous associate

유림이 죽 그릇 옆에 알약 몇 개를 놓아주었다.

"보아하니 응급실 갈 정도 상황은 아닌 거 같으니까 우선은 이거 먹고, 내일 날 밝으면 병원 가서 처방 받고 주사도 맞고 그래."

그렇게 말한 유림이 힐끗 시계를 보았다.

"회사엔 내가 말해둘 테니까 걱정 말고 푹 쉬어. 그럼 난 늦었으니 이만 갈게."

승현은 얼른 시계를 쳐다보았다. 꽤 오래 잠들어 있었는지 벌써 밤 10시가 넘어 있었다. 말마따나 손님은 집에 갈 시간이다. 문제는 보내고 싶지 않다는 거였지만.

"몸조리 잘해."

그대로 방을 나가려는 유림을, 승현은 황급히 불러 세웠다.

"잠깐만요, 선배!"

"왜?"

승현은 급한 김에 아무 핑계나 댔다.

"그냥 가버리면 어떡해요. 나 숟가락 들 힘도 없단 말이에요."

사실은 속이 안 좋아서 배고픈 것도 잘 몰랐다. 그냥 혼자 남겨지는 게 싫었을 뿐.

"그래서?"

"오늘 밤엔 그냥 나랑 있어주면 안 돼요? 어차피 내일 토요일이니까 회사도 안 가잖아요."

유림이 당황한 듯이 바라보았다. 승현이 황급히 덧붙였다.

"오해하지 마요! 절대 다른 뜻은 없으니까. 그냥 정말 곁에만 있

어달라는 뜻이에요.”

유림은 잠시 망설이는 듯한 얼굴을 했다. 하지만 결국 돌아온 대답은 거절이었다.

“미안. 나 지금껏 외박해본 적이 거의 없어서. 식구들이 걱정할 거야.”

“선배!”

“물 좀 떠다 놓고 갈게. 잠깐 있어.”

그렇게 말하고 유림은 뒤도 안 돌아보고 방을 나가버렸다.

‘좀 같이 있어주면 어때서.’

승현은 실망해서 어깨를 늘어뜨렸다.

유림은 도망치다시피 승현의 방을 나왔다.

오늘 여기 오는 길에 유림은 속으로 마인드 컨트롤을 수도 없이 했다.

‘오늘은 문병 온 거야. 그러니까 괜히 긴장하지 말자. 어제 있었던 일은 잠시 잊어버리자.’

그 덕분인지 유림은 제법 자연스럽게 승현을 대할 수 있었다.

「오늘 밤엔 그냥 나랑 있어주면 안 돼요?」

승현이 그렇게 말할 때까지는.

절대 다른 뜻은 없다고 승현은 말했다. 유림도 그게 사실이라는 걸 알 수 있었다. 혼자 있기 싫어하는 게 눈에 보여서, 솔직히 같이 있어주고 싶은 마음도 들었다.

하지만 단둘이 밤새 함께 있을 생각만 해도 벌써부터 가슴이 마구 뛰어서 견딜 수가 없었다. 아무래도 태연하게 있을 자신이 없다. 그래서 결국은 거절할 수밖에 없었다.

유림은 주방에서 따뜻한 물을 물병에 담아 승현의 방으로 돌아갔다. 해줄 수 있는 건 다 해주고 가고 싶어서였다.

유림이 방문 앞까지 왔을 때, 안에서 승현의 목소리가 새어나왔다.

"네, 어머니. 목이 좀 많이 부어서 그래요. 괜찮아요."

들어가려던 유림은 저도 모르게 걸음을 멈췄다. 승현이 어머니라고 부르지 않았더라면 상대가 누군지 몰랐을 거였다. 그만큼 전화를 받는 승현의 목소리는 마치 남에게 이야기하듯 메말라 있었다.

"아, 이모 전시회요. 그럼요, 중요한 거 알죠. 괜찮아요, 안 와보셔도."

괜찮다고 말하는 목소리 역시 말 그대로 괜찮은 듯 들렸다. 마치 너무나 당연하다는 듯한 그 말투에 오히려 유림은 숙연해지는 것을 느꼈다.

아픈 아들을 들여다보지도 않는 어머니. 그런 게 당연해질 때까지 승현은 얼마나 많은 거절을 당해왔던 걸까.

"네. 그럼 다음 달에 또 봬요."

승현이 전화를 끊는 것을 확인하고 잠시 기다린 후에야 유림은 안으로 들어갔다.

위험한 신입사원 |

270

베개를 끌어안은 채 침대 머리맡에 기대 앉아 있던 승현이 유림을 보고는 힘없이 웃어 보였다. 마치 아무 일도 없었다는 듯한 미소에 유림의 가슴 한구석이 찡하니 아파왔다.

"데려다주고 싶은데 아무래도 이 상태로 운전했다간 사고 낼 것 같아요."

승현이 말했다.

"대신 기사님 오시라고 해놨으니까 조금만 기다렸다가 그거 타고 가요."

"됐으니까 전화해서 오지 마시라고 해."

유림은 물병을 침대 머리맡에 내려놓으며 대꾸했다.

"있어줄게, 승현 씨 옆에."

여태 승현은 정유림에겐 여자다운 구석이 하나도 없다고 생각했었다.

그런데, 방금 하나 발견했다. 바로 지금 눈앞에서 사과를 깎고 있는 유림의 손이었다. 아기 손처럼 하얗고, 작고, 핏줄 하나 보이지 않을 정도로 매끈해 보이는 예쁜 손에서 승현은 좀처럼 눈을 떼지 못했다.

승현의 그런 시선을 유림은 잘못 해석한 모양이었다.

"손가락 안 잘라먹을 테니까 그만 좀 쳐다봐."

조금 험악해진 목소리가 날아왔다.

"오늘 내로 깎을 수는 있는 거죠?"

승현이 놀리듯이 묻자 유림은 깎고 있던 사과에서 눈을 떼지 않은 채 대꾸했다.

"시끄러워. 정신 흐트러지니까 자꾸 말 시키지 마."

손이 너무 작아서 그런 것일까. 유림은 보고 있으면 웃음이 나올 정도로 과일 깎기가 서툴렀다. 눈에 저렇게 잔뜩 힘을 주고 더없이 진지하게 깎는데도 깎여 나오는 껍질은 두꺼운 데다 자꾸만 툭툭 끊겼다. 그뿐인가. 오래 걸리기는 또 얼마나 오래 걸리는지, 아직 반밖에 못 깎았는데 사과 위쪽은 벌써 갈변이 시작되고 있었다.

"앗!"

하마터면 떨어뜨릴 뻔한 사과를 유림이 황급히 손바닥으로 쥐었다.

"벌써 세 번째예요. 짜겠다."

승현이 턱을 괴고 바라보며 놀리듯 말하자 결국 유림은 얼굴이 빨개져서는 화를 냈다.

"그럼 직접 깎아 먹든가!"

깎고 있던 사과가 이쪽으로 날아왔다. 승현은 사과를 가볍게 받아 한입 베어 물었다.

"음, 짜다."

"먹지 마!"

달려들어 사과를 빼앗으려 드는 유림의 손목을 꽉 붙들고, 승현은 눈짓으로 그녀의 손에 든 칼을 가리켰다.

"선배, 지금 손에 칼 들었어요."

"앗!"

유림이 그제야 화들짝 놀라며 얼른 칼을 내려놓았다.

그로부터 십 분이나 더 걸린 끝에야 유림은 겨우 사과 하나를 다 깎는 데 성공했다. 죽 한 그릇을 다 먹은 직후인 데다 입맛도 별로 없었지만, 승현은 그 사과 한 개를 남김없이 다 먹어버렸다. 왠지 한 조각도 남기기가 아까웠다.

그러고 있는 동안에 어느새 시간은 밤 12시가 넘었다. 하지만 아까 초저녁에 푹 자고 일어난 승현은 눈이 말똥말똥했다. 게다가 약이 효과가 있었는지 점점 몸이 가뿐해지고 있었다.

그와는 반대로 유림은 점점 피곤한 기색이 짙어졌다. 이만 자야 할 시간이라는 걸 알면서도 승현은 그녀를 재우고 싶지 않았다. 이렇게 좀 더 함께 이야기하고 싶었다.

"궁금한 게 있어요."

승현이 불쑥 말하자 뭐? 하듯 유림이 쳐다보았다.

"선배, 나한테 그런 말 한 적 있었잖아요. 그래도 내가 쓰레기는 아니라고 생각했다고. 장난기가 심해서 그렇지, 속은 괜찮은 놈이라고 믿었다고요."

"음? 언제?"

"선배가 춤 추고 나서 내 머리에 위스키 부어버렸던 그때요."

"아, 그때."

유림이 머쓱한 표정을 했다.

dangerous associate

273

"근데 갑자기 그건 왜?"

"그때 내가 선배한테 한창 못되게 굴 땐데, 왜 그렇게 생각했던 건지 궁금해서요."

'난 그래도 네가 쓰레기는 아니라고 생각했어. 단순히 장난기가 심해서 그러는 거지, 속은 괜찮은 놈이라고 믿었다고.'

계속 그 말이 마음 한구석에 남았었다. 그날, 친구들마저도 승현이 회사 일 때문에 술을 그만 마시겠다고 한 말에 배꼽을 잡고 웃었었다. 그런 자신을 왜 유림은 믿어줬던 걸까.

"음……."

유림은 잠시 고민하는 듯한 얼굴을 했다. 그리고 잠시 후, 불쑥 말했다.

"나한테서 승현 씨가 처음으로 막말 들었던 다음 날 아침, 기억 나?"

"풍선 불었던 날 말하는 거예요?"

"그래. 그다음 날, 승현 씨가 아침 일찍 와서 커피를 준비했었잖 아."

아, 그 일 때문인가. 승현은 내심 실망했다. 그거야 일부러 유림 을 골탕 먹이려고 잠시 착하게 굴었던 거지, 성실한 거랑은 상관 이 없는데.

하지만 유림의 입에서는 엉뚱한 말이 나왔다.

"그때 승현 씨가 나한테 물었었어. 아메리카노에 시럽 두 번 넣 으시는 거 맞죠? 하고."

"……그게 왜요?"

"난 그때까지 승현 씨한테 내가 커피 어떻게 마시는지 말한 적이 없거든."

놀라는 승현을 보며 유림이 어깨를 으쓱했다.

"그러니까 승현 씨는 자기도 모르는 사이에 선배들이 커피를 어떻게 마시는지 신경 쓰고 있었던 거지. 하진 않았지만 무의식중엔 본인이 해야 할 일이라는 걸 알고 있었던 거야."

승현은 생각해보았다. 내가 그랬나? 그랬던 것 같기도, 아닌 것 같기도 했다.

"그래서 그렇게 생각했던 것 같아. 아, 생각보다 그렇게 몹쓸 놈은 아니구나. 제대로 가르치면 괜찮겠다, 하고."

유림이 웃었다.

'그랬던 거구나.'

왠지 기뻐졌다. 자신도 미처 몰랐던 장점을 용케 알아봐주고, 또 믿어준 사람이 있었던 것이다. 그리고 그게 유림이라는 게 한층 더 기뻤다.

"키스, 하고 싶어요."

입에서 불쑥 진심이 튀어나왔다.

순간 유림의 눈동자가 커다래졌다. 손으로 얼른 입을 가리며 경계의 눈초리를 보내는 유림에게, 승현은 안심시키듯 말했다.

"걱정 마요, 지금은 참을 테니까. 괜히 키스했다가 감기 옮기고 싶지 않아요."

dangerous associate

275

순간 유림의 입에서 흘러나온 것은 안도의 한숨이었다. 승현은 슬그머니 심술이 났다.

"그렇게 대놓고 살았다는 표정을 하면, 안 하려다가도 하고 싶어지죠."

"헉!"

기겁을 하는 유림에게, 승현은 진지한 얼굴로 돌아가서 물었다.

"어제 내가 키스했던 거, 싫었어요?"

유림의 얼굴이 새빨개졌다.

"그, 그건 또 왜 묻는데?"

"그걸 알아야 다음에 또 할지 말지를 결정하죠."

유림이 앉아 있던 의자에서 몸을 들썩였다. 또 도망가려는 낌새를 눈치 채고 승현은 얼른 손을 뻗어 유림의 손을 꽉 잡았다.

"이제 도망가는 건 그만하고 솔직하게 말해줘요."

"……."

"나한테 조금이라도 마음, 있는 거예요?"

유림의 얼굴에 곤란한 표정이 떠올랐다. 승현에게 손을 꽉 붙들려 도망가지도 못하고, 유림은 시선을 떨어뜨려 침대 시트만 한참 노려보고 있었다.

대답을 기다리는 동안 승현은 왠지 초조함을 느꼈다. 지금껏 그 누구를 상대로도, 단 한 번도 느껴본 적이 없는 초조함이었다.

"나도 모르겠어."

한참 만에야 결국 유림이 중얼거린 것은 김빠지는 말이었다.

"이게 좋아하는 건지, 뭔지 나도 잘 모르겠다고."

승현은 실망한 나머지 하마터면 한숨을 쉴 뻔했다. 하지만 유림의 말은 거기서 끝이 아니었다.

"근데, 싫지는 않았어."

유림이 조그맣게 중얼거렸다.

"네?"

승현은 제 귀를 의심했다.

"키, 키스한 거, 싫지 않았다고. 세 번은 말 안 한다."

그렇게 말하는 유림은 이미 목덜미까지 새빨개져 있었다. 믿을 수가 없어서 승현은 되물었다.

"어제 엄청 화내고 가버렸잖아요. 싫었던 거 아니에요?"

"그거야…… 나도 놀라서 그랬지."

유림이 우물거렸다.

"허락도 안 받고 갑자기 그러는 게 어딨어."

이 여자는 전혀 깨닫지 못하고 있는 모양이다. 방금 본인이 자기 입으로 제 무덤을 팠다는 것을!

승현은 그 부분을 놓치지 않고 파고들었다.

"그럼 다음번에 내가 허락해달라고 하면, 해줄 거예요?"

"어?"

"허락도 안 받고 하는 게 어디 있냐면서요. 그럼 허락 받고 하면 된다는 뜻이잖아요."

"헉!"

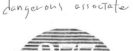

그제야 자신의 실수를 깨달았는지 유림이 화들짝 놀랐다. 그런 유림을, 승현은 더 참지 못하고 확 품 안으로 끌어당겼다.

"꺄악!"

깜짝 놀란 유림이 팔다리를 버둥거렸다. 승현은 그런 유림을 꼭 껴안으며 속삭였다.

"그냥 이렇게만 있어요. 키스 안 할 테니까."

"이, 이거 놔!"

"되게 시끄럽네. 그냥 하는 게 낫겠어요?"

"헙!"

협박이 효과를 발휘했다. 유림은 금세 얌전해졌다.

"있잖아요."

침대 위에서 유림을 꼭 껴안은 채로, 승현이 속삭이듯 말했다.

"싫지 않았다는 건, 나한테도 가능성 있다는 뜻이죠?"

유림은 대답이 없었다. 하지만 그게 부정이 아니라 긍정의 뜻이라는 걸 승현은 알 수 있었다. 최소한 이렇게 얌전히 안겨 있어주는 게 이 여자로서는 최선의 대답일 거였다.

"내가 더 잘할게요."

승현은 기뻐서 말했다.

"반드시 선배 마음, 나한테 돌려놓고 말 거예요."

꼭 호되게 울리고 말겠다던 당초의 결심 따위는 이미 까맣게 잊고 있었다.

세라는 아침 일찍부터 외출할 채비를 하고 있었다.

「참, 승현 군이 이틀째 결근했다는구나.」

어제 저녁식사 자리에서 아버지인 이 사장이 한 말이었다. 예비 사위인 승현의 일거수일투족을 매일 보고받고 있는 이 사장은 딸인 세라에게도 늘 이렇게 소식을 전해주곤 했다.

「오빠가요?」

「그래. 감기 몸살이 심하다나 보더라. 뭐 사실인지는 모르겠다만.」

하지만 꾀병이 아니라는 걸 세라는 금세 알 수 있었다. 본가에서 만났을 때도 승현은 몸이 무척 안 좋아 보였으니까.

「정말일 거예요.」

「그럼 내일쯤 문병이라도 한번 가보는 게 어떻겠니? 죽이랑 이것저것 좀 챙겨서.」

세라의 어머니가 권했다. 좋은 생각이라고 세라도 여겼다.

「네, 엄마. 그럼 준비 좀 해주세요.」

도우미 아주머니들이 어젯밤부터 정성스럽게 달여 만든 쌍화탕과 죽, 반찬 따위를 챙기는 동안 세라는 완벽하게 몸단장을 끝마쳤다.

세라는 거울을 물끄러미 바라보았다. 거울 안에 있는 것은 어떤 남자라도 첫눈에 사랑에 빠질 만한 여자였다. 단, 차승현만 빼고.

「저랑 해요, 연애.」

이틀 전, 세라가 마음먹고 띄운 승부수를 승현은 아무렇지도 않게 짓밟아버렸다.

「예전에 나한테 말했었지? 마지막에 있어야 할 자리로만 돌아오면 된다고.」

「그랬지만…….」

「그렇게 해줄 테니까 그때까지는 신경 꺼.」

그 순간, 세라는 승현의 따귀라도 날리고 싶은 것을 겨우 참아냈다. 굴욕도 이런 굴욕이 없었다.

하지만 그런 승현의 태도가 더욱더 세라의 소유욕을 부채질한 것도 사실이었다. 그날 밤 세라는 밤늦게까지 잠 못 이루고 다짐하고 또 다짐했다. 어떻게든 차승현의 몸도, 마음도 완전한 제 것으로 만들고 말겠다고.

'이젠 더 이상 손놓고 보고 있지만은 않을 거야.'

백화점에서 보았던 유림의 얼굴을 떠올리며, 세라는 다시 한 번 결의를 다졌다.

문득 눈을 떴을 때는 이미 주위가 환했다.

'여기가 어디지?'

잠이 덜 깨서 아직 상황 파악이 되지 않아 유림은 잠시 당황했

다.

'아, 참, 나 어제 승현 씨 문병 왔었지.'

그러나 가슴을 쓸어내렸던 것도 잠시, 베개가 이상하게 딱딱하다는 생각에 옆을 봤다가 유림은 심장이 멈출 정도로 놀랐다.

잠든 승현의 얼굴이 바로 눈앞 십 센티 거리에 있었다. 여태 유림이 베고 있었던 것은 베개가 아니라 승현의 팔이었던 것이다.

"……!"

유림은 튕기듯 일어나 앉았다. 잽싸게 입을 가린 덕분에 다행히 비명을 삼키는 데는 성공했다. 왜냐, 전에도 똑같은 일을 겪어본 적이 있었으니까.

어젯밤 승현이 자신을 끌어안고 귓가에 속삭였던 말이 되살아났다.

「반드시 선배 마음, 나한테 돌려놓고 말 거예요.」

그 말에 왜 그렇게 가슴이 뛰는지, 들킬까 봐 조마조마해서 혼이 났었다.

'껴안고 있다가 그대로 잠든 모양이구나. 하여튼 나도 참.'

유림은 놀란 마음을 가라앉히며 승현의 얼굴을 물끄러미 바라보았다. 잠들어 있는 얼굴에서 눈을 뗄 수가 없었다. 과연 승냥이들이 대포까지 동원할 만한 미모다.

기본적으로 승현은 늘 엷게 미소를 띠고 있었다. 웃기도 잘 웃었다. 그런데 무표정할 때는 굉장히 차디찬 얼굴이어서 가끔씩 유림은 깜짝 놀랄 때가 있었다. 눈이 시리게 아름답지만 감정이 결여

되어 있는 얼굴은 마치 단백질 인형같이도 보였다. 본인도 그 사실을 알고 있기 때문에 일부러 늘 웃음을 띠고 있는지도 모른다는 생각이 들었다.

뛰어난 외모에 누구에게서나 사랑받는 회장님 손자에게서 어떻게 그런 표정이 나올 수 있을까. 어제 어머니와 통화하는 승현의 말투에서, 유림은 그 답을 살짝 엿본 기분이 들었다.

'어머니랑 사이가 안 좋은 건가······?'

내년이면 서른인 유림이다. 하지만 여태 몸이 아플 때는 엄마에게 응석을 부리곤 했다.

「엄마, 나 아파 죽겠쪄, 이잉!」

그러면 엄마는 징그럽다고 눈을 흘기면서도 손수 죽을 끓여주고, 유림이 푹 쉴 수 있도록 이불도 대신 깔아주곤 했다.

'승현 씨 어머니는 대체 어떤 분인 걸까.'

최소한 따뜻한 분은 아닐 것 같다는 생각이 들었다. 그래서일까, 잠들어 있는 승현의 얼굴이 왠지 쓸쓸하게 보였다.

유림은 살며시 승현의 이마를 짚어보았다. 따뜻하기는 했지만 다행히 어제처럼 열이 펄펄 끓지는 않았다. 안도의 한숨을 쉬며 유림은 승현이 깨지 않게 조심스럽게 침대에서 내려왔다.

거실로 나와 벽에 걸린 시계를 보자 벌써 아침 여덟 시였다. 유림은 잠시 가슴이 철렁했으나 곧 오늘이 토요일이라는 사실을 떠올렸다. 어젯밤에 엄마한테도 친구 집에서 자고 오겠다고 전화를 해두었으니 걱정할 게 없었다.

'자, 그럼 이제 어떡하지?'

잠시 고민하던 유림은 주방으로 향했다. 아침 준비라도 할까 싶어서였다.

'오늘은 좀 상태가 나아졌으니까 밥을 먹어도 괜찮겠지?'

대단한 요리까지는 아니지만 유림도 나이가 있다 보니 엄마가 하는 걸 보고 배워서 어느 정도는 할 수 있었다.

'아직 소화가 잘 안 될 테니까 부드럽게 계란찜이나 해볼까…….'

그렇게 생각하며 냉장고를 열었다가 유림은 깜짝 놀라고 말았다.

"엥?"

냉장고 안은 말 그대로 텅 비어 있었다. 있는 거라고는 생수 몇 병과 맥주 캔 몇 개뿐. 그 흔한 계란 한 알, 우유 한 병 들어 있지 않았다. 혹시나 싶어 찾아보니 아니나 다를까, 쌀도 보이지 않는다. 커피 캡슐이 쌓여 있는 걸 봐서는 커피나 열심히 마셨지, 그 외에는 아예 집에서 음식 같은 걸 해 먹는 법이 없는 것 같았다.

'안 되겠다.'

아픈 사람을 아침부터 굶길 수는 없었다. 나가서 뭐라도 사 와야겠다는 생각에 유림은 대강 지갑만 찾아 들고 집을 나섰다.

현관문을 열고 밖으로 나온 유림은 승현이 깨지 않도록 최대한 조용히 문을 닫으려다가 그만 지갑을 떨어뜨렸다. 허리를 굽혀 지갑을 주우려는데, 문득 머리 위에서 고운 목소리가 들려왔다.

dangerous associate

283

"죄송하지만 좀 비켜주시겠어요?"

유림은 뭔가 싶어 고개를 들었다가 깜짝 놀랐다. 시야가 다 환해질 정도로 예쁜 여자가 눈앞에 서 있었다.

'와, 정말 예쁘다!'

조막만 한 얼굴에 용케도 다 들어가 있다 싶은 오밀조밀한 이목구비. 눈, 코, 입 중 어디 하나 예쁘지 않은 데가 없었다. 그뿐인가, 연한 회색 원피스에 아이보리 니트 재킷을 걸친 몸매는 어찌나 여리여리 날씬한 데다 다리까지 긴지.

같은 여자임에도 불구하고 유림은 넋을 잃고 여자를 바라보았다.

'연예인인가? 하긴 이 아파트 되게 좋아 보이는데, 연예인들도 살 만하겠다.'

한편 여자도 유림의 얼굴을 보고는 왠지 얼굴이 굳어져 있었다.

'아, 내가 너무 노골적으로 쳐다봤나?'

유림은 퍼뜩 정신을 차리고 얼른 몸을 일으키며 꾸벅 고개를 숙였다.

'잠깐. 근데 방금 나한테 비키라고 하지 않았나?'

그렇다는 것은 승현의 집에 찾아온 손님이라는 뜻이다. 유림은 가슴이 철렁했다.

"저어, 혹시……."

차승현 씨 찾아오셨느냐고 유림이 물으려던 바로 그때, 여자가 불쑥 말했다.

"혹시 여기 삼십이 층 아닌가요?"

"네? 여긴 삼십일 층인데요."

유림이 대답하자 여자가 방긋 웃었다.

"어머! 제가 버튼을 잘못 눌렀나 봐요. 죄송합니다."

아, 잘못 내린 거구나. 유림은 마음이 놓여 헤헤 웃었다. 여자는 다시 엘리베이터에 타더니 유림을 쳐다보며 상냥하게 작별인사를 건넸다.

"그럼, 나중에 또 봐요."

유림은 괜히 얼굴이 빨개져서 꾸벅 허리를 숙였다.

"아, 예. 그럼 또 뵙겠습니다."

잠깐, 하는 생각이 든 것은 엘리베이터 문이 닫히고 나서였다.

"근데 또 볼일이 없지 않나?"

유림이 고개를 갸웃거렸다.

엘리베이터에서 내려 승현이 사는 아파트를 나서는 세라의 얼굴은 차디차게 굳어 있었다.

'집까지 들락날락하는 사이가 됐다 이거지?'

지금은 토요일 아침이다. 안에서 나온 유림의 헝클어져 있는 머리도 그렇고, 분명 어젯밤에 둘이 함께 보낸 게 틀림없었다.

'아프다더니 여자까지 끌어들여서 무슨 짓을 한 거야?'

어젯밤에 둘 사이에 무슨 일이 있었는지는 궁금하지도 않았다. 밤새 같이 있었다면 당연한 거 아닌가, 어린애도 아니고. 어차피

dangerous associate

285

일찌감치 그런 부분에서는 포기하고 있었다. 오히려 지금 화가 난 것은 둘이 함께 밤을 보냈다는 사실보다도, 그 장소가 하필 승현의 집이라는 것이다.

호텔이나 다른 곳이었다면 모른 척 넘어갈 수도 있다. 하지만 집이라니?

차승현은 자신의 사생활을 철저히 지키는 남자였다. 심지어 약혼녀인 자신에게조차. 그런데 하필 집까지 데려왔다는 건, 그만큼 저 정유림이란 여자가 지금껏 만나온 다른 여자들과는 다르다는 의미였다.

세라는 확신했다. 틀림없이 정유림은 위협적인 존재라는 걸. 그러니 더는 방관할 수 없었다. 불이 난 걸 확인했으니, 더 불길이 번지기 전에 잡아야 한다.

'이제 내가 직접 나서야겠어.'

도우미 아주머니들이 밤새 정성으로 준비한 쌍화탕이며 죽이 든 가방을, 세라는 마침 보인 커다란 쓰레기통에 미련 없이 던져 넣었다.

승현은 눈을 떴다.

어제와 달리 날아갈 듯이 몸이 개운했다. 더 이상 몸이 떨리는 한기도 느껴지지 않는 걸 보니 열도 다 내린 것 같았다.

어젯밤, 품 안에서 잠들어버린 유림 때문에 승현은 꽤나 마음고생을 했다. 누가 업어 가도 모를 정도로 깊이 잠든 유림을 보고 있으려니 하다못해 도둑 키스라도 하고 싶어서 몸이 달았다. 이미 그 입술이 얼마나 달콤한지 알고 있어서 더 훔치고 싶어졌다.

하지만 끝내 참은 것은 감기도 감기지만, 키스만으로 멈출 자신이 없어서였다. 입을 맞추면 그 이상의 것도 하고 싶어질 게 뻔했다.

그래서 승현은 꾹 참고 그냥 유림을 안은 채로 잠을 청했다. 감기약 기운 때문인지 잠이 쏟아졌던 게 그나마 다행이었다.

밤새 유림을 품에 안고 이룬 잠은 너무나 깊고 달콤했다. 늘 싸늘하기만 했던 침대에 누군가의 온기가 더해지자 그것만으로도 마음이 넘치도록 편안해졌다.

'혼자가 아니라는 건 참 좋구나.'

잠결에도 몇 번이나 품 안의 유림을 확인하듯 다시 껴안으며 승현은 그렇게 생각했다.

그런데 웬걸, 눈을 떠보니 곁에 있어야 할 유림이 온데간데없었다.

잠들어 있는 사이에 몰래 돌아가버린 걸까. 뭔가 커다란 것을 잃어버린 사람처럼 갑자기 마음이 견딜 수 없이 허전해졌다. 갈 거면 좀 깨우기라도 하지! 승현은 얼른 일어나서 방을 나왔다.

거실로 나오자 베란다 근처에서 등을 돌려 뭔가를 하고 있는 유림의 모습이 보였다.

아, 아직 안 갔구나. 승현은 가슴을 쓸어내렸다.

"유림 선배."

가까이 다가간 승현이 뒤에서 유림을 살며시 끌어안았다.

"뭐 하고 있는 거예요?"

"꺅!"

유림이 깜짝 놀라 몸을 굳히는 것이 느껴졌다. 승현은 아랑곳하지 않고 도망가지 못하게 단단히 끌어안은 채 유림의 어깨 너머를 들여다보았다.

"아, 이거. 근데 죽은 거 아니에요?"

유림이 만지고 있던 것은 작은 화분이었다. 지지난 달엔가, 옆집에서 새로 이사를 왔다며 떡과 함께 주고 간 물건이다.

꽃이나 식물 따위에는 전혀 관심이 없는 승현이었다. 그대로 거실 장식장 위에 놔둔 채 물도 주지 않고 잊어버리는 바람에, 지금은 잎이 거의 노랗게 말라비틀어져 있었다.

"혹시 살릴 수 있을까 싶어서 보고 있었어."

유림이 이런 일에 관심을 갖다니 의외였다.

"선배, 식물 좋아해요?"

"응. 꽃이나 나무 같은 건 다 좋아해."

유림이 고개를 끄덕였다.

"우리 엄마도 좋아하셔서 집에 화분이 많거든. 난 엄마만큼 잘은 모르지만 어깨너머로 좀 배웠어. 그래서 부장님이 화분 관리를 나한테 시키시는 것도 있고."

"그랬구나."

단순히 무거운 걸 잘 드니까 시키는 줄로만 알았다. 그런데 본인도 좋아하는 거였구나.

또 하나 찾았다, 정유림의 여자다운 면. 승현의 얼굴에 살며시 미소가 피어났다.

"근데 살릴 수 있을까요?"

"글쎄, 상태가 좀 많이 안 좋긴 하네."

유림이 형편없이 시들어버린 화분을 바라보며 말했다.

"일단 죽은 잎들은 최대한 떼어내고, 물도 듬뿍 주고, 햇볕 잘 드는 데 놔주고 지켜보자. 내가 월요일에 집에서 식물 영양제 갖다 줄 테니까 그건 승현 씨가 좀 놓아줘."

"음, 난 그런 거 할 줄 모르는데요."

여전히 유림을 뒤에서 끌어안은 채로 승현이 귓가에 속삭였다.

"그러지 말고 선배가 직접 와서 놓아주면 되잖아요."

유림이 펄쩍 뛰었다.

"그렇게 자꾸 귀에 대고 말하지 마, 좀!"

"왜요? 기분 이상해져요?"

내친김에 귀에 후우, 하고 살며시 입김까지 불어넣자 유림은 진짜로 발버둥을 쳤다.

"꺅!"

유림이 승현의 품에서 빠져나오려고 안간힘을 썼다. 하지만 승현에게는 그저 미미한 저항으로밖에 느껴지지 않았다.

dangerous associate

'뭐야, 이런 여자를 힘세다고 지금껏 부려먹은 거야?'

한창때 벤치프레스 40킬로그램을 들었느니, 어쩌느니 하더니 이제 보니까 그냥 여자다. 얼굴이 새빨개지도록 힘을 쓰고 있는데도 겨우 이 정도라는 게 귀여웠다. 너무 귀여워서 놓아주기 싫을 정도다.

하지만 여기서 더 하면 진짜로 유림이 화낼 것 같아서, 승현은 이쯤에서 못 이긴 척 팔에 힘을 뺐다. 그 틈에 유림이 날쌔게 승현의 품을 벗어났다.

"아, 좀!"

귓불까지 새빨개진 유림이 승현을 향해 한껏 눈을 흘겼다. 승현은 쿡쿡 웃으며 화분을 가리켰다.

"근데 선배, 이게 무슨 식물인지 알아요? 준 사람 말로는 무슨 꽃이 핀다고 했던 것 같은데."

"이 지경이 돼 있는데 어떻게 알아?"

유림이 퉁명스럽게 쏘아붙였다.

"그러게 평소에 물 좀 주지, 이렇게 엉망으로 만들어놓고!"

"그러니까 선배가 가끔 와서 물도 주고, 돌봐줘요."

승현이 화분을 들여다보며 말했다.

"꽃 피는 거, 보고 싶어요."

잠시 후 유림이 조용히 대답했다.

"……그래, 한번 해보자."

유림이 승현의 집에서 나온 것은 그날 오후 늦어서였다. 원래는 아침만 먹이고 나서 일어나려고 했는데 승현이 가지 못하게 별의별 방법을 동원해서 잡는 바람에 그러지를 못했다.

　"이제 안 되겠다. 나 정말 가야겠어!"

　결국 진짜로 독하게 뿌리치고 일어났을 때는 거의 해 질 무렵이다 되어서였다. 이제 해도 많이 짧아져서 초저녁이면 벌써 어둡긴 했지만.

　"같이 나가요. 데려다줄게요."

　외투를 찾는 승현을, 유림이 정색을 하고 말렸다.

　"미쳤어? 열 내린 지 얼마나 됐다고 바깥바람을 쐬려고 해?"

　"그럼 선배 혼자 보내라고요?"

　"나 애 아니거든? 게다가 아직 해도 다 안 졌어."

　"가는 동안에 금세 질 거예요. 나 많이 괜찮아졌으니까 같이 가요."

　승현은 막무가내로 차 열쇠를 찾아 들었다. 좋게 말해서는 안 되겠다고 생각한 유림은 일부러 험악한 얼굴로 목소리를 촥 깔았다.

　"차승현 씨. 선배 말이 말 같지가 않아?"

　승현이 놀란 듯이 유림을 바라보았다.

　"좋은 말로 할 때 집에 있어! 따라 나오지 말고."

　딱딱 끊어지는 이 말투는 유림이 체고 시절에 후배들 집합시킬

때 쓰던 것이었다. 기합을 주거나 폭력을 쓰는 걸 좋아하지 않았던 유림은 주로 카리스마로 제압하곤 했는데, 그만큼 험악한 표정과 말투가 포인트였다. 웬만한 후배들은 유림이 목소리를 까는 순간 얼어붙을 정도였다.

'이 정도면 승현 씨도 쫄았겠지?'

유림이 속으로 그렇게 생각한 순간이었다.

"하하하하!"

승현이 갑자기 큰 소리로 웃음을 터뜨리는 바람에 유림은 당황하고 말았다.

"아하하하, 미치겠다, 진짜!"

너무 우스워 죽겠다는 듯이 눈물까지 흘려가면서 웃던 승현이, 이윽고 좀 진정됐는지 말했다.

"어쩜 그렇게 귀여울 수가 있어요?"

"뭐?"

"방금 그거 한 번만 더 해봐요, 응? '좋은 말로 할 때 집에 있어!' 이거."

승현이 손을 뻗어 유림의 머리를 살며시 만졌다. 진짜로 귀여워 죽겠다는 듯이.

"대체 어떻게 아직까지 혼자였던 거예요, 이렇게 귀여운데."

유림은 그만 또 새빨개져서는 벌컥 화를 냈다.

"지금 선배 가지고 장난 치냐?"

"장난 아닌데. 나 정말 그렇게 귀여운 거 태어나서 처음 봤다고

요."

유림이 화를 내도 승현은 여전히 유림의 머리칼을 쓰다듬는 손을 멈추지 않았다.

"그리고 지금은 선배 아니에요. 내 여자친구지. 근무시간 아니잖아요?"

"무, 무슨 소리야? 한 번 선배는 영원한 선배지!"

"내년이면 난 부장 될 건데, 그때도 선배라고 부르라고요?"

"헉!"

맞다, 그랬지! 당황하는 유림에게, 승현이 장난스럽게 웃으며 말했다.

"그땐 제대로 부장님, 이라고 불러야 돼요?"

평소와 같은 장난기 어린 웃음이 오늘따라 왠지 너무나 다정하게 보여서, 똑바로 쳐다볼 수가 없다. 유림은 괜히 시선을 돌리며 대꾸했다.

"당연하지. 그, 그럼 승현 씨는 나한테 뭐라고 부를 건데?"

"음, 부장이 돼서 계속 선배라고 부를 순 없고…….."

승현이 고개를 갸웃거리더니 무슨 생각을 했는지 금세 미소를 띠었다.

그리고 잠시 방심하고 있는 유림의 귓가에 입을 바싹 갖다 대고는 가만히 속삭였다.

"……정유림 씨."

순간 유림은 하마터면 펄쩍 뛸 뻔했다.

dangerous associate

293

전부터 예쁜 얼굴에 비해 목소리는 살짝 낮은 게, 참 분위기 있다고 생각했었다. 그런데 그 목소리로 귓가에 대고 갑자기 이름을 부르다니, 이건 반칙이잖아!

심장이 터질 것 같은 기세로 두근거렸다. 도저히 안 되겠다고 유림은 생각했다. 조금이라도 더 곁에 있었다간 진짜로 심장마비로 죽고 말 거다.

"나 간다."

유림은 가방을 찾아 들고 단호하게 말했다.

"따라 나오면 진짜 화낼 줄 알아."

말하자마자 현관으로 나가는 유림의 뒤를, 승현이 쫓아왔다.

"내일도 와줄 거죠?"

신발을 신는 유림에게 승현은 끈질기게 물었다.

"이제 열도 다 내렸는데 뭐하러?"

"어차피 집에 있어봤자 할 일도 없잖아요. 놀러 와요, 응?"

"나 의외로 바쁜 사람이야."

받아줬다가는 끝도 없을 것 같아서 유림은 딱 잘라 말하고는 현관을 나섰다.

"내일 꼭 와야 돼요. 기다릴게요!"

현관문이 닫히기 직전까지도 승현은 아쉬운 듯이 말했다.

"휴우……."

겨우 승현을 뿌리치고 밖으로 나오는 데 성공한 유림은, 현관문에 등을 기대고 긴 한숨을 내쉬었다.

「……정유림 씨.」

지금껏 몰랐다. 제 이름이 그렇게 달콤하고 다정하게 들릴 수 있다는 사실을.

유림은 눈을 감은 채 가만히 가슴에 손을 가져가보았다. 손끝으로도 맥박이 전해질 정도로 심장이 세차게 뛰고 있었다.

'어쩌면 이게 진짜로…….'

좋아하는 건지도 몰라.

처음으로 유림이 그렇게 생각한 순간이었다.

다음 날 아침.

"아니, 유림아. 너 지금 뭐 하는 거니?"

방에서 나온 엄마가 주방에서 분주히 움직이고 있는 유림을 보고 화들짝 놀라 물었다.

"삼계탕 끓이려고."

앞치마를 두른 유림이 닭을 손질하며 대꾸했다.

어젯밤에 유림은 잠들기 직전까지 승현에 대해서 생각했다.

'승현 씨, 보기보다 외로움을 많이 타는 성격인가?'

승현이 자신을 붙들고 몇 번이나 오늘 꼭 오라고 말했던 것이 계속 생각났다.

'에라, 말마따나 할 일도 없는데 그러지, 뭐.'

그렇게 결심하고 잠든 유림은 아침에 눈뜨자마자 집 근처 마트에 가서 장을 봐 왔다. 얼마 전에 회사에서 점심으로 나왔던 삼계탕을 승현이 맛있게 먹던 게 생각났기 때문이었다. 앓고 난 후니까 기력 보충에도 좋을 것 같고.

물론 그런 사정을 까맣게 모르는 엄마는 눈을 휘둥그레 떴다.

"아니, 일요일 아침부터 삼계탕은 왜!"

차승현이 잘 먹거든, 이라고는 물론 대답할 수 없다. 그래서 유림은 애꿎은 부장을 팔았다.

"우리 부장님 기러기 아빠잖아. 몸살이 났는데 삼계탕이 드시고 싶대."

"아니, 그걸 네가 왜 끓여다 바치는데?"

"이럴 때 줄 서야지. 또 알아? 인사고과 잘 받아서 내년엔 대리로 승진할지."

"아이고, 앓느니 죽지!"

엄마는 기가 막힌다는 표정을 하면서도 팔을 걷어붙이고 나섰다.

"저리 비켜봐, 그렇게 하다간 천 년이 가도 못 하겠다. 먼저 찹쌀부터 담가야지."

다행히 엄마의 도움을 받아 삼계탕은 한 시간여 만에 맛있게 완성되었다. 지금 출발하면 딱 점심때 승현에게 삼계탕을 먹일 수 있을 것 같아서 유림은 기뻤다.

엄마는 식지 않도록 삼계탕을 도자기 그릇에 잘 싸서 보자기에 챙겨주기까지 했다.

"고마워, 엄마. 그럼 나 갔다 올게."

"유림아."

서둘러 삼계탕을 들고 나가는 유림을, 갑자기 엄마가 불러 세웠

dangerous associate

다.

"너, 남자친구 생겼지?"

헉! 유림은 놀라서 엄마를 쳐다보았다. 이미 확신에 차 있는 엄마의 눈빛을 보고 유림은 직감했다. 아, 들켰구나.

아니나 다를까, 유림이 뭐라고 대답하기도 전에 다짜고짜 심문이 시작되었다.

"어디 살고 뭐 하는 사람……."

"앗, 부장님 눈 빠지시겠다! 다녀오겠습니다!"

유림은 엄마의 말을 중간에 잘라먹고 뒤도 안 돌아본 채 그대로 줄행랑을 놓았다.

"휴우……."

대문 밖까지 나와서야 유림은 겨우 안도의 한숨을 쉬었다. 그러나 마음을 놓은 것도 잠시, 또다시 깜짝 놀랄 일이 유림을 기다리고 있었다.

골목 저편에서 누군가가 이쪽을 향해 다가오고 있었던 것이다. 그 사람의 얼굴을 보고 유림은 놀라서 눈을 크게 떴다.

"어? 현우 선배?"

멀리서도 현우를 알아본 유림은 얼른 뛰어갔다.

"선배! 아니, 일요일 낮부터 저희 집엔 웬일이십니까?"

"웬일은. 너 방바닥 긁고 있을 거 뻔히 아니까 나가서 점심이나 같이 하자고 왔지."

현우는 대수롭지 않게 대꾸하고는 덧붙였다.

"뭐, 시간 맞는 거 있으면 영화도 한 편 보고."

유림은 의심스럽다는 눈초리로 현우를 쳐다보았다. 그도 그럴 것이, 현우와 10년째 알아오고 있지만 이런 일은 단 한 번도 없었던 것이다.

"선배, 무슨 일 있으십니까?"

"일은 무슨! 우리 사이에 밥 먹자는 게 그렇게 이상하냐?"

현우는 이상할 정도로 벌컥 화를 냈다.

"밥은 그렇다 쳐도 영화는 이상한 거 맞잖습니까?"

말대꾸를 하던 유림은 문득 현우의 복장이 예사롭지 않다는 것을 눈치 챘다.

평소 현우는 털털한 성격만큼이나 옷차림에도 신경을 쓰지 않는 편이었다. 그래서 대학 시절에는 오히려 다른 사람들이 더 안타까워하곤 했다. 키가 큰 편인 데다 얼굴도 훈훈하게 잘생겼는데 인물이 아깝다고. 하지만 현우 본인은 뒤에서 뭐라고 하든 끄떡도 하지 않았다. 유행이 지났든, 사이즈가 안 맞든 간에 옷은 몸만 가리면 된다는 확고한 패션 철학을 가지고 있는 그였다.

그런데 지금 현우는 몰라보게 멋진 차림을 하고 있지 않은가. 가을 분위기가 물씬 풍기는 트렌치코트에 패셔너블한 머플러, 거기에 세련된 구두까지.

옷이 날개라더니 현우는 모델 뺨치게 멋진 남자가 되어 있었다. 늘 승현을 봐와서 이미 다락같이 높아진 유림의 눈으로 봐도 감탄할 정도였다.

dangerous associate

299

"괜찮냐?"

유림의 시선을 느꼈는지 현우가 쑥스러운 듯이 물었다. 칭찬을 기대하는 눈치였다. 하지만 유림은 칭찬 대신에 허리에 척 손을 얹었다.

"선배, 솔직히 말해보십쇼."

"뭐, 뭘?"

당황하는 현우에게, 유림은 돌직구를 던졌다.

"또 여자한테 바람맞으신 거 아닙니까!"

"뭐?"

현우가 당황한 얼굴로 유림을 바라보았다.

"저번처럼 소개팅했다가 까여서, 또 저더러 대타하라는 거잖습니까."

"야, 정유림! 나 그런 거 아니거든?"

"아니긴 뭐가 아닙니까. 지금 딱 데이트 나가는 차림인데."

유림은 코웃음을 쳤다.

"설마 저 만나러 오느라고 그렇게 입었다고는 못 하시겠죠?"

"그게……!"

현우가 뭐라고 말하려다 말고 분한 듯이 입을 다물었다. 그런 현우를 보고 유림은 제 추측이 정답이라고 생각했다.

"차라리 귀신을 속이십쇼. 치, 누가 모를 줄 알고."

의기양양하게 종알거리는 유림을 잠깐 노려보던 현우가 불쑥 물었다.

위험한 신입사원 |

300

"근데 너는 어디 가는 건데? 손에 든 그건 또 뭐고?"

"아, 이, 이거 말입니까?"

유림은 당황해서 말을 더듬었다. 죽어도 사실대로 말할 수는 없었다.

"엄마 심부름입니다. 엄마 친구분이 아프다고, 삼계탕 좀 갖다 드리라고 하셔서요."

"그래? 그럼 이리 줘."

현우가 손을 내밀었다.

"내 차로 갖다드리고 가지, 뭐. 어머님 친구분 댁이 어딘데?"

유림은 등골에 식은땀이 났다. 아무렇게나 둘러댄 말인데 일이 점점 커지고 있었다. 차승현 씨랑 우리 엄마랑 친구 먹었다고 할 순 없지 않은가!

"괘, 괜찮습니다. 생각해보니까 지금 당장 배달 안 해도 될 것 같습니다. 이따 저녁때 갖다드리죠, 뭐."

"그래도 되겠냐? 심부름인데."

"엄마도 그렇게 급한 거 아니라고 하셨습니다. 게다가 날씨가 꽤 추워져서 하루쯤 트렁크에 실어놔도 끄떡없을 겁니다. 하하, 하하하."

유림은 억지로 웃어 보였다. 다행히 현우는 별로 의심하지 않는 눈치였다.

"그럼 우선 점심 먹으러 가자."

그러나 유림은 선뜻 따라나설 수가 없었다.

dangerous associate

'큰일 났다. 어떡하지? 승현 씨가 기다릴 텐데!'

미적거리는데 현우가 재촉했다.

"왜 그래? 오늘 뭐 따로 약속이라도 있어?"

"아니, 뭐, 그런 건 아니지만……."

섣불리 약속이 있다고 거짓말할 수가 없었다. 왜냐하면 유림의 친구들은 죄다 현우도 아는 사람들이었으니까. 괜히 거짓말했다가 들통이 나기 십상이다.

"하긴 유림이 네가 일요일에 무슨 약속이 있겠냐."

현우가 피식 웃었다.

"가자, 내가 맛있는 거 사줄 테니까."

여기서 더 미적거렸다간 아무리 둔한 현우라도 수상한 낌새를 챌 것이 틀림없었다.

"예, 선배."

어쩔 수 없이 유림은 눈물을 머금고 현우의 뒤를 따를 수밖에 없었다. 그나마 승현에게 오늘 가겠다고 미리 말해두지 않은 걸 다행이라고 생각하면서.

승현은 아침부터 은근히 기대했다. 혹시나 유림이 와주지 않을까, 하고.

하지만 오전이 다 지나도록 유림에게서는 소식이 없었다. 혹시나 오려나 싶어 점심까지 굶고 기다리다가 승현은 그만 부아가 났다.

'하여튼 비싸게 굴긴. 할 일 없는 거 다 아는데!'

결국 기다리다 못해 승현은 유림에게 전화를 했다. 그러나 웬일인지 유림의 전화기는 꺼져 있었다.

"낮잠이라도 자는 건가?"

휴대전화를 들여다보며 승현은 혼잣말로 투덜거렸다.

"내 침대 매트리스 되게 편한데, 이왕 잘 거면 좀 여기 와서 자지."

그랬다. 딱히 유림이 오면 같이 뭔가를 하자는 생각은 없었다. 막연히 유림이 곁에 있어주면 참 좋겠다는 생각이 들 뿐이었다. 하다못해 와서 잠만 자는 한이 있더라도, 그저 집 안에 유림이 있기만 해도 좋을 것 같았다.

"……."

승현은 가만히 넓은 집 안을 둘러보았다. 원래부터 혼자 살던 집인데, 유림은 아주 잠깐 왔다 간 손님일 뿐인데. 왜 이렇게 새삼스럽게 집 안이 썰렁하고 적적하게 느껴지는지 몰랐다.

집 안을 꽉 채우고 있는 적막함이 싫어서 승현은 괜히 소리 내어 말하며 일어났다.

"참, 화분에 물 줘야지?"

유림이 말했던 대로 아침에 일어나자마자 햇볕이 잘 드는 곳에 화분을 옮겨두었었다. 물도 듬뿍 주었고. 하지만 아직 화분은 별

반응이 없었다.

"이거 많이 먹고 살아나라, 응?"

그새 말라 있는 흙에 또다시 물을 주는 승현의 입가에 잔잔한 미소가 번졌다.

영화관 근처에서 점심을 먹고 영화를 보기로 했는데, 막상 도착해보니 점심을 먹기에는 시간이 너무 일렀다. 그래서 영화부터 보고 조금 늦게 점심을 먹는 걸로 예정을 바꿨다.

"와, '분노의 스피드' 시리즈 또 나왔네? 유림이 너 이거 완전 좋아하잖아?"

현우는 그렇게 말하며 알아서 표를 샀다. 유림의 의견은 묻지도 않은 채.

물론 유림이 액션 영화를 좋아하는 건 사실이다. 그것도 주로 스케일이 큰 할리우드 블록버스터류를 좋아했다. ……지금까지는.

그런데 요즘은 좀 달랐다. 가을을 타는 건지, 뭔지 몰라도 평생 관심도 없던 로맨스 영화가 끌리는 거였다. 마침 최근에 개봉해서 대히트를 기록 중인 로맨틱 코미디 영화가 있는데, 유림은 그 영화를 보고 싶었다.

그러나 차마 그 말을 현우에게 솔직하게 할 수가 없었다. 말했다간 배꼽을 잡을 것 같아서.

'뭐? 유림이 네가 그런 영화를 보겠다고? 관둬라, 관둬, 어울리지도 않게. 하하하!'

이럴 게 뻔한데 어떻게 말하라고!

결국 유림은 현우와 나란히 앉아서 액션 영화를 봤다. 평소 같으면 손에 땀을 쥐고 봤을 영화가 왠지 지루하게 느껴져서, 내내 유림은 자동차가 몇 대나 망가지나 그것만 세고 있었다.

참고로 끝날 때까지 부서진 자동차는 총 서른두 대였다. 역시 할리우드 스케일.

"이제 밥 먹으러 가야지. 유림이 너 뭐 먹고 싶은 거 있냐?"

영화관에서 나와서 현우가 물었다.

"전 아무거나 괜찮습니다."

"그래도 자식아, 이왕 먹는 거 좋은 거 먹어."

"어차피 대타인데 뭘 그렇게 신경을 쓰고 그러십니까?"

유림은 건성으로 대꾸하며 휴대전화를 꺼내서 전원을 켰다. 그리고 부재중 통화가 찍혀 있는 걸 보고 깜짝 놀랐다.

'승현 씨한테서 전화 왔었잖아?'

간이 콩알만 해졌다. 유림은 얼마 전에 승현이 화를 냈던 일을 떠올렸다.

「남자가 단둘이 술을 먹자고 했다, 그럼 오케이 하기 전에 당연히 나한테 먼저 의견을 물어봐야 하는 거 아닌가요?」

「……미안.」

「하물며 그게 다른 사람도 아니고, 서 대리님이라면 더욱 그렇

다고 생각하는데요.」

이건 단둘이 술 먹는 일은 아니지만 그것보다 더 나쁘다. 승현이
그렇게 꼭 와달라고 부탁을 했는데, 현우와 만나서 영화 보고 밥
먹고 있지 않은가. 뭐, 어쩔 수 없는 상황이긴 하지만 결론적으로.

'이거, 말했다간 승현 씨가 엄청 화내겠지?'

우두커니 선 채로 고민하는 유림의 팔을, 현우가 잡아끌었다.

"왜 그렇게 넋 놓고 있어? 얼른 가자."

"예, 선배."

현우와 함께 걷기 시작하며, 유림은 오늘 일을 승현에겐 말하지
않기로 결심했다.

'승현 씨는 현우 선배랑 단둘이 술 먹지 말랬지, 영화 보고 밥 먹
지 말라곤 안 했잖아?'

궁색한 변명이었지만 그게 최선이었다.

현우가 유림을 데려간 곳은 영화관 근처의 패밀리 레스토랑이
었다. 영화를 보고 나와서 식사하는 연인들로 가득 찬 매장 안을
보고 유림은 놀랐다.

"진짜로 여기서 밥 먹자고요?"

"왜, 싫나?"

"아뇨, 뭐 그런 건 아닙니다만."

아무래도 오늘 현우가 이상하다고 유림은 생각했다.

평소에 함께 먹는 음식이라면 주로 설렁탕, 감자탕, 곱창, 닭발,

뭐 이런 종류의 것들이었다. 아니면 중국집에 가든가. 둘이서 이런 패밀리 레스토랑에 온 적은 한 번도 없었다.

"선배, 근데 소개팅은 또 언제 하신 겁니까?"

주문을 마치고 서버가 물러가자마자 유림은 물었다.

"무슨 소리야, 아까부터."

"아, 저번처럼 바람 맞아서 대타시키는 거 아닙니까! 대체 어떤 여잔데 그러십니까?"

현우가 한숨을 푹 쉬었다.

"너 대타 아냐, 자식아."

"에이, 거짓말. 그럼 왜 갑자기 저랑 영화 보고 밥 먹고 하시는 건데요?"

유림은 현우를 뚫어져라 쳐다보며 물었다. 거짓말인가, 아닌가 보려고.

왠지 현우는 유림의 눈을 똑바로 보지 못하고 시선을 피하며 헛기침을 했다.

"그냥 요즘 너랑 밥 먹은 지도 오래돼서 그런다, 왜. 흠, 흠."

"점심때 맨날 같이 먹잖습니까?"

"그건 둘이 먹는 게 아니지, 승현 씨도 같이 있는데!"

현우는 괜히 벌컥 화를 냈다.

"유림이 너 이 자식, 요즘 차승현 씨랑만 붙어 다니고."

제 발이 저린 유림은 펄쩍 뛰며 부정했다.

"부, 붙어 다니다뇨? 후배니까 이것저것 가르치느라 그런 거

dangerous associate

307

죠, 아시면서!"

"아니긴 뭐가 아냐, 자식아. 귀신을 속여라."

먼저 나온 레모네이드를 쭉 들이켜더니 현우가 불쑥 말했다.

"설마 유림이 너도 부장님이나 과장님처럼 권력의 불나방이 된 거냐? 그런 거야?"

유림은 그만 피식 웃어버렸다.

"선배도 참."

"아니면 혹시 정분이라도 났냐?"

"선배, 농담이 점점 재미없어집니다."

"이건 농담 아냐, 인마. 진짜 걱정스러워서 그래."

현우가 괜히 주위를 둘러보더니 목소리를 낮춰 말했다.

"내가 어디서 들은 말이 있는데, 차승현이가 그렇게 여성 편력 이 화려하대요."

"그런데요?"

"그런데요는 무슨 그런데요야. 너도 여자잖아!"

순간 '선배가 언제부터 저를 여자로 생각하셨다고 그러십니까?' 하고 되묻고 싶었지만 유림은 꿀꺽 삼켜버렸다.

"유림이 너, 만에 하나라도 차승현 씨한테 마음 주지 마라. 괜히 상처받는다."

그렇게 말하는 현우의 얼굴이 진심으로 걱정스러워 보여서 유림은 곤혹스러운 와중에도 피식 웃음이 나왔다. 아니, 지금껏 상처를 준 게 누군데?

게다가 유림이 보기에 승현은 절대 현우가 생각하는 그런 사람이 아니었다.

'승현 씨가 화려하게 생겨서 오해받기 쉽지만, 사실은 속도 깊고, 다정하기도 하고…….'

어느새 멍하니 승현에 대해 생각하고 있는 자신을 퍼뜩 깨닫고 유림은 확 얼굴을 붉혔다.

"넌 또 왜 갑자기 얼굴이 빨개지고 그래?"

"아, 아닙니다. 여기 안이 좀 덥지 않습니까? 하하!"

딴청을 피우며 에이드를 쭉 들이마시는 유림을, 현우가 수상쩍다는 눈으로 바라보았다.

월요일 아침에 승현은 언제 앓았냐는 듯이 산뜻한 얼굴로 출근했다. 앓고 난 후라 조금은 수척해진 얼굴이 오히려 여심을 직격하는 바람에, 이미 아침부터 승냥이 밴드가 주차장 직찍이니, 엘리베이터 목격담이니 하는 것들로 한바탕 뒤집어진 후였다.

"아니, 차승현 씨, 벌써 출근했나? 며칠 더 푹 쉬고 나와도 괜찮은데."

"멋대로 자리 비워서 죄송합니다, 부장님."

부장이 배려를 가장한 아부를 한바탕 하고 있는 동안 승현은 내내 입가에 미소를 띠고 있었다.

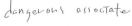

그런 승현을 보고 유림은 혼자 속으로 쿡쿡 웃었다. 이제 좀 구분이 가는 것 같다. 저건 분명히 짜증 나는 걸 감추기 위한 가짜 미소다. 진심으로 웃을 때는 저런 얼굴이 아니니까.

"몸이 많이 아팠나 봐. 얼굴이 아주 반쪽이네."

 다른 사람들도 승현에게 인사치레를 했다. 유림도 시치미를 뚝 떼고 평소처럼 페트병에 든 약수를 건네며 물었다.

"이제 좀 괜찮아졌어?"

"네. 선배가 문병 와주신 덕분에 많이 도움이 됐어요."

 승현이 대답했다. 유림의 얼굴을 뚫어져라 바라보면서.

"왜 그래? 내 얼굴에 뭐 묻었어?"

 하도 빤히 바라보는 바람에 민망해진 유림이 물었다. 그제야 승현은 눈을 돌리며 대꾸했다.

"아니에요, 아무것도."

 그날 유림은 하루 종일 가시방석에 앉아 있는 기분이었다. 승현이 종일 제 얼굴을 뚫어져라 바라보고 있으니 무리도 아니었다. 그것도 바로 옆에 앉아서!

"선배, 내 얼굴에 뭐 묻었어요?"

"아니. 못생김 말고는 묻은 거 없는데?"

 참다못해 현우를 붙잡고 물어도 시답잖은 농담이나 돌아왔다. 화장실에 가서 거울을 봐도 말마따나 묻은 거 없는데, 왜 계속 보는 거야!

뒤엉킨 신입사원 |

310

덕분에 유림은 거의 노이로제에 걸릴 지경이었다. 그래서 6시 땡 하자마자 해방을 맞이한 기분으로 자리를 박차고 벌떡 일어섰다.

"그럼 먼저 들어가보겠습니다!"

"그래, 수고 많이 했어. 내일 보자고."

월요일, 수요일이면 으레 그러려니 하는 분위기가 이미 정착되어 있어서 도망가기도 편했다. 대신에 다른 날 남들 배로 열심히 일해야 하긴 했지만.

사무실을 나오자 곧바로 숨통이 트였다. 쳐다보는 시선이 없으니까 이제야 살 것 같다.

"휴우!"

유림이 한숨을 내쉬며 한결 가뿐해진 마음으로 복도를 걷는데 웬걸, 몇 걸음도 가지 못해서 뒤에서 따라온 누군가에게 팔을 붙들렸다.

깜짝 놀란 유림은 걸음을 멈췄다.

"같이 가요."

어느새 뒤를 따라왔는지, 승현이 곁에 서 있었다.

"나 오늘 수영 수업하러 가는 날이잖아."

"알아요. 데려다줄게요."

"됐거든?"

유림은 펄쩍 뛰었다. 하루 종일 시선 공격에 시달리다가 이제 겨우 해방되나 했더니!

"나 어차피 민우가 데리러 올 거야. 됐으니까 집에 가서 쉬어."

딱 잘라 거절했지만 승현은 들은 체도 하지 않았다.

"오늘부터 오지 말라고 해요, 내가 데려다줄 테니까. 선배가 다른 남자 차 자꾸 얻어 타고 다니는 거, 솔직히 별로예요."

"민우가 남자야?"

"그럼 여자예요? 몸이 박태환 뺨치던데."

"승현 씨!"

답답해진 유림이 발을 쾅 굴렀다.

"좋게 말할 때 말 들어요. 그렇지 않아도 나 지금 화났으니까."

드물게 보는 승현의 무서운 얼굴에 유림은 찔끔했다.

"어제 왜 안 와준 거예요? 내가 얼마나 기다렸는데."

"아니, 저, 그게……."

"뭐 다른 약속이라도 있었어요?"

유림은 펄쩍 뛰었다. 현우와 함께 있었다는 걸 알면 대체 승현이 뭐라고 할까.

"야, 약속은 무슨. 그냥 종일 집에 있었어!"

그러자 승현은 더욱더 얄밉다는 듯이 유림을 보았다.

"어차피 집에 있을 거, 좀 와주면 어때서."

"……미안해."

"미안한 줄 알면 입 다물고 잠자코 따라와요."

승현이 유림의 손목을 꽉 붙잡았다.

뒤가 켕기는 데가 있는 유림은 더 거절하지도 못하고 그대로 끌

위험한 신입사원

려갈 수밖에 없었다.

"아, 참, 세라야. 주말에 승현 군 문병 다녀온 건 어떻게 됐느냐?"

저녁식사 시간. 골프 때문에 지난 주말 내내 집을 비웠던 아버지, 이 사장이 물었다.

"잘 다녀왔어요. 오빠가 죽이랑 쌍화탕, 감사하다고 전해달라고 했어요."

세라는 표정 하나 변하지 않고 식사를 하며 대답했다.

"그래? 다행이구나. 이참에 승현 군이랑 좀 가까워지면 좋겠다만."

"그래서 말인데요, 아빠."

세라가 숟가락질을 멈추고 말했다.

"저 아빠 회사에서 일할래요."

순간적으로 식탁 분위기가 조용해졌다. 누구보다 놀란 것은 이 사장이었다.

"세라 네가, 우리 회사에서 말이냐?"

"네, 아빠."

세라가 숟가락을 내려놓으며 방긋 웃었다.

"아니, 갑자기 왜? 어차피 후년에 승현 군이 상무로 승진을 하면

곧바로 결혼해서 그만둬야 할 텐데."

이 사장의 말에 아내인 세라의 어머니도 거들었다.

"그래, 세라야. 어차피 삼 년도 못 다닐 회사를 뭐 하러 다니려
고 하니? 그냥 지금 하던 대로 얌전히 신부수업이나 받다가 결혼
을 하지."

말은 그렇게 하지만 승현의 어머니인 전 여사의 눈치를 보는 기
색이 역력했다. 전 여사는 대놓고 세라가 일하기를 바라지 않는다
고 했었으니까.

"승현 군 댁에서도 반가워하지 않으실 테니 그 생각은 접도록 하
자, 세라야."

이 사장이 타이르듯 말했지만 세라는 방긋 웃어 보였다.

"걱정 마세요, 아빠. 제가 할아버님한테 직접 허락 받아 올게요.
그러면 승현 오빠 어머님도 반대는 못 하실 거 아녜요?"

"아니, 왜 그렇게까지 하면서 회사를 다니려고 하는 게냐?"

"음, 결혼하기 전에 승현 오빠랑 좀 가까워지고 싶어서요."

세라가 장난스럽게 혀를 쏙 내밀었다.

"오빠랑 같은 사무실에서 일하다 보면 아무래도 정도 들고 그럴
거 아녜요. 잘되면 연애결혼처럼 될 수도 있고요. 그 편이 남들 보
기에도 좋지 않겠어요?"

그제야 이 사장은 딸의 의도를 알아챘다.

"아, 그러면 승현 군이 있는 마케팅팀에 보내달라는 거냐?"

"네. 그렇게 해주실 수 있죠, 아빠?"

세라가 애교 있게 웃었다.

물론 그런 의도라면 반대할 이유가 없다. 게다가 승현의 할아버지가 직접 허락한다면 아무리 완고한 전 여사라도 더 이상 입을 댈 수 없을 터였다.

"말 나온 김에 이번 주말에 할아버님 뵙고 허락 받아 올게요."

"그래. 그럼 마케팅팀에 자리를 만들어두도록 하마."

이 사장이 흔쾌히 고개를 끄덕였다.

"수고들 많으셨습니다, 그럼 수요일에 뵙겠습니다!"

수영 수업이 끝나자마자 유림은 날쌔게 샤워장으로 향했다. 방금 도착한 한 통의 문자 때문이었다.

- 데리러 왔어요. 수업 끝나면 주차장으로 와요. 기다릴게요.

하여튼, 못 말린다니까!

그래서 유림은 최대한 빠르게 샤워를 마쳤다. 감기가 나은 지 얼마 안 된 승현을 오래 기다리게 하고 싶지 않았다.

탈의실로 나와 옷을 입는데 등 뒤에서 수군대는 소리가 들렸다.

"몸매 믿고 안 꾸미고 다니나?"

"뭐래. 요즘 저 정도 몸매는 널리고 널렸어."

뭔가 싶어 돌아보니 젊은 여자 둘이서 선풍기 앞에서 젖은 머리를 말리며 수군대는 중이었다. 후배인 민우가 맡고 있는 여성수영

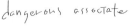

저녁 반 수강생들이었다.

젊은 여자 수강생들 몇몇이 민우에게 사심을 품고 있는 건 유림도 눈치 채고 있었다. 해변에서나 입을 법한 화려한 비키니에, 머리까지 세팅하고 수영하러 오는데 딱 보면 척이지.

한편 유림은 반평생 수영을 해왔지만 비키니 같은 건 입어본 적도 없었다. 그녀에게 있어서 수영은 신성한 스포츠였으니까. 그런 수영을 몸매 자랑의 도구 정도로 여기는 게 꼴 보기 싫었지만, 그거야 참견할 바가 아니니까 내버려두었다.

하지만 머리가 망가질까 봐 수영모를 쓰지 않으려 하는 것까지는 유림도 참을 수가 없었다.

「죄송하지만 실내에서는 반드시 수영모 착용을 부탁드립니다.」

나름대로 정중하게 말했는데, 돌아온 것은 어이없는 반응이었다.

「아니, 그쪽이 우리 선생님도 아니면서 왜 이래라저래라 하는 거예요?」

「지금 민우 쌤이랑 좀 친하다고 과시해요?」

그제야 유림은 깨달았다. 민우와 친한 자신이 평소부터 그녀들에겐 눈엣가시였다는 것을.

지금도 두 여자는 아주 대놓고 들으라는 식으로 비아냥대고 있었다.

"말투 완전 깨지 않냐? 나 무슨 진짜 사나이 찍는 줄 알았다니까."

"그러게, 참 콘셉트 한번 희한하게 잡았네."

뭐, 콘셉트? 유림은 욱하고 말았다.

'확 그냥, 한판 붙어?'

하지만 지금은 시비 붙을 때가 아니었다. 밖에서 승현이 기다리고 있지 않은가.

'난 돌이다. 아무것도 안 들린다. 아무 생각도 없다.'

그렇게 주문을 외며 유림은 잽싸게 옷을 입고 밖으로 나갔다.

승현은 주차장에 차를 세워놓고 유림을 기다리고 있었다.

'어디 감기만 나아봐라.'

주말에 유림과 함께 있는 동안 승현이 내내 했던 생각이었다. 곁에 있는 유림에게 키스하고 싶어서 미칠 지경이었다. 감기 옮기면 안 된다는 생각에 꾹 참고 견뎠을 뿐.

하지만 감기가 낫고 나자 더는 자제가 안 되고 있었다.

오늘 아침에 출근해서 유림의 얼굴을 본 순간 승현은 크게 당황했다. 여기는 사무실인데! 주위에 부장, 차장, 과장, 대리까지 줄줄이 눈을 시퍼렇게 뜨고 있는데!

그런데도 불구하고 그 자리에서 유림에게 키스하고 싶은 충동이 일어났던 것이다.

'너 미쳤냐, 차승현?'

물론 금세 이성을 발휘해서 억눌렀지만 그 후로도 계속 유림이 신경 쓰여서 견딜 수가 없었다. 정확히 말하자면 유림의 입술이.

dangerous associate

립스틱조차 바르지 않은 맨 입술에 자꾸만 시선이 가는 것을 스스로도 어찌할 수가 없었다.

「같이 가요.」

사무실을 나가는 유림의 뒤를 쫓아가서 반강제로 차에 태워 여기까지 데려다줬던 건, 사실은 키스가 하고 싶어서였다.

내릴 때 기회를 노려서 하려고 했는데, 웬걸.

「데려다줘서 고마워. 그럼 나 들어간다!」

유림은 차가 멈추자마자 잽싸게 문을 열고 내려버렸다.

「선배, 잠깐만요!」

당황한 승현이 뒤에서 불렀지만 유림은 뒤도 안 돌아보고 내뺐다. 역시 운동선수 출신답게 재빠르기 그지없는 동작이었다.

어쩔 수 없이 그냥 집에 돌아갔지만 도저히 포기가 안 됐다. 키스도 키스지만, 얼굴이 보고 싶어 미칠 것 같았다. 하루 종일 본 얼굴인 데도! 그래서 결국 유림의 수업이 끝날 때에 맞춰서 도로 데리러 온 승현이었다.

밖에서 기다린 지 이십 분쯤 되었을 때 유림이 나타났다.

"많이 기다렸어?"

차에 타는 유림을 보고 승현은 가슴이 쿵 하고 내려앉는 것을 느꼈다.

"……!"

방금 샤워를 마치고 나온 유림은 평소보다 훨씬 더 뽀얗고 촉촉했다. 그뿐인가? 살짝 젖어 있는 데다가 산뜻한 비누 향기 같은 것

까지 은은하게 풍기고 있었다.

이걸 어떻게 참아?

승현은 거두절미하고 유림을 향해 입술을 가져갔다.

"꺅!"

아니나 다를까, 유림은 깜짝 놀라 흠칫 몸을 뒤로 뺐다. 그런 유림의 입술 앞 바로 몇 센티미터 거리에서, 승현은 유림의 눈동자를 들여다보며 속삭였다.

"허락해줘요."

"뭐, 뭘!"

"키스."

하지만 허락은 돌아오지 않았다. 왜냐하면 유림이 재빨리 문을 열고 내려버렸기 때문에!

똑같은 수에 두 번 당할쏘냐? 승현은 곧바로 유림을 따라 내렸다. 그리고 유림의 손목을 꽉 붙잡고 더 도망가지 못하게 자동차 범퍼 쪽에 유림의 몸을 밀어붙였다.

"허락해주기로 했잖아요. 이렇게 도망가는 건 반칙 아닌가요?"

"……내, 내가 언제!"

뒤에는 자동차, 앞에는 승현. 완전히 갇히고 만 유림이 어쩔 줄 몰라 하는 그 순간이었다.

"어머!"

뒤에서 갑자기 목소리가 들려서 승현은 뭔가 하고 힐끗 돌아보았다. 체육 센터 쪽에서 나왔는지, 두 여자가 나란히 놀란 얼굴로

dangerous associate

이쪽을 쳐다보고 있었다.

그러거나 말거나 승현은 무시하려고 했다. 그의 관심사는 오로지 지금 제 눈앞에 있는 이 여자뿐이었으니까.

하지만 뒤이어 들려온 말은 무시할 수가 없었다.

"뭐야? 저 여자, 남자친구도 있었어?"

도저히 믿어지지 않는다는 듯한 그 말투가 승현을 자극했다.

"거기. 남들 키스하는 거나 훔쳐보고, 좀 저질 취미 아닌가?"

승현은 뒤를 돌아본 채 빙긋 웃으며 말했다. 물론, 표정과 말투는 정반대였다. 승현의 미모와 싸늘한 목소리에 두 번 놀란 여자들이 주춤거렸다.

"갈 길이나 계속 가시죠."

그렇게 쏘아붙인 후 승현은 도로 유림에게로 시선을 돌렸다. 그리고 여자들에게는 들리지 않게 살며시 속삭였다.

"키스, 해도 되죠?"

아주 미세하지만 승현은 알아차렸다. 유림이 고개를 끄덕이는 것을. 더 망설일 것도 없었다.

승현은 그대로 유림에게 입을 맞췄다.

"……."

입술이 닿는 순간 승현은 생각했다. 아, 그게 딸기가 아니었구나. 달콤했던 건 이 여자의 입술 자체였다. 딸기 주스의 맛이 아니라.

승현은 유림을 끌어안은 채 그 달콤한 입술을 마음껏 탐했다. 정말 거짓말 안 보태고 죽을 만큼 좋았다. 이렇게 황홀한 키스는 태어나서 딱 두 번째였다. 첫 번째는 지난번에 했던 거.

어느새 승현은 유림을 자동차 보닛 위에 쓰러뜨리고 위에서 덮치다시피 해서 키스하고 있었다. 당연하게도 서로의 몸이 맞닿는 면적도 훨씬 넓어졌다. 단단한 제 가슴에 맞닿아오는 부드럽고도 뭉클한 감촉에 정신이 아득해졌다.

승현은 유림을 꼼짝달싹도 못 하게 만든 채 정신없이 입을 맞췄다.

안고 싶다. 내 걸로 만들어버리고 싶다.

'그렇게 해. 뭐가 문제야?'

남자의 본능이 명령하고 있었다.

평소 같으면 그 명령에 충실히 따랐을 승현이다. 성격상 뭔가를 참는 게 딱 질색이었으니까. 하지만 지금 이 순간, 승현은 망설이고 있었다.

'아마 선배는 내가 처음일 텐데.'

어쩌면 지금 유혹하면 넘어와줄지도 모른다. 게다가 유림은 본인이 이미 자신과 잤다고 믿고 있으니까. 기분 좋게 해주겠다고 달콤한 말로 꼬드기면 오늘 밤 안을 수 있을 것도 같았다.

그런데 왠지 내키지 않는 거였다. 아직 유림이 진심으로 자신을 좋아하고 있지 않은데, 그렇게 속이다시피 해서 처음을 빼앗고 싶지 않았다.

'내가 언제부터 이런 걸 신경 썼지?'

dangerous associate

321

스스로도 우스워서 피식 웃음이 나왔지만, 그게 승현의 진심이었다.

이 여자가 진심으로 자신을 좋아하게 됐을 때 안고 싶다. 몸도, 마음도 함께 갖고 싶다.

그렇게 결심하고 난 승현은 천천히 유림에게서 입술을 뗐다. 생각 같아서는 키스만이라도 좀 더 하고 싶지만, 그랬다간 더 참을 자신이 없다.

"……가요, 집에 데려다줄게요."

그제야 유림이 살며시 눈을 떴다. 마치 꿈을 꾸는 것 같은 눈동자에, 승현은 유림 역시 자신과의 키스에 취해 있었다는 사실을 눈치 챘다.

사랑스러운 마음이 가슴속을 꽉 채웠다.

"빨리 나 좋아해줘요."

유림을 으스러져라 껴안고, 승현은 기도하듯이 말했다.

"제발 부탁이니까."

초인적인 인내심을 발휘한 끝에 승현은 무사히 유림을 집 앞까지 데려다놓는 데 성공했다.

"데, 데려다줘서 고마워. 그럼 조심해서 가!"

오는 내내 차 안에서 얼굴이 빨개진 채 창 밖만 내다보고 있었던

유림은 승현의 얼굴조차 똑바로 쳐다보지 않은 채 작별인사를 건
넸다.

"잠깐만요."

인사를 하자마자 얼른 대문 안으로 들어가버리려는 유림의 팔
을, 승현이 붙들었다.

"잊은 게 있어요."

"또 뭐?"

유림의 허리를 끌어안으며 승현이 대꾸했다.

"굿나이트 키스."

"미쳤어? 여기 우리 집 앞이야! 동네 사람이라도 보면 어쩌려
고!"

새빨개진 유림이 승현의 입술을 피하며 펄펄 뛰었다. 물론 승현
은 가볍게 무시했다.

"승현…… 읍!"

입술을 빼앗긴 유림이 승현의 품 안에서 버둥거렸다. 그러거나
말거나 승현은 제 욕심껏 유림의 입술을 맛본 후에야 겨우 유림을
놓아주었다.

"아, 진짜!"

새빨개진 유림이 승현을 노려보며 젖은 입술을 손등으로 훔쳤
다.

"곱게 들여보내주는 것만 해도 감사한 줄 알아요."

"뭐야?"

dangerous associate

323

"노벨 신사상 같은 거 있으면 내가 받아야 될 판이라고요. 알아요?"

승현은 더없이 진심으로 말했다.

지금 이 순간에도, 유림의 손목을 붙잡고 그냥 확 어디론가 데려가버리고 싶은 충동이 수십 번도 더 일어나고 있었으니까.

계속 같이 있으면 위험하다는 걸 알아차린 것일까. 다행히도 유림은 승현의 인내심을 더 시험하지는 않았다.

"그럼 나 들어간다!"

갑자기 그렇게 말하더니 대문 안으로 쏙 숨어버리고 말았던 것이다.

"……."

잠시 아쉽게 대문을 쳐다보고 있던 승현은 이윽고 피식 웃으며 돌아섰다.

'제법인데, 차승현?'

자신에게 이렇게 강한 인내심이 있는 줄은 스스로도 미처 몰랐다. 그런 자신이 왠지 기특하게 느껴졌다. 마치 좋은 사람이 된 것 같은 기분이랄까.

사실 승현은 스스로에게 후한 점수를 주고 있지 않았다. 별로 고칠 생각은 없지만, 그다지 좋은 인간은 아니라고 생각한다.

그런데 왠지 유림의 곁에만 있으면 자신이 썩 괜찮은 사람이 된 것 같은 기분이 들었다.

어쩌면 그건 유림이 자신을 '괜찮은 녀석'이라고 믿어주고 있어

서인지도 몰랐다. 그렇게 믿어주고 있는 유림을 실망시키고 싶지
않은 건지도 모르겠다.

'뭐, 좋은 사람이 된 기분도 그리 나쁘지 않은데?'

승현은 미소를 띤 채로 차에 올라 운전을 시작했다.

그러나 잠시 후 온 전화 한 통에 승현의 좋았던 기분은 산산조각
이 나고 말았다.

"여보세요?"

전화를 받자마자 들려온 목소리는 할아버지의 비서의 것이었
다.

— 승현 도련님, 지금 어디 계십니까?

"집에 들어가는 길입니다. 무슨 일이죠?"

— 회장님께서 쓰러지셨습니다. 지금 이쪽으로 바로 좀 와주셔
야…….

그 뒷말은 귀에 들리지도 않았다.

"다녀왔습니다."

유림이 집에 들어오자 엄마와 여동생인 유민이 함께 거실에서
TV를 보고 있었다.

"오늘은 또 왜 이렇게 늦었어?"

수상한 눈으로 쳐다보는 엄마에게, 유림은 시치미를 뚝 뗐다.

"나 오늘 수영 수업 하는 날이잖아."

"수업 하고 온 것치고도 늦었는데?"

dangerous associate

325

그거야 데리러 온 승현과 한참 딴 짓을 했으니까. 체육회관 주차장에서도, 그리고 대문 앞에서도. 방금 집 앞에서 승현과 나눈 키스를 떠올린 유림의 얼굴이 발그레하게 물들었다.

"어? 정유림 저거 얼굴 빨개지는 거 봐. 너 진짜 남자 생긴 거 아니야?"

엄마가 손가락질까지 하는 바람에 유림은 당황했다.

"에이, 엄마는. 언니 꼴 보고도 그런 말이 나와?"

그때, 손톱에 매니큐어를 바르고 있던 동생 유민이 끼어들었다.

"세상에 어떤 여자가 연애를 하면서 옷을 저렇게 입고 다녀?"

유림은 머쓱해졌다. 내 꼴이 그렇게 엉망인가?

"언니 그 정장, 입사할 때 산 거지?"

유림이 입고 있는 옷을 가리키며 유민이 날카롭게 말했다.

"어떻게 알았어?"

"일주일에 한두 번은 꼬박꼬박 보는데 모를 리가 있어?"

유민이 한심하다는 듯이 말했다.

"연애를 하든, 안 하든 옷 좀 사라. 아니면 내 옷이라도 입든가."

"내가 네 옷을 어떻게 입냐?"

세 살 터울 자매인 유민과 유림은 똑같이 회사원이었지만 취향도, 스타일도 하늘과 땅 차이였다. 유림이 편하고 수수한 옷들을 즐겨 입는 반면, 유민은 한껏 꾸미기를 좋아했다.

그렇지 않아도 좀 빌려 입을까 해서 유민의 옷장을 열어보면 온통 유림으로서는 입지 못할 옷들뿐이었다. 핑크색이든가, 리본이

달렸든가, 섹시한 레이스가 들어가 있다든가, 하여튼 어딘가 한 군데가 꼭 곤란했다.

"그러니까 언니가 모태 솔로지, 에이그."

유민이 혀를 찼다. 하긴 유림과는 달리 유민은 늘 연애 중이었다. 하나가 끝나면 그다음 타자가, 또 하나가 끝나면 금세 그다음 타자가 등장하는 걸 보면 유림은 신기하기만 했다.

"그렇게 입고 다니다간 오던 남자도 도망가겠다."

유민의 말에도 불구하고 엄마는 그래도 의혹이 가시지 않는 듯했다.

"그럼 남자 생긴 거 아니라고?"

"글쎄, 아니라니까. 언니도 양심이 있지, 애인이 있는데 저러고 다니겠어? 하다못해 립스틱이라도 발랐겠지."

이번에도 유민이 대신 말했다. 확신에 찬 그 말투에 유림은 아까 탈의실에서 들었던 말을 떠올렸다.

「몸매 믿고 안 꾸미고 다니나?」

「뭐래. 요즘 저 정도 몸매는 널리고 널렸어.」

아무래도 자신이 너무 안 꾸미고 다니는 건 사실인 모양이다. 유림은 급 반성 모드에 들어갔다. 내가 너무 양심이 없었던 걸까.

'혹시 승현 씨도 말을 안 해서 그렇지, 나랑 다니면 좀 창피했을까?'

처음으로 유림은 그런 생각을 하고 있었다.

승현이 헐레벌떡 병원에 도착하자 할아버지의 비서들이 맞이했다.

　"이 실장님! 할아버지는요?"

　"뇌출혈이라고 합니다. 현재 응급 수술 중이십니다."

　그렇게 말하는 비서실장에게 승현은 매달리다시피 물었다.

　"수술하면 괜찮아지시는 겁니까?"

　하지만 비서실장은 어두운 얼굴을 했다.

　"결과는 장담할 수 없다고 합니다."

　승현은 다리에서 힘이 풀리는 것을 느꼈다.

　아버지는 이미 어릴 때 돌아가셨다. 그러면 보통 남겨진 어린 아들에게 어머니가 지나칠 정도로 애정을 퍼붓는 게 당연할 텐데, 이상하게도 전 여사는 승현에게 매정했다. 가끔은 친어머니가 아닌 게 아닐까 하고 의심스러울 정도로.

　그리고 부모님 대신에 사랑을 퍼부어준 게 할아버지 차 회장이었다. 아마도 할아버지의 애정이 없었다면 승현은 지금쯤 훨씬 더 비뚤어져 있을 게 틀림없었다.

　그런 할아버지가 잘못되실 수도 있다니!

　승현은 반쯤 정신이 나간 채로 수술실 바깥 의자에 앉아 있었다.

　"이런, 승현이 네가 제일 먼저 와 있었구나."

　"당연히 그래야겠지. 제일 예뻐하는 손자인데."

"어른을 봤으면 인사를 해야지?"

뒤이어 속속 도착한 큰아버지들이 승현을 보고 못마땅한 듯이 한마디씩 했지만 전혀 귀에도 들어오지 않았다.

"정신 똑바로 차리거라."

문득 들려온 엄한 목소리에 승현은 그제야 제정신으로 돌아왔다. 올려다보니 언제 왔는지 전 여사가 승현을 내려다보고 있었다.

"……어머니."

"때가 어느 때인데 그렇게 멍하니 있는 게야? 정신 바짝 차리지 않고!"

평소와 전혀 다름없는 냉랭한 표정에 승현은 욱하는 것을 느꼈다.

"어머니는 걱정도 안 되세요? 할아버지가 잘못되실지도 모른다고요!"

"걱정한다고 해서 결과가 달라지기라도 하니?"

전 여사는 전혀 동요하지 않았다. 오히려 승현을 질책하듯 말했다.

"지금 자칫 넋 놓고 있다간 모든 게 다 물거품이 돼버린단 말이야. 그걸 왜 몰라?"

그러면서 어머니는 눈짓으로 저쪽을 가리켰다. 승현이 쳐다보니 저만치서 큰아버지들끼리 모여서 뭔가 이야기 중이었다. 가끔씩 눈길이 이쪽을 향하는 걸로 보아, 자신에 대한 얘기라는 것을

승현은 눈치 챘다.

전 여사가 다시 한 번 다그쳤다.

"어미 말, 무슨 뜻인지 알겠지?"

승현은 힘없이 고개를 끄덕였다. 무슨 말인지는 알았지만, 뭘 어떻게 해야 할지는 알 수 없었다. 그저 눈앞이 캄캄한 암흑으로 가득하기만 할 뿐.

수술은 성공적이라고 했다. 그러나 수술이 끝나고 꼬박 하루가 지나도록 차 회장은 의식을 되찾지 못했다. 바로 중환자실로 옮겨지는 바람에 승현조차 할아버지의 얼굴을 볼 수 없었다.

할 수 있는 거라고는 오직 할아버지의 병실 앞을 지키며 기도하는 것뿐이었다.

'하느님, 제발 할아버지를 살려주세요.'

태어나서 처음으로 승현은 신에게 매달렸다. 회사도 빠지고 식사도 거른 채 꼬박 하루를 그렇게 있자 결국은 할아버지의 비서들이 나섰다.

"이러다 도련님까지 쓰러지시겠습니다. 이만 돌아가서 좀 쉬시지요."

"난 여기 있을 겁니다. 신경들 쓰지 마세요."

버텨보았지만 결국 승현은 비서들의 손에 의해 강제로 차에 태워졌다.

"댁으로 모시겠습니다."

기사의 말도 귀에 들어오지 않았다. 차가 달리는 내내 멍하니 바깥을 내다보고 있던 승현은, 거의 집에 도착할 때쯤 됐을 때 무언가를 발견하고 퍼뜩 제정신으로 돌아왔다.

"세워주세요!"

다급히 말하자 차가 섰다. 승현은 그대로 차에서 뛰어내리다시피 했다. 아주 살짝, 스쳐 지나가듯 봤지만 틀림없었다. 분명히 유림을 보았다.

"선배!"

뒤에서 부르자 아니나 다를까, 저만치 앞에서 가던 여자가 뒤돌아보았다. ……유림이었다.

승현은 정신없이 달려갔다. 그리고 길 한가운데서 유림을 다짜고짜 와락 끌어안았다.

"승현 씨?"

놀란 유림이 불렀지만 승현은 대답 대신에 유림을 더욱더 으스러져라 껴안았다. 지나가던 사람들이 놀라서 쳐다봤지만 신경 쓸 겨를도 없었다.

"……유림 선배."

어째서일까. 유림을 품에 안자 그제야 눈시울이 확 뜨거워졌다. 할아버지가 수술을 받고 있는 동안에조차 한 방울도 흘리지 않던 눈물이 이제야 흘러나오고 있었다.

"……!"

소리 없는 흐느낌에 유림도 알아차린 것 같았다. 승현이 울고 있

다는 것을.

다행히도 유림은 더 이상 아무것도 묻지 않았다. 대신에 살며시 승현의 등에 팔을 둘러 그를 마주 안아주었다. 그녀가 할 수 있는 한, 가장 힘껏.

이미 눈물은 걷잡을 수 없이 흘러넘치고 있었다. 승현은 어떻게 든 흐느끼지 않으려고 애를 썼지만, 유림은 그것조차도 이미 눈치 챈 것 같았다.

"괜찮아, 승현 씨. 마음껏 울어도 돼."

승현의 등을 가만히 토닥이며 유림이 말했다.

「울면 약해져서 못쓴다. 특히 남이 보는 앞에서는 절대!」

어머니 전 여사가 늘 그렇게 훈계했던 것과는 정반대였다.

지금껏 누구도, 단 한 번도 승현에게 그렇게 말해주지 않았다. 마음껏 울어도 괜찮다고.

"흑……!"

유림의 어깨에 얼굴을 묻고 승현은 난생처음으로 어린아이처럼 소리 내어 울었다.

그런 승현의 등을, 유림은 언제까지나 다정하게 어루만져주었 다.

"그래서 결근한 거였구나."

유림의 말에 승현이 고개를 끄덕였다.

"네. 아직 기사 막고 있을 테니까 신문이나 방송은 조용할 거예요."

승현은 자기 방 침대에 누워 있고, 유림은 침대 곁에 의자를 갖다놓고 앉아 있었다. 승현이 계속 병원을 지키고 있느라 어제 아침부터 지금까지 꼬박 하루 반 동안이나 한숨도 자지 못했다는 걸 듣고 유림이 강제로 끌어다 눕히다시피 한 것이었다.

"근데 선배는 왜 이 근처에 있었던 거예요? 설마 우리 집에 왔었던 거?"

"응. 근데 아무도 없기에 그냥 돌아가는 길이었어."

승현이 또다시 말도 없이 결근을 하는 바람에 유림은 하루 종일 걱정했다. 휴대전화도 계속 꺼져 있어서 더 그랬다. 혹시나 감기가 또 도졌나 싶어서 퇴근 후에 와본 것이었다.

그런데 회장님이 쓰러지셔서 중태라니.

"그럼 아직 부장님도 모르시는 거 맞지?"

"그럴 거예요. 임원급들은 대충 알겠지만요."

그렇게 말하던 승현의 얼굴이 또다시 어두워져서, 유림은 급히 그를 위로했다.

"걱정 마. 회장님은 꼭 일어나실 거야."

"……그럴까요?"

"그럼."

그렇게 말하고 유림은 망설이다 덧붙였다.

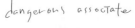

"그리고 만에 하나, 할아버지하고 이별하게 된다고 해도, 그건 언젠가 한 번은 겪어야 할 일이 조금 일찍 왔을 뿐이야."

이 말은 유림의 아버지가 돌아가셨을 무렵에 어디선가 들었던 말이었다. 라디오였던가, 아니면 심야 TV 방송이었던가. 왠지 위로가 되었던 기억이 있어서 아직까지 가끔 떠올리는 말이었다.

"언젠가 한 번은 겪어야 할 일……."

승현이 되뇌듯이 중얼거렸다.

"그래. 그러니까 지금 미리 걱정하지 말고 일단은 푹 자둬."

그렇게 말하고 유림은 승현의 이불을 고쳐 덮어주었다.

"옆에 있어줄 거죠?"

"그래. 어디 안 가고 여기 있을게."

유림이 고개를 끄덕이자 승현은 안심했는지 금세 잠들었다. 유림의 손을 꼭 잡은 채로.

'많이 피곤했나 보구나.'

잠든 승현의 얼굴을 보며 유림은 생각했다.

아까 승현이 소리 내어 울 때는 마음이 아파 혼이 났다. 대체 무슨 일인데 다 큰 남자가 이렇게 슬프게 울까 싶어 가슴이 철렁했다.

나중에 그게 할아버지 때문이었다는 걸 듣고 유림은 알 수 있었다. 승현이 할아버지를 얼마나 사랑하는지를. 예전에 어머니와 통화하던 승현의 무덤덤한 목소리를 떠올려보면, 아마도 어머니보다도 더 사랑하는 게 할아버지일 거라는 생각이 들었다.

그런 할아버지가 중태라니 지금 승현이 얼마나 괴로울까.

조금 부어 있는 눈가가 안쓰러워서 유림은 살며시 손을 뻗어 승현의 머리칼을 어루만졌다.

"으음……."

승현은 깊이 잠들었는지 조금 몸을 뒤척였을 뿐, 깨어나지는 않았다.

'하느님, 부디 회장님께서 무사히 깨어나시게 해주세요.'

얼굴도 잘 모르는 그룹 회장님을 위해 짧은 기도를 올린 후, 유림은 살며시 몸을 일으켜 거실로 나왔다. 승현이 밥 생각은 없다고 하도 고집을 부리는 바람에 그냥 자게 했지만 이따 눈을 뜨면 뭐라도 먹여야 할 것 같아서였다.

'가만있자, 며칠 전에 내가 이것저것 사다놨었는데…….'

그렇게 생각하며 주방으로 향하던 유림은 문득 걸음을 멈췄다. 베란다 근처에 놓여 있는 화분이 눈에 들어왔기 때문이었다.

'참, 화분에 물 줘야지? 어제 아침부터 물을 못 줬을 텐데.'

주방에 가서 가져온 물을 화분에 주려다 유림은 놀라 손을 멈췄다.

"어?"

어느샌가 화분의 흙에 식물용 영양제가 꽂혀 있었다.

'월요일에 회장님이 쓰러지셨으니까…… 지난 일요일에 일부러 밖에 나가서 사온 거겠구나.'

의외라고 생각하던 유림은 문득 승현이 했던 말을 떠올렸다.

dangerous associate

335

「꽃 피는 거, 보고 싶어요.」
그래, 우리 꼭 함께 보자, 꽃 피는 거.
그렇게 생각하며 유림은 화분에 듬뿍 물을 주었다.

11. 돌이킬 수 없게 되기 전에

월요일에 차 회장이 쓰러진 후, 며칠이 지난 금요일.

"예? 승현 군을…… 일본 지사로요?"

드림제과 대표이사 이주환 사장의 눈이 커졌다. 방금 드림제과가 속해 있는 대한그룹의 그룹 부회장이 그를 불러 지시한 내용 때문이었다.

"왜, 뭐 문제라도 있나?"

현재 회장의 큰아들이자 차기 그룹 회장이 될 부회장이 되물었다. 승현에게는 첫째 큰아버지가 되는 인물이다.

"젊을 때 두루 경험을 해봐야 나중에 높은 자리에도 올라가는 거지. 어차피 내년에 부장으로 승진시킬 거, 미리 승진시켜 내보내서 해외 경험도 좀 쌓게 해주겠다는데 뭐가 문젠가?"

말이 좋아 승진이지 이건 귀양 보내는 거나 마찬가지 아닌가. 물론 그 말을 입 밖에 내서 할 정도로 이 사장은 바보가 아니었다.

'가만있자. 부회장이 이렇게 나온다는 건, 회장님께서 가망이 없다는 얘긴가?'

dangerous associate

337

그 와중에도 이 사장은 머릿속으로 빠르게 계산기를 두들겼다.

드림제과는 승현에게 문제없이 경영권이 넘어가도록 이미 차 회장이 만반의 준비를 다 마쳤을 터다. 그런데 갑자기 부회장이 이렇게 나온다는 건, 그 사실이 흔들릴 가능성도 있다는 뜻이었다.

'그럼 내가 무작정 승현 군 편을 들면 안 되는 건가?'

그때, 부회장이 마치 이 사장의 마음을 꿰뚫어 본 것 같은 말을 했다.

"이 사장, 자네가 동원할 수 있는 해외 지분이 한 이십 퍼센트 정도 되나?"

"……그렇습니다만."

이 사장은 오너 일가가 아니었다. 그래서 스스로 가지고 있는 주식은 별로 없었지만, 대신에 해외 주주들의 신임이 유난히 두터웠다. 주주총회에서 이 사장의 뜻대로 움직여줄 사람들이었다.

"오늘 회장님께서 아무래도 깨어나시기 힘들 것 같다는 얘기를 들었네."

부회장은 차 회장을 아버지가 아니라 회장님이라고 부르며 앉아 있던 의자에서 일어났다. 그리고 천천히 이 사장을 향해 다가왔다.

"그럼 드림제과 주식은 승현이가 상속받게 될 텐데, 아마도 온전히 물려받긴 힘들 거야. 물려받게 된다 해도 그 과정에 시간이 많이 걸릴 테고."

방해하겠다는 뜻이 노골적으로 드러나는 말이었다.

"하지만 내 편을 들게 되면 얘기가 달라지지. 내가 이리저리 사모은 주식과 이 사장이 동원할 수 있는 지분을 합치면 뭐든지 우리 마음대로 할 수 있게 된다고."

부회장은 더 이상 속내를 숨기려고도 들지 않았다.

"어때. 불안한 승현이 편을 들겠나, 아니면 안전하게 내 편이 되겠나?"

이 사장은 눈 딱 감고 물었다.

"부회장님 편을 들어드리면 제게 무슨 이익이 있습니까?"

부회장이 빙그레 웃고는 대답했다.

"승현이 대신에 우리 승재, 그러니까 내 작은아들을 세라 짝으로 주도록 하지."

회사로 돌아온 이 사장은 곧바로 비서를 불러 물었다.

"차승현 군, 오늘은 출근했나?"

"네, 그렇다고 아침에 보고가 올라왔습니다."

"지금 바로 좀 올라오라고 하게."

지시를 받은 비서가 물러갔다. 기다리는 동안 이 사장은 턱을 괴고 생각에 잠겨 있었다.

"부르셨습니까."

이윽고 승현이 들어와서 가볍게 고개를 숙였다.

이 사장은 속으로 감탄했다. 과연, 세라가 사랑에 빠질 만하구

나.

　그만큼 승현의 외모는 완벽했다. 할아버지가 위독한 중임에도 불구하고 단정하게 차려입은 옷매무새 역시 한 치의 빈틈도 없었다.

　"승현 군. 자네, 우리 세라와 결혼해줘야겠네."

　"네?"

　승현은 깜짝 놀란 얼굴을 했다. 그러고는 조금 기분이 상한 듯이 말했다.

　"회장님께서 위독하십니다. 이 년 후의 일을 굳이 지금 꺼내실 필요가 있을까요?"

　"아니, 이 년 후가 아닐세. 내일이라도 당장 해야 해."

　승현의 얼굴이 경악으로 물드는 것을 보며 이 사장은 아까 부회장이 했던 말을 떠올렸다.

　「어때. 불안한 승현이 편을 들겠나, 아니면 안전하게 내 편이 되겠나?」

　부회장의 제안은 확실히 매력적이었다. 차 회장 사후에 승현의 위치가 불안한 것도 사실이고, 그런 승현보다 차라리 그룹 차기 회장이 될 부회장 편에 서는 게 나을 것 같기도 했다.

　그러나 부회장이 한 가지 간과한 것이 있었다. 바로 딸인 세라에 대한 이 사장의 애정이었다.

　이 사장에게 있어 세라는 눈에 넣어도 아프지 않을 외동딸이었다. 비록 승현과의 결혼은 이해관계에 따라 결정된 것이긴 하지

만, 세라가 승현을 마음에 들어 하지 않았더라면 절대 받아들이지 않았을 거였다.

「저 아빠 회사에서 일할래요.」

승현과 친해지고 싶어서 함께 일하기 위해 입사하겠다는 세라의 말에 이 사장은 내심 놀랐었다. 딸이 그렇게까지 승현을 좋아하고 있는 줄은 미처 몰랐기 때문이다.

그런데 그런 세라에게 이제 와서 승현이 아니라 그 사촌과 결혼하라고 한다면?

'아니, 분명 그건 세라가 원치 않을 거야.'

이 사장은 그렇게 판단했다.

그렇다면 딸을 위해서라도 한번 위험을 감수해볼 가치가 있었다. 단, 승현이 확실히 자신의 사위가 되고 난 후라면.

"방금 부회장님을 뵙고 오는 길일세."

이 사장은 승현에게 오늘 부회장이 했던 얘기를 털어놓기 시작했다.

"회장님께서 아무래도 깨어나시기 힘들다는 모양이야."

승현의 아름다운 얼굴이 충격으로 굳어졌다. 그러나 이 사장은 개의치 않고 얘기를 계속했다.

"그러니까 저를 일본 지사로 보내고, 승재 형을 대신 제 자리에 앉히겠다는 얘깁니까?"

자초지종을 다 듣고 난 승현이 이를 악물고 말했다.

"그렇지."

dangerous associate

이 사장은 고개를 끄덕였다.

"우선 자네를 일본 지사로 내보내라는 지시는 내 선에서 보류시켜둘 셈이네. 어쨌거나 인사권자는 나니까."

"감사합니다."

"하지만 나로서도 언제까지 버틸 수는 없어. 정말로 회장님이 잘못되신다면 나도 결단이 필요하네. 이쪽이든, 저쪽이든 말이야."

승현이 입술을 깨무는 것을 지켜보며 이 사장은 말했다.

"자네가 우리 세라와 당장 결혼해서 내 사위가 된다면, 내 있는 힘껏 자네 편을 들어보겠네. 그게 회장님의 뜻을 받드는 것이기도 하고."

지금 승현의 처지라면 절대 거절할 수 없는 제안일 터였다. 게다가 어차피 할 결혼을 좀 앞당기는 것뿐이 아닌가.

당연히 금세 고개를 끄덕일 줄 알았는데 웬일인지 승현은 떨리는 목소리로 말했다.

"조금, 생각할 시간이 필요합니다."

"생각은 무슨 생각인가? 자네 큰아버지는 지금 당장이라도 자넬 내치고 싶어서 난린데!"

답답해진 이 사장이 목소리를 높였다.

"……할아버지께서 저런 상태신데 도저히 결혼 생각을 하기가 힘듭니다."

그 대답에 이 사장도 조금은 납득했다. 차 회장이 가장 총애했던

손자가 아닌가. 승현이 충격을 받는 것도 당연한 일이었다.

"그래. 그럼 일단 마음부터 좀 가라앉히고 생각하도록 하게."

승현의 낯빛이 너무 안 좋아 보여서 이 사장은 위로를 덧붙였다.

"게다가 회장님이 꼭 잘못되신다는 법도 없지 않은가. 아직은 섣부른 생각 말고, 음?"

"그렇게 하겠습니다."

사장실에서 물러나는 승현의 걸음이 미세하게 비틀거리고 있었다.

사장실을 나온 승현은 곧바로 사무실로 돌아가지 않고 옥상으로 향했다. 너무 혼란스러운 나머지 머리를 식힐 시간이 필요했다.

「회장님께서 아무래도 깨어나시기 힘들다는 모양이야.」

그 말만 해도 충분히 충격적인데, 그 뒤에 이어진 얘기도 덜하지 않았다. 큰아버지가 자신을 쫓아내고 사촌 형을 세라와 결혼시켜 드림제과를 집어삼키려 하고 있다니!

승현도 알고는 있었다. 할아버지가 일찌감치 그룹에서도 가장 알짜배기인 드림제과를 승현의 몫이라고 선언하셨을 때부터 큰아버지들과 사촌들이 못마땅하게 여겨왔다는 걸. 하지만 단순한 시기질투라고 생각했을 뿐, 감히 진짜로 빼앗으려 들 줄은 미처 몰랐다. 그게 가능할 거라고 생각한 적도 없었고.

승현은 이제야 뼈저리게 깨달았다. 왜 할아버지가 어머니인 전

여사의 반대를 무릅쓰고 다른 재벌가의 딸이 아닌 드림제과 사장의 딸인 세라와 자신을 결혼시키려 했는지를.

할아버지는 알고 있었던 것이다. 유사시에 이 사장이 자신에게 도움이 될 거라는 사실을. 그리고 바로 지금이 그 유사시였다.

간단하게 생각하면 일은 한없이 간단했다. 세라와 결혼하면 그만이었다. 그러면 이 사장은 전적으로 자신의 편이 되어줄 것이고, 드림제과를 물려받는 데도 문제가 없어진다.

그런데 문제는, 도저히 그게 내키지가 않는다는 거였다.

「자네가 우리 세라와 당장 결혼해서 내 사위가 된다면, 내 힘껏 자네 편을 들어보겠네.」

승현도 당연히 그래야 한다는 사실을 알고 있었다. ……머리로는.

그런데 웬걸, 도저히 그렇게 하겠다는 말이 나오지 않는 것이었다. 스스로도 당황할 정도였다.

이유는 물론 한 가지뿐이었다.

정유림.

유림을 만나면서, 승현은 별로 이 관계의 끝에 대해서 생각하지 않았다. 어차피 결말은 2년 후에 세라와 결혼하는 것으로 정해져 있었기 때문에 그 이상 생각하고 싶지 않았다. 어차피 지금껏 어떤 연애든 2년은커녕 두 달을 넘긴 적도 없었기 때문에, 유림과의 연애도 그때까지는 어떤 식으로든 정리가 되어 있으리라고 생각했다.

위험한 신입사원 |
344

만에 하나 정리가 안 됐더라도, 정리하면 그만이다. 그만큼 승현에게는 이별이 쉬웠다. 여태 누군가와 헤어져서 가슴 아파본 적이 없었으니까.

그런데 그 2년 후의 일이 바로 지금 당장으로 닥쳐오자 얘기가 달라졌다.

'네. 그럼 최대한 빨리 세라와 결혼식을 올리도록 하겠습니다.'

그렇게 말해야 하는데, 그렇게만 말하면 모든 것이 쉬워지는데. 어이없게도 그 말이 나오지 않았다.

문득 승현은 세라가 했던 말을 떠올렸다.

「왠지 이번에는 좀 다른 것 같은 느낌이 들었거든요.」

그때는 피식 웃어넘겼던 그 말이 그게 무슨 뜻인지 이제야 알 것 같았다.

「만약에 돌아오지 못하게 되면요?」

뒤이어 세라가 했던 질문의 의미도.

"정말 돌아가지 못하게 돼버린 건가……?"

자신도 모르게 너무 멀리 와버린 것일까. 처음으로 뒤를 돌아보게 된 승현은 당혹감에 제 몸을 감싸 안았다.

한편 사무실에 있는 유림은 승현이 걱정되어 어쩔 줄을 모르고 있었다.

며칠 결근했던 승현이 오늘 아침에 출근한 것까지는 좋았다. 그러나 표정이 딱 쓰러지기 직전의 그것이었다.

dangerous associate

345

「차승현 씨, 아직도 몸이 많이 안 좋은가 봐?」

　다른 사람들은 회장님이 중태라는 걸 모르니 그렇게 건성으로 말하고 말았지만, 사정을 알고 있는 유림은 그가 걱정돼서 견딜 수가 없었다.

　하물며 아까 그가 사장실에 불려 올라가고 난 후에는 더했다. 혹시나 회장님이 잘못되셨다는 소식을 들으러 간 거나 아닐까, 걱정이 돼서 도저히 일이 손에 잡히지 않았다.

　점심시간 조금 전에 불려간 승현은 유림과 현우가 거의 점심을 다 먹어갈 때까지도 돌아오지 않았다.

　"야, 유림아. 너 오늘따라 왜 이렇게 못 먹냐?"

　현우가 말했다. 유림은 건성으로 젓가락질을 하다가 불쑥 사실대로 대꾸하고 말았다.

　"차승현 씨 걱정돼서 그럽니다."

　"응? 네가 차승현 씨 같은 사람을 걱정할 게 뭐가 있어? 지나가던 개가 웃겠다."

　현우가 어이없다는 듯이 말했을 때에야 유림은 퍼뜩 깨달았다. 아, 참. 회장님 건은 아직 비밀이었지.

　"사장실에 불려갔잖습니까. 무슨 일이라도 있나 싶어서요."

　"있긴 뭐가 있겠냐? 승현 씨가 우리 회사 차기 오너라는데, 사장님도 걔 앞에서야 깨갱이지."

　현우는 왠지 굉장히 못마땅하다는 얼굴을 했다.

　밥을 먹는 둥 마는 둥 하고 사무실로 올라오려는데, 문득 구내식

당의 디저트 코너에 푸딩이 준비되어 있는 것이 눈에 띄었다.

'아, 그러고 보니 승현 씨가 저번에 녹차 푸딩 맛있다면서 잘 먹었지?'

얼른 다가가보니 여러 가지 맛의 푸딩 사이에 녹차 푸딩이 딱 하나 남아 있었다. 다행이라고 생각하며 유림이 푸딩을 집으려고 손을 뻗은 바로 그때였다.

"와, 녹차 푸딩이네? 이거 맛있는데."

현우가 냉큼 손을 뻗어 녹차 푸딩을 인터셉트하는 바람에 유림은 도끼눈을 떴다.

"이리 주십쇼."

"왜? 유림이 너 어차피 푸딩 같은 거 먹지도 않잖아."

"글쎄, 빨리 내놓으시라니까요!"

유림이 드물게 버럭 하자 현우가 찔끔 놀라며 푸딩을 반납했다.

"아, 나, 진짜, 깜짝이야! 왜 성질을 내고 그러냐? 먹지도 않을 푸딩, 어디다 쓰려고?"

"이따 승현 씨 오면 먹이려고 그럽니다. 점심도 굶었을 텐데."

순간 현우의 표정이 돌변했다.

"그러니까 지금, 승현 씨한테 먹이려고 내 푸딩을 뺏었다?"

"선배잖습니까. 후배한테 그 정도 양보도 못 하십니까?"

"얌마, 정유림!"

갑자기 현우가 목소리를 높이는 바람에 이번에는 유림이 깜짝 놀랐다.

"아, 왜 소리를 지르고 그러십니까?"

"너 진짜 너무하는 거 아니냐?"

"제가 뭘 어쨌다고요?"

현우가 왜 갑자기 성질을 내는지 유림은 전혀 짐작도 가지 않았다. 푸딩 때문이라고 생각했을 뿐.

"어린애도 아니고, 푸딩 하나 가지고 왜 그렇게 화를 내십니까?"

"내가 지금 푸딩 때문에 이러냐?"

"그러면요?"

왠지 현우는 대답하지 못했다. 분한 듯이 입을 다물고 유림을 한껏 노려보았을 뿐.

흥, 누구는 눈이 없나? 노려보는 현우를 유림도 마주 노려보아 주었다. 그리고 승현에게 줄 푸딩을 소중하게 챙겨 돌아섰다.

"저 먼저 올라갑니다!"

왠지 뒤통수가 약간 따가운 느낌이 들었지만 그냥 무시했다. 현우와 더 실랑이하기에는 승현이 너무 걱정됐으니까.

승현은 점심시간이 거의 끝나갈 때쯤에야 사무실로 돌아왔다. 표정이 아까 올라갈 때보다 더욱 안 좋아져 있는 걸 보고 유림은 가슴이 철렁했다. 당장 달려가지 않은 걸 보면 아직 회장님이 돌아가신 것까지는 아니겠지만, 뭐든지 간에 좋지 않은 얘기를 듣고 온 것만은 확실했다.

"승현 씨, 괜찮아?"

옆자리에 와서 앉는 승현에게 유림은 목소리를 낮춰 물었다.

승현은 대답 대신에 유림을 빤히 쳐다보았다.

"⋯⋯."

낯선 눈빛이었다. 최근에 승현이 자신을 볼 때는 늘 눈가에 미미하게 웃음을 담고 있었는데, 지금은 전혀 그게 느껴지지 않았다. 마치 생판 남이라도 보는 듯한 시선에 유림은 당황했다.

"왜 그래?"

"아니에요."

승현은 짤막하게 대꾸하고는 시선을 돌려버렸다.

그때, 현우가 다가와서 유림에게 말을 걸었다.

"야, 유림아."

"예?"

유림은 별 생각 없이 건성으로 대꾸했는데, 그 직후에 폭탄이 떨어졌다.

"지난 일요일에 우리 같이 영화 봤잖아. 그날 네가 나 먹으라고 준 삼계탕 그릇, 언제 돌려줄까?"

유림은 심장이 멈출 뻔했다. 이 사람이 미쳤나!

그러나 현우는 태연하게 말을 계속했다.

"삼계탕 네가 직접 끓였다고 했지? 되게 맛있더라."

그날, 현우와 영화 보고 밥 먹느라 승현에게 갈 수 없게 되자 삼계탕도 처치곤란이 되었다. 그렇다고 도로 집에 들고 들어갈 수도

없고 해서 에라 모르겠다, 하고 그냥 현우에게 주어버린 것이었다.

'엄마한테서 연락 왔는데, 친구분 이제 괜찮으시대요.' 하고 핑계를 대서.

그런데 그게 이런 식으로 터질 줄이야!

유림은 벌벌 떨면서 곁에 앉은 승현의 눈치를 슬쩍 보았다. 아니나 다를까, 그렇지 않아도 안 좋았던 승현의 표정이 완전히 굳어져 있었다.

퇴근시간이 되자마자 승현은 사무실을 나섰다.

"먼저 퇴근하겠습니다."

복도를 걸으며 승현은 피식거렸다. 여러 가지 의미가 함축된 헛웃음이었다.

'그러니까, 그날 내가 그렇게 오라고 했는데도 무시하고 서현우하고 영화를 봤단 말이지?'

심지어 서현우한테는 삼계탕까지 끓여다줬고!

분명 그날 유림은 하루 종일 집에 있었다고 했었다. 그 말이 새빨간 거짓말이었다고 생각하니 속이 부글부글 끓었다. 혹시나 와줄까, 하고 기다렸던 자신이 바보 같았다.

가장 바보 같은 것은 지금 이따위 일에 신경 쓸 때가 아니라는

것이었다. 할아버지는 생사를 알 수 없는 상태고, 큰아버지는 자신을 회사에서 몰아내려고 하고 있다. 사랑하지도 않는 약혼녀와는 지금 당장 결혼해야 할지도 모른다.

그런데 일생일대의 핀치에 놓인 이 상태에서도 여전히 유림이 신경 쓰였다.

그렇다. 이 와중에도 승현은 유림이 자신에게 거짓말한 것이 화가 났다. 아니, 그보다도 거짓말까지 해가면서 현우를 만났다는 사실이 속상했다.

이 정도면 유림이 자신에게 많이 넘어와줬다고 생각했는데, 아직도 현우에 대한 마음을 포기하지 못하고 있다는 얘기가 아닌가.

'대체 왜? 나하고 키스까지 했으면서, 왜 서현우를 못 놓는 거야!'

분해하던 승현은 자신이 어이없어서 또다시 피식 웃었다. 그러니까 내가 지금 이따위 고민을 할 때냐고!

'안 되겠다. 이럴 시간에 가서 할아버지 얼굴이라도 한번 봐야지.'

그렇게 생각하며 승현은 걸음을 빨리했다. 어제까지도 계속 상태가 좋지 않다며 면회를 거절당했지만 오늘은 또 모르지 않는가.

"잠깐만, 승현 씨!"

거의 복도를 다 지났을 때쯤, 저만치 뒤에서 부르는 목소리가 들렸다. 유림이었다.

승현은 모른 척 걸음을 재촉했다. 그러자 유림은 헐레벌떡 뛰어

dangerous associate

351

오더니 앞을 가로막아 섰다.

"잠깐, 잠깐만. 나랑 얘기 좀 해."

가쁜 숨을 쉬며 말하는 유림에게, 승현은 싸늘하게 말했다.

"할 얘기 없는데요."

"화났지? 화난 거 알아. 나 같아도 화나겠어. 하지만 승현 씨가 생각하는 그런 게 아니야!"

유림이 필사적인 표정으로 말했다. 하지만 승현은 더 말하고 싶지 않았다.

"나중에 얘기해요."

옆을 비켜서 그대로 지나쳐 가는데, 유림이 뒤에서 소리쳤다.

"그 삼계탕, 사실은 승현 씨 주려고 끓인 거였단 말이야!"

응?

승현의 걸음이 멎었다. 돌아보자 유림이 울 것 같은 표정으로 입술을 앙다물고 있었다. 왠지 굉장히 억울해 보이는 표정이었다.

말마따나 이건 얘기를 들어봐야 할 것 같다. 듣고 싶어졌다.

"이리 와요."

승현은 유림의 팔을 잡아끌어 비상계단으로 향했다. 그리고 아무도 오지 못하게 문을 닫고, 유림을 향해 말했다.

"자, 이제 말해봐요. 들어줄 테니까."

유림이 입을 열었다.

"사실은 그날, 승현 씨 집에 가려고 했어. 그래서 아침 일찍 일어나서 삼계탕도 끓인 거야. 승현 씨가 삼계탕 잘 먹던 게 생각나

서."

"그런데요?"

"근데 삼계탕 싸 가지고 집에서 나오는데 갑자기 현우 선배가 찾아왔잖아! 영화 보러 가자면서."

"그렇다고 그걸 순순히 따라갔다고요?"

"그럼 어떡해? 삼계탕 누구 줄 거냐고 묻는데, 승현 씨라고 할 수도 없잖아."

아, 그랬던 거구나. 그제야 승현은 사건의 전말을 깨달았다.

"어쩔 수 없었어. 집 앞에서 딱 마주쳤는데 도망갈 수도 없고. 그렇다고 승현 씨 집에 가야 한다고 말도 못 하겠고."

유림이 억울한 듯이 말했다.

"진작 사실대로 말하지 않은 건 정말 미안해. 하지만 현우 선배랑 영화 보고 밥 먹는 내내 나도 가시방석이었단 말이야. 승현 씨한테 가야 하는데, 가야 하는데, 하면서……."

승현은 문득 궁금해졌다.

이 여자는 깨닫고 있을까. 그러니까 지금 본인이 10년 동안 짝사랑해온 남자와 함께 있는 내내, 내 생각을 했다고 무의식중에 고백해버린 걸.

깨닫지 못하고 한 말이라면 그게 진심일 테니까 기쁘고, 알면서 일부러 노리고 한 말이라면 심쿵 포인트를 너무 잘 알고 있어서 귀엽다.

이래도 예쁘고 저래도 예쁘다. 정유림이 예쁘다. 너무 예뻐서

미칠 것 같다. 이 심란한 와중에도 와락 껴안고 입 맞추고 싶을 정도로.

'헤어질 수 있을까.'

문득 승현은 자기 자신에게 질문을 던졌다. 지금 당장 이 여자와 헤어지고 세라와 결혼할 수 있을까.

답은 금세 나왔다.

'못 할 것 같아.'

그 순간, 승현은 덜컥 겁이 났다. 세라의 말이 옳았다. 자신은 이미 너무 멀리 와버린 게 틀림없었다.

"변명 잘 들었어요."

저도 모르게 차가운 목소리가 흘러나왔다. 유림이 흠칫 놀라 승현을 쳐다보았다.

"그런데 안타깝지만 난 거짓말하는 여자, 딱 질색이라서요."

승현의 머릿속에는 온통 도망가야겠다는 생각뿐이었다. 지금이라도 이 위험한 여자에게서 도망가야 한다. 그렇지 않으면 정유림 때문에 자신이 가진 모든 것을 내던져버릴 수도 있겠다는 생각이 들었다. 그것도 기쁘게!

"승현 씨!"

유림이 그렇게 외쳤을 때였다. 승현의 주머니에서 휴대전화가 울렸다. 벨소리로 그것이 할아버지의 비서에게서 온 전화라는 것을 알아차린 승현은 황급히 전화를 받았다.

"여보세요?"

전화를 받는 승현의 목소리가 두려움으로 떨렸다. 곧이어 비서의 다급한 목소리가 들려왔다.

- 도련님! 회장님께서 깨어나셨습니다!

비서는 숨넘어가게 외쳤다.

- 의식도 멀쩡하시고, 아무 이상 없으십니다!

순간 다리에 힘이 풀렸다. 그대로 휘청거리며 주저앉는 승현을 보고, 유림이 놀라서 물었다.

"승현 씨! 괜찮아? 설마 회장님께서……!"

"……깨어나셨대요."

전화를 끊는 것도 잊고 승현이 중얼거렸다.

"의식도 멀쩡하시대요. 아무 이상도 없대요."

"잘됐어, 정말 잘됐어!"

유림이 눈물을 글썽였다.

그런 유림의 모습이 점점 흐려져서, 승현은 그제야 자신 역시 울고 있다는 사실을 알았다.

"……그래서 승현 군을 불러서 결혼을 서두르자고 말해둔 참이었습니다."

드림제과 이주환 사장이 얘기를 끝마치자 병실 침대에 일어나 앉은 차 회장이 고개를 끄덕였다.

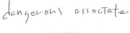

"그랬구먼."

일단 환자복을 입고 머리에도 붕대를 감고 있긴 했지만 차 회장은 팔에 링거를 꽂고 있지 않았다. 물론 몸 어딘가가 불편하지도 않았다.

그야 처음부터 수술 따위는 한 적이 없었으니까!

이번 입원 소동은 일종의 시뮬레이션 같은 것이었다. 실제로 언젠가 차 회장 자신이 죽거나 의식불명 상태가 되었을 때, 일이 어떻게 흘러갈 것인가에 대한.

그리고 안타깝게도 우려하던 일이 실제로 일어났다. 그것도 일주일 안으로.

이만하면 승현의 앞날에 대한 준비는 철저하게 해놨다고 생각했는데 그렇지만도 않았던 모양이었다. 하기야 자신이 죽기 전에 아무리 철저하게 준비한다고 해도 산 사람들이 무슨 꾀를 낼지는 알 수 없는 노릇이니 그걸 일일이 다 대비할 수도 없다.

문제는 사랑하는 손자인 승현을 끌어내리려는 이들도 모두 사랑하는 아들들, 그리고 손자들이라는 거였다. 물론 승현이 가장 아픈 손가락이긴 하지만, 그렇다고 해서 그 아픈 손가락 하나만 남기고 나머지 손가락은 다 잘라 없애버릴 수도 없는 노릇이 아닌가.

"……."

차 회장의 입에서 깊은 한숨이 새어 나왔다.

일찌감치 드림제과를 승현의 몫으로 못 박아놓은 것은 물론 측

은한 마음 때문이기도 했다. 어려서 아비를 잃고 어미의 사랑마저 제대로 받지 못한 손자가 가엾어서.

하지만 더 큰 이유는 죽은 승현의 아버지, 그러니까 막내아들 때문이었다. 승현의 아버지는 생전에 드림제과에 무척이나 애정을 가지고 있었다.

「제가 꼭 드림제과를 맡아서 키워보고 싶습니다, 아버지.」

당시에는 계열사 중에서도 제일 별 볼 일이 없어서 제 형들도 하나같이 마다하던 드림제과인데도, 막내는 굳이 그 회사를 고집했다.

「왜 하필 드림제과냐?」

이유는 굉장히 싱거운 것이었다.

「저희 승현이가 드림제과에서 나오는 과자들을 굉장히 좋아하거든요.」

막내는 쑥스러운 듯이 그렇게 말했었다.

「그러니까 승현이 같은 아이들이 안심하고 먹을 수 있게, 좋은 과자를 많이 만들어주고 싶습니다.」

그때 차 회장은 결심했었다. 드림제과를 막내아들에게 주기로.

그 결심이 이십여 년이 지난 지금도 변함이 없을 뿐이었다. 드림제과가 그룹에서 가장 큰 이익을 내는 계열사로 성장하자 다른 아들들이 욕심을 부리게 된 것이지.

'어차피 저희들 몫도 다 작정해두었는데, 왜 하필 제 조카 몫에 저렇게 욕심을 부리고들!'

dangerous associate

357

아들들이 원망스러웠지만 차 회장으로서도 어쩔 수 없는 일이었다.

그래도 한 가지 다행인 것은, 이 사장이 큰아들인 부회장의 회유를 물리치고 승현의 편에 서려고 했다는 것이었다. 처음부터 그걸 바라고 세라와의 결혼을 추진했던 차 회장은 자신의 선택이 틀리지 않았다는 사실을 다시 한 번 확인할 수 있었다.

"혹시나 정말로 내가 쓰러지는 날에는, 자네가 꼭 승현이한테 힘이 되어주게. 지금처럼 말이야."

"예, 회장님."

차 회장이 내민 주름진 손을 꽉 잡은 이 사장이 몸 둘 바를 몰라 하며 말했다.

"그럼 회장님, 언제쯤 퇴원하실 생각이십니까?"

"글쎄, 명목상 뇌출혈이니 그래도 얼마간은 더 있어야겠지."

차 회장이 당부했다.

"이건 자네와 나, 그리고 비서들만 아는 비밀일세. 승현이도 모르는 일이니 입 딱 다물도록 하게."

"예, 회장님. 반드시 함구하겠습니다."

"그래. 그럼 이만 물러가보게."

"예, 회장님. 그럼 편히 쉬십시오."

돌아서서 병실을 나가려는 이 사장을, 차 회장이 다시금 불러 세웠다.

"잠깐만."

문득 떠오른 것이 있어서였다.

"그래, 결혼을 서두르자고 했더니 승현이 녀석이 뭐라던가?"

차 회장이 물었다.

"생각할 시간을 달라고 했습니다."

"승현이가?"

"예. 회장님께서 위독하신 마당에 아직 결혼까지 생각할 여유가 없어 보였습니다."

이 사장은 대수롭지 않다는 듯이 대답했다.

"그랬구먼. 알았네. 이만 가보게."

그러나 이 사장이 물러가고 난 후, 차 회장의 이마에는 주름이 깊어졌다.

'혹시 다른 이유가 있는 건 아닐까?'

세라에게 늘 냉랭하기 그지없는 승현의 태도를 봐왔기 때문일까, 왠지 승현이 이 사장의 제안을 선뜻 승낙하지 않은 데는 뭔가 이유가 있을 것만 같이 느껴졌다.

그러나 차 회장은 금세 고개를 저으며 잡생각을 떨쳐버렸다.

'그럴 리가 있나. 승현이가 얼마나 똑똑한 녀석인데.'

저토록 예쁜 약혼녀를 두고 딴생각을 하지야 않겠지. 게다가 그 약혼녀가 제 앞날에 얼마나 큰 도움이 되어줄 여자인지 뻔히 알면서.

차 회장이 그런 생각을 하고 있을 때, 문득 비서가 들어와서 공손히 말했다.

"세라 아가씨가 문병을 왔습니다."

"들어오라고 해."

곧이어 세라가 병실로 들어왔다.

"할아버님!"

들어오자마자 세라는 눈물을 글썽이며 달려와 차 회장의 손을 잡았다.

"이제 괜찮으신 거죠? 네? 제가 얼마나 걱정했는지 몰라요!"

"그래, 그래. 이제 괜찮으니 아무 걱정 말거라."

차 회장은 쓴웃음을 지으며 흐느껴 우는 세라의 어깨를 토닥여 주었다. 속으로는 이렇게 생각하면서.

'녀석, 맹랑하기는.'

평생 사람을 다루고 부려온 차 회장이다. 웬만한 사람은 딱 보면 무슨 생각을 하고 있는지, 어떤 성격인지 대충은 안다. 지금 세라의 이 눈물이 연기까지는 아니더라도 충분히 오버액션이라는 것을 모를 리 없었다.

평소부터 그랬다. 겉으로는 얌전하고 상냥한, 천생 여자 같아 보이지만 그 속에는 여우가 몇 마리고 들어앉아 있는 것이 빤히 보였다. 세라가 은근히 백화점에 욕심을 내고 있다는 것도, 그래서 자신에게 할아버님, 할아버님 하면서 한층 더 애교를 떤다는 것도 빤히 다 눈치 채고 있었다.

하지만 차 회장은 굳이 그걸 나쁘게 보지는 않았다. 여우하고는 살아도 곰하고는 못 산다는 말도 있지 않은가. 오히려 그렇게 약

삭빠른 면이 승현에게 도움이 될 거라는 생각도 들었다. 최소한 제 몫은 야무지게 챙기고 살 것 같아서.

"정말 다행이에요, 할아버님."

한참 흐느끼고 나서야 세라는 훌쩍이며 눈물을 멈췄다.

"그리고 할아버님, 사실은 제가 할아버님께 부탁이 있어요."

"말해보거라."

"저, 드림제과에 입사해서 승현 오빠랑 함께 일하고 싶어요. 아 버지야 허락해주셨지만, 분명 오빠 어머님께서 반대하실 것 같아 서요. 그래서……."

세라의 말이 채 끝나기도 전에 차 회장은 고개를 끄덕였다.

"걱정 마라. 내가 승현 에미한테 잘 말해두마."

"할아버님?"

너무나 흔쾌한 대답에 오히려 세라가 당황한 얼굴을 했다.

"결혼 전에 승현이랑 가까워지려는 것 아니냐? 아주 잘 생각했 다."

그렇지 않아도 아까 이 사장이 했던 말이 마음에 걸리는 터였다. 혹시나 승현에게 세라와의 결혼을 망설일 만한 다른 이유가 있는 건 아닐까 싶어서.

"네 아버지에게 말해서 당장 출근하도록 해라. 승현 에미가 딴 소리하지 못하게 내 못 박아둘 테니."

"고맙습니다, 할아버님!"

세라가 기뻐하며 차 회장의 목을 와락 끌어안았다. 차 회장은 그

저 쓴웃음만 짓고 있었다.

차 회장이 무사하다는 소식을 듣고 병원으로 달려간 후, 승현에게서는 주말 내내 단 한 번도 연락이 오지 않았다. 이제 할아버지도 괜찮으시다니 한시름 놓았을 텐데도.

'화가 많이 났나 봐.'

유림은 안절부절못했다. 그토록 다정했던 승현이 싸늘한 표정으로 말했던 게 자꾸 떠올라서였다.

「그런데 안타깝지만 난 거짓말하는 여자, 딱 질색이라서요.」

이걸 어떻게 사과해야 하나. 생각다 못해 유림은 네이버 지식인의 힘을 빌렸다.

[남자친구 화 풀어주는 법]

검색하자 수많은 정보들이 떴다.

"섹시한 가터벨트 입고 고양이 흉내 내주기……?"

가터벨트가 뭔가 싶어 검색해봤다가 유림은 황급히 창을 꺼버렸다.

"이, 이건 도저히 무리다. 다, 다른 거!"

그러나 안타깝게도 대부분은 유림이 도저히 할 수 없는 영역의

것들이었다.

"폭풍애교 뿌잉뿌잉? 일 더하기 일은 귀요미?"

그러고 있는 자신의 모습을 상상만 해도 끔찍했다. 분명 승현도 마찬가지리라.

머리를 싸매고 검색하던 유림의 등 뒤에서 누군가가 불쑥 물었다.

"언니 남자친구 화났어?"

"어. 나 지금 바쁘니까 나중에…… 헉!"

유림은 기겁을 하며 뒤를 돌아보았다. 동생 유민이 눈을 번득이고 있었다.

"남자친구가 생겼는데 여태 시치미를 뚝 떼고 있었단 말이지!"

유민이 잡아먹을 듯한 표정으로 으르렁거렸다. 그리고 그 후는 물론 취조였다.

"뭐 하는 사람이야? 몇 살? 어디서 만났어? 키는? 어디 살아?"

곧이곧대로 말했다가는 골치 아파질 분위기여서, 유림은 간단하게 대꾸했다.

"우리 회사 신입사원. 나머지는 노코멘트."

"세상에! 그럼 연하남? 몇 살이나?"

"두 살 아래."

"그 정도면 뭐 크게 흉은 아니네. 근데 어쩌다 화나게 만들었는데?"

유림은 간략하게 자초지종을 설명했다. 얘기를 듣고 난 유민이

팔짱을 끼더니 고개를 끄덕였다.

"음, 이유야 어쨌거나 결국은 남친한테 거짓말하고 다른 남자랑 영화 본 거네. 화낼 만하군."

"……그렇지?"

이왕 이렇게 된 거, 연애 고수인 유민에게 조언을 구하는 게 좋을 것 같았다.

"어떻게 하면 풀릴 거 같아?"

"글쎄, 선물 같은 건 어때? 연하남은 기본적으로 돈 좀 써줄 각오를 해야 돼."

하지만 상대는 차승현이었다. 연봉을 다 털어서 선물을 한들 과연 만족할지 알 수가 없다.

"그건 안 돼."

유림이 고개를 저었다.

"걔네 집이 좀 잘살거든. 웬만한 건 해줘봤자 눈에도 안 찰 거야."

"그래? 그럼 뭐가 좋을까……."

잠시 고개를 갸웃거리고 있던 유민이 갑자기 손가락을 딱 튕겼다.

"그래, 돈으로 안 되면 정성으로 승부하면 되지!"

"응?"

당황한 유림의 귓가에 유민이 입을 가져갔다.

"완전 먹힐 만한 아이템이 있는데……."

승현이 병원으로 달려갔을 때 할아버지는 이미 일어나 앉아 계셨다. 머리에 붕대를 감고 계시긴 했지만 다른 데는 전혀 이상이 없어 보였다. 다행히도 수술이 아주 잘되어 후유증도 없을 거라고 의사가 말했다는 것이 비서의 이야기였다.

「할아버지!」

승현은 차 회장을 끌어안고 한참을 울었다.

그렇게 할아버지의 입원 소동은 해프닝으로 끝났다. 하지만 승현은 이 일을 통해 자신이 현재 처해 있는 상황에 대해 새삼스레 돌아보게 되었다.

월요일 아침, 부서 전체 회의.

"정유림 씨, 워크숍 장소 수배는 끝났나?"

"예, 부장님. 지금 몇 군데 후보를 정해서 알아보고 있는 중입니다."

부장의 질문에 대답하는 유림을 쳐다보는 승현의 얼굴은 굳어져 있었다.

저놈의 칙칙한 검은색 바지 정장. 수수하기 그지없는 헤어스타

일. 들어도, 들어도 적응 안 되는 저 '다'나 '까' 말투. 그러나 미칠 노릇은, 자신이 그 여자에게서 도저히 시선을 뗄 수가 없다는 것이었다.

"아직 시간이 있으니 천천히 견적 받아서 검토 후 답사를 다녀오도록 하겠습니다."

한 번도 이쪽을 봐주지 않고 내내 서류에만 고정되어 있는 유림의 시선이 미웠다. 그러면서도 유림이 고개를 들 때마다 혹시 이쪽을 쳐다보나 싶어서 가슴이 두근, 하고 소리를 낸다. 그러나 그 시선의 끝은 번번이 자신이 아닌 부장이나 과장을 향했다.

그때마다 승현은 또 화가 났다. 이쪽을 봐주지 않는 유림에게, 그리고 이토록 유림을 의식하고 있는 자신에게.

'못 해 먹을 노릇이군.'

승현은 신경질적으로 입술을 깨물며 생각했다.

이건 승현에게 있어 단순히 연애의 문제가 아니었다. 말하자면 인생이 걸린 문제였다.

모든 사람이 승현의 환경을 부러워했다. 은수저, 아니, 금수저 물고 태어나서 평생 돈 걱정, 집 걱정, 취업 걱정 없이 사니 얼마나 좋으냐고. 그 말이 옳다는 걸 승현도 알고 있었다. 분명 이건 아무나 누릴 수 없는 축복이다.

하지만 그 이면에 포기해야 할 것들이 있는 것도 사실이었다. 사람들이 보통 가장 중요하게 여기는 가치인 꿈이라든가 사랑 같은 것들이 거기에 속했다.

어린아이들에게 장래희망을 물으면 다양한 대답이 나오기 마련이다. 대통령, 판사, 경찰, 소방관, 화가, 선생님. 하지만 승현만은 달랐다. 드림제과 사장. 그게 승현에게 허락된 단 하나의 미래였다.

사실 승현은 중학교 때까지만 해도 선생님이 되고 싶었다. 하지만 꿈꾸는 것조차 허락되지 않는 게 자신이 태어날 때부터 가지고 누리는 것들의 대가라는 걸, 오래지 않아 깨달았다.

승현은 거기에 순응하기로 했다. 세상에 공짜는 없는 법이 아닌가. 그래서 잠자코 교사의 꿈을 접고, 집안에서 원하는 대로 대학도 순순히 경영학과로 진학했다.

대학을 졸업하고 짧게 유학을 다녀온 후, 자신이 물려받을 회사에 신입사원으로 들어가 평사원 일 년, 부장 일 년을 차례로 거쳐 상무이사로 승진하고, 그 뒤에는 집안에서 짝지어준 여자와 결혼해서 회사를 물려받을 것.

그것이 승현에게 일찌감치 정해진 인생이었다. 그리고 그 과정에 장래 자신의 소유가 될 회사의 여사원, 그것도 평사원과의 러브 스토리가 끼어들 자리는 전혀 없었다.

게다가 이번 일로 승현은 뼈저리게 깨달았다. 유림을 선택한다는 건, 자신의 인생이 송두리째 뒤집히는 일과도 같다는 걸.

승현은 그게 무서웠다. 이게 정말 그 대단하다는 진짜 사랑일까 봐. 그래서 제 손으로 모든 걸 다 내던져버릴까 봐.

연애 따위 때문에 지금껏 살아온 인생을 모두 포기할 용기는 없

었다.

「언젠가 한 번은 겪어야 할 일이 조금 일찍 왔을 뿐이야.」

승현은 얼마 전에 유림이 해준 말을 입속으로 되뇌어보았다.

그래, 어차피 2년 후든, 이틀 후든 언젠가는 겪어야 할 이별이다. 그렇다면 더 돌이킬 수 없게 되기 전에, 여기서 정리하는 게 옳다.

자꾸만 유림에게 향하는 시선을 강제로 다른 곳으로 돌리며, 승현은 그렇게 결심했다.

아니나 다를까, 주말이 지나고 월요일이 되어도 승현의 태도는 여전히 화나 있는 것처럼 보였다.

시선이 마주치면 예전처럼 녹아들 것 같은 눈웃음을 보내는 대신에 마치 아무것도 못 봤다는 듯이 차갑게 고개를 돌려버린다.

이렇게 돌변한 승현의 태도가 유림으로서는 상당히 견디기 힘들었다. 그래서 원래 퇴근 후에 주려던 것을 점심시간으로 앞당겼다.

"승현 씨, 잠깐 옥상에서 나 좀 봐."

"알았어요."

승현은 심드렁한 표정으로 대꾸했다.

유림이 먼저 옥상에 올라가 있자 잠시 후 승현이 나타났다. 다행히도 점심시간이 막 시작된 참이라 옥상에는 아무도 없었다.

"무슨 일이죠?"

퉁명스럽게 묻는 승현에게, 유림은 먼저 조심스럽게 물었다.

"회장님은 좀 어떠셔? 괜찮으시대?"

"아무 이상 없으세요. 금세 퇴원하실 거예요."

유림은 진심으로 안도의 한숨을 내쉬었다.

"잘됐다, 정말!"

그러나 승현은 여전히 딱딱한 표정으로 재차 말했다.

"왜 불러낸 거냐고 물었어요."

유림은 준비해 온 작은 종이가방을 건넸다.

"이게 뭐죠?"

"풀어봐."

종이가방 안에서 나온 블루 그레이 색상의 털실로 짠 목도리에 놀란 듯한 승현의 시선이 머물렀다.

"……."

승현은 한참 동안 목도리를 뚫어져라 내려다보고 있었다. 아무리 기다려도 그가 아무 말도 하지 않자 머쓱해진 유림이 먼저 입을 열었다.

"정말 본의는 아니었지만 거짓말해서 미안했어."

"……."

"그래서 사과의 의미 겸 떠봤어. 날도 점점 추워지고 해서."

반신반의하는 유림에게, 동생은 아주 자신 있게 말했었다.

「이거, 분명히 먹힌다. 나도 지금껏 남자친구들한테 여러 개 떠줬었는데 의외로 반응이 되게 좋더라고.」

「정말 그럴까?」

「그렇다니까. 게다가 언니는 절대 이런 거 안 할 것 같은 이미지잖

아. 아마 언니가 목도리 떴다고 하면 진짜 제대로 감동 먹을 거야.」

물론 태어나서 처음 해본 뜨개질이었다. 가장 쉬운 기본 겉뜨기였지만 주말 내내 매달린 것도 모자라서 오늘 새벽 3시까지 해서야 겨우 완성할 수 있었다. 그것도 유민의 도움을 받아서.

"사실은 잘 보면 코가 빠져서 꿰매놓은 데가 몇 군데 있어. 그래도 가까이서 들여다보지 않으면 티는 잘 안 나니까……."

유림이 어색하게 거기까지 말했을 때였다.

"설마 이걸 진짜로 저보고 목에 두르라는 건 아니죠?"

승현이 목도리에서 시선을 떼고 불쑥 말하는 바람에 유림은 흠칫 놀랐다.

"응……?"

"그렇잖아요. 이런 걸 어떻게 하고 다녀요, 창피하게."

그 순간, 유림은 얼굴에 뜨거운 숯이 확 끼얹힌 듯한 느낌을 받았다.

목도리를 뜨는 것도 어려웠지만 실을 고르는 것도 쉽지 않았다. 승현에게 어울릴 만한 세련되고 멋진 색으로, 그리고 제일 비싸고 좋은 실로 고르고 또 골라서 사느라고 유민과 함께 털실 파는 가게를 몇 군데나 돌았다.

그런데 돌아온 반응이 겨우 이런 거라니.

"이런 니트 제품은 질이 생명이라 웬만큼 고급 브랜드가 아니면 못 해요."

비웃음이 섞인 목소리. 유림은 쥐구멍이 있으면 기어들어가고

싶은 심정이었다.

"아, 미안. 내가 그런 걸 잘 몰라서 그만…… 실수했네."

유림은 홧홧 달아오르는 얼굴로 겨우 말했다.

"뭐, 그럼 대충 버리든지, 알아서 처리해. 어차피 비싼 것도 아니깐."

너무 민망하고 부끄러워서 승현의 얼굴을 똑바로 쳐다볼 수조차 없었다. 결국 유림은 도망치다시피 승현의 앞을 떠났다.

"나 먼저 내려갈게. 천천히 내려와!"

유림이 새빨개진 얼굴로 옥상을 떠난 후.

승현이 목도리를 천천히, 그리고 소중한 듯이 가슴에 끌어안았다.

"후……."

목도리에 승현의 한숨이 깊게 배어들었다.

목도리 사건 이후로 승현의 태도는 갈수록 점점 더 나빠졌다.

어제는 심지어 탕비실에 들어갔다가 승현이 뭔가를 개수대에 콸콸 쏟아 버리는 것까지 보고 말았다. 바로 그날 아침에 유림이 새로 가져다준 약수였다.

유림과 눈이 마주치는 순간 승현은 조금 당황한 듯한 얼굴을 했

지만, 금세 언제 그랬냐는 듯이 태연하게 고개를 돌리고 약수를 끝까지 다 버렸다. 마지막 한 방울까지.

유림으로서는 한숨만 나왔다. 물론 자신이 잘못한 게 맞지만, 다 사정이 있었던 건데. 이렇게까지 오랫동안 화낼 일인지는 솔직히 모르겠다.

"승현 씨, 어제 말했던 자료…….."

"여기요."

바로 옆자리에 앉아서도 일에 필요한 말 외에는 하루 종일 단 한마디도 하지 않는 승현을 보고 있으면 가슴이 답답해졌다. 승현의 다정한 목소리가, 예쁜 눈웃음이 그리웠다.

결국 생각다 못해 유림은 퇴근 후에 그를 기다렸다.

"승현 씨!"

뒤에서 부르자 지하 주차장으로 향하던 승현이 뒤를 돌아보았다.

"무슨 일이죠?"

"잠깐 나 좀 봐."

유림은 그의 팔을 붙들고 마침 가까이 있는 빈 회의실로 향했다.

"언제까지 그렇게 화내고 있을 거야?"

회의실 문을 닫자마자 유림은 다짜고짜 승현에게 물었다.

"뭐라고요?"

"나도 내가 잘못한 거 아니까 이렇게 노력하고 있잖아. 정상참작 좀 해주라, 응?"

dangerous associate

373

유림의 말에 승현이 갑자기 피식 웃었다.

"그게 노력을 하는 거예요?"

"응?"

유림은 당황했다.

"미안한데 선배 집엔 혹시 거울 없어요?"

"거울은 왜?"

"있으면 좀 보라고요."

승현이 손가락으로 유림을 찌르듯 가리켰다.

"나 같은 남자랑 만나려면 옷차림이나, 아니면 최소한 화장에라도 좀 신경을 써줘야 하는 게 예의 아닌가요?"

유림은 자신의 차림을 내려다보았다. 입사할 때 샀던 검은색 바지 정장. 편해서 즐겨 입고는 있었지만 벌써 산 지 3년이나 되다 보니 유행에 뒤져 있는 것은 물론이었다.

그에 비해 승현은 오늘도 화보에서 막 빠져나온 것 같은 모습이었다. 짙은 갈색의 슈트에 캐주얼한 니트 넥타이. 회의실 테이블 가장자리에 아무렇게나 걸터앉은 모습마저도 모델처럼 멋지게 보였다.

"같이 다니는 내가 창피할 거라는 생각, 한 번도 해본 적 없죠? 아닌가요?"

"미안해. 미처 그런 데까지는 생각을 못 했어."

유림은 민망한 것을 꾹 참고 사과했다. 물론 자존심은 상했지만 승현의 말이 사실이었으니까.

그러나 순순히 사과하자 왠지 승현은 한층 더 화가 난 듯했다.

"그렇게 둔한 것도 사람 짜증 나게 만들어요."

"응?"

"난 에스프레소가 없인 하루가 시작이 안 되는 사람이에요. 누가 약수 갖다 달랬어요?"

승현이 목소리를 높였다.

"목도리도 마찬가지예요. 사람마다 다 취향이 있는 법인데 자기 멋대로 그런 거 떠서 갖다 주는 거, 받는 쪽에선 엄청난 민폐예요. 도대체가 요즘 세상에 뜨개질이 뭐예요? 여고생들도 그렇게 유치한 짓은 안 하겠어요!"

마지막에 그는 거의 울화통을 터뜨리고 있었다.

슬펐다. 그렇게 다정했던 승현이 어쩌다 이렇게 됐을까. 그만큼 내가 화나게 만드는 존재라는 걸까.

"미안. 내가 생각이 짧았네."

유림은 끝내 그 말밖에는 할 수가 없었다.

한참 동안 유림을 바라보던 승현이, 이윽고 찬바람을 일으키며 유림의 곁을 스쳐 밖으로 나가버렸다.

"뭐, 같이 다니기 창피하다고? 대놓고 그 말을 해?"

유민이 어이없다는 듯이 되물었다.

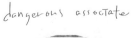

"응. 내가 너무 안 꾸미고 다녀서."

"으이그, 그러게 내가 뭐랬어? 신경 좀 쓰고 다니랬지?"

유민이 눈을 흘겼다.

"연하남이랑 연애를 하면 좀 꾸미기도 해주고 그래야지. 대체 뭘 믿고 그러고 다녔어?"

"그러게 말이다."

유림이 한숨을 푹 내쉬었다.

"근데 아무리 그래도 그렇지, 그 사람 못쓰겠다. 어떻게 자기 여자친구한테 대놓고 같이 다니기 창피하다는 말을 할 수가 있어?"

유민이 종알거렸다. 면박을 주면서도 역시 팔은 안으로 굽는 모양이었다.

"목도리도 이런 걸 창피해서 어떻게 하고 다니냐고 했다며. 내가 봤을 땐 그 남자 완전 쓰레기야. 그니까 그냥 갖다 버리자, 언니야. 응?"

하지만 유림은 유민이 승현을 홍보하는 게 듣기 싫었다.

"함부로 말하지 마. 그런 사람 아니야."

"아니긴 뭐가 아냐? 그렇게 언니 행색이 창피하면 자기가 사주든가, 쳇."

"사주겠다고 해서 백화점도 같이 갔었어. 내가 거절한 거지."

"그랬어?"

"응. 옷이니 시계니 화장품이니 가방이니 뭐든지 고르라고 했었는데, 부담스러워서."

지금 생각해보면 그건 좀 옷차림이나 화장에도 신경 써달라는 뜻이었던 모양이다. 왜 진작 깨닫지 못했을까. 유림은 바보 같은 자신에게 화가 났다.

"그건 언니가 좀 너무했네."

유민이 고개를 끄덕이고는 갑자기 의미심장하게 웃었다.

"근데 언니, 그 남자 되게 좋아하나 봐. 그치?"

"내가? 왜?"

"방금 나한테 완전 정색했잖아. 함부로 말하지 말라고, 그런 사람 아니라고."

"지, 진짜 그런 사람 아니니까 그렇지!"

유림은 얼굴이 빨개져서 말했다.

"좋은 사람이야. 유민이 너도 나중에 보면 알아."

"뭐, 언니가 좋은 사람이라니까 좋은 사람인 거겠지. 나중에 나한테도 소개시켜줘."

그렇게 말한 유민이 갑자기 자리를 털고 일어났다.

"자, 나가자, 언니. 백화점이랑, 미용실이랑……. 갈 데 많으니까 서둘러."

"백화점은 갑자기 왜?"

놀란 유림이 물었다.

"언니, 그 남자 좋아한다며. 그럼 한번 노력해봐야 할 거 아냐. 응?"

유민이 생긋 웃으며 가슴을 탕탕 쳤다.

"나만 믿어!"

　월요일 아침 출근길. 지하 주차장에 차를 세워놓고 내려서 사무실로 올라가려던 승현은 문득 흠칫하며 걸음을 멈췄다.

　'아, 참.'

　목도리를 차에 풀어놓고 내리는 것을 깜빡했던 것이다.

　슬슬 초겨울로 들어서는 시기였다. 특히 아침저녁으로는 입김이 눈에 보일 정도로 추워서 승현은 아침마다 꼭 유림이 떠준 목도리를 두르고 집에서 나왔다. 물론 사무실에 올라가기 전에 풀어야 했지만.

　목도리를 풀어낸 승현은 손끝으로 가만히 쓰다듬어보았다.

　"……."

　손끝을 타고 가슴속까지 전해져오는 따스함에 문득 서글퍼졌다.

　목도리는 딱 봐도 초보자가 뜬 물건이라는 게 티가 났다. 여기저기 느슨한 부분, 그리고 반대로 촘촘한 부분도 여러 군데 있었다. 게다가 코가 빠진 곳도 군데군데 보였다.

　물론 유림이 평생 뜨개질 따위와 인연이 있었을 리 없다. 그런 여자가, 이걸 자신에게 주고 싶어서 얼마나 열심히 배워서 떴을까 생각하면 가슴이 뭉클했다.

'아니, 이러면 안 돼.'

문득 승현은 이를 악물었다. 이까짓 일로 마음이 약해져서는 안 되는 거였다.

그저 날씨가 점점 추워지는데, 마침 목도리가 생겨서 편하게 쓰고 있을 뿐이다. 그 이상도, 이하도 아니다. 괜히 그 이상 의미를 부여할 필요가 없다.

일부러 목도리를 아무렇게나 뒷좌석에 내팽개치다시피 하고 승현은 사무실로 올라갔다.

"좋은 아침입니다."

습관적으로 그렇게 인사하며 사무실로 들어서던 승현의 걸음이 순간적으로 뚝 멎었다.

"좋은 아침, 승현 씨. 오늘은 좀 늦었네?"

어색한 듯한 미소로 인사를 건네오는 여자를 보고, 승현의 눈이 커졌다.

상대는 분명 유림일 리가 없었다. 그런데 유림이었다.

바로 지난주까지도 그저 까맣기만 했던 머리칼은 부드럽게 컬이 들어간 갈색 머리로 바뀌어 있었다. 긴 속눈썹이 살며시 음영을 드리우고, 너무 하얘서 가끔은 핏기가 없어 보였던 뺨은 아련한 장밋빛으로 물들어 있었다. 그뿐인가. 무릎 바로 위 길이의 예쁜 초콜릿 색깔의 원피스에, 중간 높이의 심플한 모양의 힐이 날씬한 몸매를 더없이 돋보이게 만들어주고 있었다.

"오늘은 좀 늦었네?"

dangerous associate

379

마치 꽃잎이 내려앉은 것처럼 화사한 색깔의 입술이 승현을 향해 움직였다.

확실히 말해 미인이었다. 길 가던 남자 열 명 중의 아홉은 다시 돌아볼 정도로.

눈 깜빡이는 것조차 잊은 채 한참을 바라보고 있던 승현은 문득 제정신으로 돌아왔다. 그리고 다음 순간, 걷잡을 수 없이 화가 치밀었다.

"나 좀 봐요."

선배들이 보고 있건 말건 승현은 유림의 손목을 잡아끌었다.

"승현 씨?"

유림이 놀라서 손을 빼려 했지만 승현은 전혀 아랑곳하지 않았다. 그대로 유림을 끌고 나와서 복도를 지나 비상계단으로 향했다.

"대체 뭐 하자는 거예요?"

문이 부서져라 쾅 닫자마자, 승현은 으르렁거리듯 물었다.

"왜 그래?"

유림이 조심스럽게 물었다. 긴 속눈썹이 불안한 듯이 살짝 떨리는 순간, 승현의 심장도 세차게 동요했다.

"어제 승현 씨가 그랬잖아, 신경 좀 쓰고 다니라고."

기가 막혔다. 어떻게 하면 그 말을 그렇게 받아들일 수가 있을까. 자신은 분명 같이 다니기 창피하다고 했다. 신경 쓰고 다니라고 한 게 아니라, 상처받으라고 한 말이었는데!

위험한 신입사원 1

이러면 역효과가 아닌가. 가만히 있어도 자꾸만 예뻐 보여서 미쳐버릴 지경인데, 거기에 이렇게 예쁘게 꾸미기까지 하면.

"별로야? 마음에 안 들어?"

게다가 그런 눈으로 날 올려다보기까지 하면! 승현은 이를 악물었다.

"그걸 지금 몰라서 묻는 거예요?"

유림이 숨을 삼켰다.

"옷도 촌스럽고, 머리도 이상하고, 화장은 더더욱 안 어울려요."

이미 승현은 제 입에서 무슨 말이 나오는지도 잘 몰랐다. 그저 입에서 나오는 대로 마구 내뱉고 있었다. 제일 상처가 될 것 같은 말만 골라서.

"센스에 자신이 없으면 차라리 그냥 아무것도 하지 마요. 그게 낫겠어요."

잠시라도 말을 멈추면 진심이 흘러나와버릴 것 같았다. 당신이 너무 예쁘다고, 자꾸만 더 예뻐 보여서 무섭다고 하소연해버릴 것 같았다.

"이러지 마요, 진짜. 제발 부탁이니까."

제발 나 좀 그만 흔들어요. 제발!

물론 그렇게 외치고 있는 승현의 속마음을 유림이 알 리 없었다. 내내 입술을 꾹 다문 채 승현의 폭언을 가만히 듣고 있던 유림이 이윽고 고개를 끄덕였다.

"알았어."

dangerous associate

예쁘게 바른 립스틱을 손등으로 아무렇게나 문질러 쓱 지우며 유림은 조용히 말했다.

"알았으니까 아침 회의 하러 가자. 다들 기다리겠다."

월요일 아침의 부서 전체 회의가 시작되었다. 모닝커피를 다 돌리고 난 유림이 자리에 앉아 숨조차 돌릴 틈도 없이 부장의 폭탄선언이 떨어졌다.

"내일부터 신입사원이 오기로 했습니다."

신입사원?

유림은 하마터면 마시던 커피를 뿜을 뻔했다. 심장이 사정없이 쿵쾅거리기 시작했다.

물론 제 밑으로 승현이 있기는 했지만 이 사람은 신입사원이라고 보기는 대단히 곤란한 인물이었다.

그런데 진짜 신입사원이 온다고? 진짜 후배가?

유림은 흥분했다. 아까 비상계단에서 승현에게서 들은 막말을 잠시 잊을 정도로.

"아니, 공채도 없었는데 또 무슨 신입사원입니까?"

과장의 물음에 부장의 입에서는 갑자기 긴 한숨이 흘러나왔다. 그러더니 쓰고 있던 안경을 벗고 테이블에 팔을 올려놓고는 매우 비장한 목소리로 말했다.

"사실은 그 신입사원이……."

모두들 침을 꿀꺽 삼켰다. 물론 유림도.

위험한 신입사원 |

부서원들을 한 번 쭉 돌아본 후, 부장은 침통한 얼굴로 말했다.

"……사장님 따님이십니다."

"이거 놓으세요! 제가 오늘 아주 마시고 죽고 말겠습니다!"

거칠게 덤벼드는 유림에게서 현우가 소주병을 악착같이 지켜냈다.

"너 죽는 건 안 아까운데 술 축나는 건 아깝다. 그러니까 좀 아껴마시자, 응?"

"정말 선배까지 이러실 겁니까?"

유림이 울화통을 터뜨렸다.

"입사 삼 년차에 겨우 들어오는 후배는 회장님 손자, 그 뒤에 들어오는 후배는 사장님 따님! 근데 제가 지금 안 마시게 생겼습니까?"

하지만 이건 핑계에 불과하다는 걸, 말하고 있는 유림 자신도 잘알고 있었다. 사장님 따님이 오건 말건 상관없다. 이미 도련님이계시는 마당에 아가씨 하나 더 얹는다고 뭐 크게 달라질 게 있겠는가.

지금 유림의 마음이 이토록 괴로운 것은 명백히 승현 때문이었다.

「옷도 촌스럽고, 머리도 이상하고, 화장은 더더욱 안 어울려요.」

dangerous associate

아침에 들었던 승현의 말이 지금도 귓가에서 울리는 것 같았다.

'대체 나더러 더 이상 뭘 어쩌라는 거야.'

주말 내내 유민의 지도를 받아가면서 노력했다. 월급을 몽땅 털어가며 새 옷도 사고 머리도 하고, 유민에게서 화장법도 처음부터 다시 배웠다.

그렇게 노력한 보람이 있었는지 다른 사람들은 모두 다 예쁘다고 감탄했다.

「뭐야, 유림 씨. 혹시 연애해?」

심지어 이렇게 의심하는 사람들도 여럿이었다. 그런데 왜 정작 승현의 반응만 정반대인 건지!

「센스에 자신이 없으면 차라리 그냥 아무것도 하지 마요. 그게 낫겠어요.」

서럽다. 내가 누구 때문에 이렇게 노력했는데.

갑자기 눈시울이 왈칵 뜨거워지더니 기어이 눈앞이 흐려지고 말았다.

"야, 야, 유림아! 너 우는 거냐? 아니, 얘가 요즘 왜 이래?"

유림의 눈에 고인 눈물을 보고 현우가 기겁을 했다.

"울긴 누가 웁니까? 눈에 뭐가 들어가서 그런 겁니다."

유림은 퉁명스럽게 대꾸하며 휴지를 뽑아 눈가를 찍어냈다. 사실 생각 같아서는 목 놓아 울고 싶었다. 너무 바보 같아서 차마 그럴 수 없을 뿐이지.

"하긴 회장님 손자에 이어 사장님 딸은 좀 너무했다."

현우가 한숨을 쉬었다.

"그래도 어쩌겠냐. 그냥 낙하산이 또 하나 떨어지는구나 할 수밖에."

"네."

위로하듯 하는 말에 유림은 건성으로 대꾸하며 술잔을 비웠다.

"너무 속상해 마라, 유림아."

현우는 조금 망설이다 덧붙였다.

"……너한텐 내가 있잖아."

예전 같으면 현우가 이렇게 말해줬다는 사실만으로도 엄청나게 감동했을 터였다. 하지만 지금 유림은 현우가 뭐라고 하든지 귀에 들어오지도 않았다.

'이래도 맘에 안 든다, 저래도 맘에 안 든다고 하면 대체 어쩌라는 거야?'

승현이 원망스러웠다. 아침저녁으로 찬바람이 부는데도 한 번도 목도리를 하고 오지 않은 걸 보면 목도리 따윈 이미 버렸겠지. 얼마나 열심히 뜬 건데!

신기한 것은, 원망스러운데 밉지가 않다는 거였다. 아침에 그렇게 막말을 들었는데도 도저히 승현이 미워지지가 않는다. 어떻게든 마음을 돌려놓고 싶다. 예전의 다정한 승현의 얼굴을 보고 싶다.

'이젠 뭘 어떻게 해야 하나…….'

분명 현우가 눈앞에 있는데, 어느새 유림의 머릿속은 온통 승현

dangerous associate

385

의 생각으로 꽉 들어차 있었다.

평소에 유림과 둘이 술을 먹으면, 거의 언제나 먼저 취하는 것은 현우 쪽이었다. 그러나 오늘만은 유림이 먼저 취하는 바람에 현우가 유림을 부축해서 술집을 나왔다.

"괜찮냐, 유림아?"

현우가 묻자 유림이 혀 꼬인 목소리로 대답했다.

"예. 괜찮씀미다."

"괜찮긴, 자식아. 혀가 다 꼬였는데."

현우는 한숨을 쉬었다. 마음이 좋지 않았다.

분명 유림은 신입사원 문제 때문에 속상하다고 했다. 그런데 그게 그저 핑계에 불과하다는 것은 표정만 봐도 알 수 있었다. 오지도 않은 신입사원 때문에 이렇게 괴로운 얼굴을 하고 있을 리 없지 않은가.

오늘 아침 몰라보게 예쁜 모습으로 나타난 유림을 보는 순간 현우는 가슴이 두근거리는 것을 느꼈다. 물론 스스로도 대단히 당황했다.

'서현우, 정신 차려. 저건 정유림이라고! 화장하고 예쁘게 꾸몄어도 속은 정유림이라니까?'

속으로 몇 번이나 그렇게 자신을 꾸짖었지만, 한번 빠르게 뛰기 시작한 심장은 걷잡을 수가 없을 정도였다.

'잠깐. 쟤는 왜 갑자기 저렇게 변신을 한 거지?'

위험한 신입사원 1

그런 의문을 떠올린 것은 잠시 후였다.

정말이지 인정하기 싫지만 아마 그 대답은 차승현인 것 같았다. 그리고 지금 유림이 이렇게 취하도록 술을 마시며 속상해하는 이유 역시, 차승현인 것 같다.

「나 좀 봐요.」

아침에 승현이 그렇게 말하며 유림을 끌고 어디론가 나갔다 온후, 유림의 표정이 내내 좋지 않았으니까.

대체 무슨 말이 오간 건지는 모르겠다. 하지만 이제 유림과 승현의 사이가 그냥 단순한 직장 선후배 사이가 아니라는 것만은 현우도 인정할 수밖에 없었다.

대리 기사가 오기를 기다리는 동안, 현우는 취한 유림을 근처의 작은 공원에 있는 벤치에 앉히고 자신도 곁에 앉았다.

"으음……."

유림이 어지러운 듯이 현우의 어깨에 기댔다. 뿌듯하게 실려오는 무게, 따뜻한 체온. 현우의 가슴이 떨렸다.

고개를 조금 돌리자 바로 눈앞에 유림의 얼굴이 있었다. 무슨 일인지 아침에 발랐던 립스틱은 다 지워져 있고, 밤이 늦어져 화장기도 거의 사라져 맨얼굴에 가까워져 있었다. 그럼에도 불구하고 현우의 눈에는 여전히 예쁘게만 보였다.

"……."

왜 미처 몰랐을까. 언제나, 늘 곁에 있었는데. 둔하기 짝이 없는 자신이 새삼 원망스러웠다.

'차승현 그 자식이 널 이렇게 속상하게 하는 거야? 유림아.'

잠든 유림의 얼굴을 바라보며 현우는 저도 모르게 주먹을 불끈 쥐었다.

다음 날 예정대로 신입사원이 출근했다.

"잘 부탁드립니다. 오늘부터 함께 일하게 된 이세라입니다!"

신입사원이 방긋 웃으면서 말하는 순간, 모든 사람이 약속이나 한 듯이 입을 딱 벌렸다.

사장님 영애께서는 웬만한 걸 그룹 멤버 뺨치게 예쁘고 사랑스러운 얼굴을 하고 있었다. 신입사원답게 짙은 남색의 단정한 스커트 정장을 차려입고 있었지만, 워낙 몸매가 날씬해서인지 그것조차도 더없이 패셔너블하게 보였다.

게다가 아침에 부장님 책상에서 슬쩍 본 프로필에 의하면 명문인 한국여대를 졸업했다고 쓰여 있었다. 집안에 미모에 학벌까지! 어디 하나 흠잡을 데가 없다. 완벽한 인간이다.

'근데 왜 이렇게 낯이 익지?'

유림은 고개를 갸웃거렸다. 왠지 어디선가 본 적이 있는 것 같아서였다.

유림이 그러고 있는 동안에도 세라는 생긋 웃으며 인사말을 계속했다.

"어차피 숨기고 들어와도 금세 들통 날 것 같아서 미리 밝히고 들어오긴 했습니다만, 부디 제가 사장님 딸이라는 건 잊어주셨으면 좋겠습니다. 그냥 평범한 신입사원이라고 생각하고 편하게 막 굴려주세요, 선배님들."

모두들 놀랐다. 어디 사는 누군가와는 전혀 다른 첫인사가 아닌가!

아니나 다를까, 유림이 곁눈질로 슬쩍 훔쳐보자 승현은 드물게 보는 무서운 얼굴을 하고 있었다.

"열심히 하겠습니다. 앞으로 잘 부탁드립니다!"

세라의 90도 폴더 인사에 사무실이 떠나가라 열광적인 박수가 터졌다.

덩달아 손바닥에 불이 나도록 박수를 치고 있는 유림에게, 부장이 다가와서 슬쩍 말했다.

"이세라 씨 교육도 정유림 씨가 좀 맡도록."

"예에? 또 접니까?"

유림이 펄쩍 뛰었다. 아무리 막 굴려달라고 했다지만 사장님 따님이신데!

"유림 씨가 사수잖아. 잘 가르치도록 해요."

부장은 그렇게 말하더니 비겁하게 헛기침을 하면서 내빼고 말았다.

"참, 커피 좀 얼른 돌리고."

그 와중에도 깨알같이 심부름 시키는 것도 잊지 않고!

"정유림 선배님이라고 하셨죠?"

세라가 생긋 웃으며 말을 걸었다.

"커피는 제가 준비하겠습니다. 유림 선배님께선 커피 어떻게 드세요?"

이것이 신입사원, 이세라가 유림에게 건넨 첫 인사였다.

"오빠, 왜 이러세요? 아프잖아요!"

세라가 비명을 올렸지만 승현은 들은 체도 않고 세라의 가느다란 손목을 부서져라 쥔 채 빠른 걸음으로 복도를 지났다. 그리고 빈 회의실에 밀어 넣다시피 하고 문을 쾅 닫고 나서야 손목을 놓아주었다.

"너, 지금 뭐 하자는 거야."

승현이 험악한 표정으로 묻자 세라가 아픈 손목을 문지르며 대꾸했다.

"일하러 온 거잖아요."

"시치미 떼지 마. 어머니가 후년까진 결혼 준비나 하라고 말했을 텐데 왜 갑자기?"

"저도 그러려고 했죠."

승현이 윽박지르듯 말했지만 세라는 어디까지나 차분했다.

"그런데 얌전히 집에 들어앉아서 신부수업이나 받을 때가 아닌 거 같아서요."

"무슨 소리야?"

"정유림 선배 얘기예요. 오빠도 아시잖아요?"

세라가 승현의 눈을 똑바로 응시했다.

"이쯤에서 정신 차려야 해요, 오빠."

매일같이 승현이 속으로 수백 번씩 되뇌는 말이 세라의 입에서 흘러나왔다.

"설마 여자 하나 때문에 모든 걸 다 버릴 셈은 아니시겠죠?"

승현은 알았다. 지금 세라가 자신의 상황을 정확히 파악하고 있다는 것을.

"오빠."

세라가 한결 부드러운 목소리로 그를 불렀다.

"아직 늦은 게 아니라면 그 연애, 저랑 해요."

"……."

"제가 도울게요. 더 이상 흔들리지 않게, 제가 오빠 마음 잡아줄 수 있어요."

작고 예쁜 손이 승현을 향해 가만히 내밀어져왔다.

"그러니까 오빠도 조금만 저를 봐주세요, 네?"

간절함을 담은 눈동자가 승현을 응시했다.

한참 후에야 승현은 짧게 대꾸했다.

"……알았어."

그리고 세라가 내민 손을 잡는 대신에 그대로 등을 돌려 먼저 회의실을 나가버렸다.

"뭐, 일단은 성공이라고 봐야 하나?"

dangerous associate

391

혼잣말로 중얼거리는 세라의 입가에 살짝, 비틀린 미소가 걸렸
다.

처음엔 얼마나 갈까 싶었다. 그래도 사장님 따님이신데, 언젠가
는 본성이 나오겠지.

하지만 지켜볼수록 이 아가씨는 모든 면에서 도련님과는 정반
대였다.

매일 아침 세라는 누가 봐도 나 신입사원이오, 하고 외치는 것
같은 차림으로 제일 먼저 출근해서 사무실 정리를 마친다. 그리고
나서 커피를 준비해놓고 차례차례 출근하는 사람들에게 하나씩
커피 잔을 건네며 발랄하게 인사를 건넸다.

"좋은 아침입니다, 부장님!"

"오늘 화장이 너무 예쁘세요, 선배님!"

오히려 인사를 받는 사람들이 황송해서 어쩔 줄 모를 정도였다.

"제가 할게요, 선배님!"

하루에도 몇 번씩 듣는 대사였다. 무슨 일만 있으면 세라가 제일
먼저 나섰으니까.

그뿐인가, 일에도 얼마나 적극적인지, 알아서 일을 찾아 배우려
들었다.

"이건 언제 나온 제품이에요, 선배님?"

명문 한국여대 출신답게 머리는 또 얼마나 영특한지, 하나를 가
르치면 열을 알았다. 이러니 귀여움을 안 받을 수가 있나.

얼마 못 가서 사무실의 모든 사람이 세라를 좋아하게 되었다.

특히 남자 사원들은 열혈 팬클럽까지 조직했다. 이름 하여 '소공
녀'.

승현에게 승냥이가 있다면 세라에게는 소공녀가 있다.

그리고 이 양대 팬클럽의 부러움을 한 몸에 받는 인물이 있었으
니, 바로 유림이었다.

"차승현 씨에 이세라 씨까지, 대체 정유림 씨는 무슨 복이래?"

이번에는 유림도 이런 질투 섞인 말들이 싫지 않았다. 그만큼 세
라가 마음에 들었던 것이다. 말끝마다 선배님, 선배님, 하며 귀엽
게 따르는 세라의 애교가 싫지 않았다. 최근 쌀쌀맞아진 승현 때
문에 마음고생을 하고 있는 유림은, 그나마 세라 덕분에 웃을 수
있었다.

물론 잔일을 세라가 많이 도와줘서 훨씬 편해지기도 했다. 예를
들면 으레 유림의 일처럼 되어 있는 사무실 쓰레기 분리수거 같은
것들.

"진짜 나 혼자 해도 되는데."

유림의 말에 목장갑을 끼고 분리수거를 돕던 세라가 생긋 웃었
다.

"무슨 말씀이세요, 선배님. 이런 일은 당연히 사무실 막내가 해
야죠."

dangerous associate

가뜩이나 예쁜 애가 어쩜 말 한 마디 한 마디 하는 것까지도 이렇게 예쁠까. 유림은 잠시 황홀한 눈으로 세라의 얼굴을 쳐다보았다.

　"고마워, 세라 씨. 내가 나중에 맛있는 거 사줄게!"

　말하고 나서야 유림은 깨달았다. 참, 이분은 사장님 영애셨지. 지난번에 승현과 같이 갔던 프렌치 레스토랑이 절로 떠올라서 잠시 등골이 오싹했다.

　그러나 세라는 기쁜 듯이 눈을 반짝였다.

　"정말요? 그럼 저 닭발 사주세요! 이 근처에 매운 닭발 잘하는 데가 있다고 하던데."

　"세라 씨가 닭발도 먹어?"

　유림이 놀라서 묻자 세라가 고개를 끄덕였다.

　"그럼요, 저 닭 모래집도 잘 먹고, 순대도 없어서 못 먹는걸요."

　"그랬어?"

　놀라는 유림에게, 세라가 조금 수줍은 듯이 말했다.

　"사실은 저, 정 선배님이랑 꼭 둘이서 따로 술 마셔보고 싶었어요."

　"나랑? 왜?"

　"그냥요. 선배님이라면 왠지 속에 있는 말도 털어놓을 수 있을 것 같아서요."

　"왜, 뭐 고민이라도 있어?"

　세라가 살며시 눈치를 보았다.

"말하면, 들어주실 거예요?"

유림은 조금 감동했다. 세라 씨가 나를 진심으로 따르고 있었구나!

"좋아! 닭발에 소주 먹으면서 우리 허심탄회하게 얘기해보자고. 언제가 좋아?"

"음, 말 나온 김에 오늘 퇴근 후에 어떠세요?"

다행히 오늘은 수영 수업이 없는 날이었다. 유림은 뒤도 안 돌아보고 외쳤다.

"콜!"

"여기 진짜 맛있네요, 선배님!"

세라는 고운 입술에 양념을 묻혀가면서 닭발을 맛있게도 먹었다. 소주잔도 곧잘 비워내는 걸 보고 유림은 세라가 한층 더 마음에 들었다. 생긴 것만 보면 전에 승현과 가봤던 분위기 좋은 바 같은 데서 예쁜 칵테일이나 마시게 생겼는데.

"자, 자, 한잔 더 해."

"선배님도요!"

가뜩이나 유림 역시 승현 때문에 하루하루 한숨만 늘어가는 형편이었다.

빠른 속도로 잔을 비우자 세라가 놀란 듯이 물었다.

"선배님도 혹시 무슨 고민 있으신 거예요?"

"있지."

유림이 한숨을 푹 쉬자 세라가 조심스레 물었다.

"그럼 선배님도 저한테 얘기해보실래요? 도움이 될지도 모르잖아요."

"응?"

잠시 솔깃했지만 유림은 금세 고개를 저었다. 후배를 상대로 연애 고민 상담이라니, 선배가 할 짓이 아니다.

게다가 괜히 말했다가 상대가 승현이라는 걸 눈치 채면 곤란하니까.

"난 됐어. 오늘은 세라 씨 고민 들으러 온 거잖아."

유림은 그렇게 웃어 보이고 다시 소주잔을 비웠다.

"그럼 선배님 내키실 때 언제든 말해주세요."

더 묻지 않고 유림의 빈 잔에 술을 채워주는 세라가 무척 고마웠다.

서로 계속 주거니 받거니 하는 동안에 순식간에 소주 두 병이 비었다. 취기도 슬슬 오르고, 이쯤 되면 물어도 될 분위기 같다고 생각한 유림은 입을 열었다.

"그래서, 세라 씨는 고민이 뭔데?"

문득 세라의 얼굴에 수심이 가득 찼다.

"사실은요, 제가 좋아하는 사람이 저를 안 좋아해요."

"뭐?"

유림은 놀라서 들고 있던 술병을 내려놓았다.

"세라 씨를 안 좋아하는 남자가 있다고? 정말로?"

"네."

아니, 대체 어떤 놈이! 이렇게 예쁘고 착하고 심지어 부잣집 따님이기까지 한 여자를!

제 일도 아니면서 유림은 괜히 분개했다.

"아니, 대체 얼마나 잘난 사람이길래?"

"사실은 제 약혼자예요."

유림은 더욱더 놀랐다.

"약혼자? 세라 씨, 겨우 스물다섯 살인데 벌써?"

"네. 집안끼리 약속한 상대거든요."

그럼 이것이 그 말로만 듣던 정략결혼? 어머나! 유림은 약간 흥분했다.

"비록 어른들끼리 한 약속이지만 저는 그 사람이 진짜로 좋아졌어요. 그런데 그 사람은 아닌가 봐요. 전혀 저한테 마음을 주려고도 안 해요."

눈물을 글썽이는 세라가 마치 드라마의 여주인공처럼 보였다. 유림은 손을 뻗어 세라의 작은 어깨를 토닥였다.

"힘내, 세라 씨. 분명 그 사람도 언젠간 세라 씨를 봐줄 거야."

유림의 진심 어린 위로에 세라는 훌쩍이면서도 눈물을 훔치고 조금 미소 지어 보였다.

"그래서 말인데, 선배가 좀 도와주시면 좋겠어요. 그 사람이 절

dangerous associate

봐줄 수 있게요.”

“응? 내가 어떻게? 아는 사람도 아닌데.”

유림이 당황하자 세라가 손짓으로 유림을 가까이 불렀다.

“선배, 비밀 꼭 지켜주셔야 해요.”

유림의 귀에 입을 가까이 가져간 세라가, 비밀스럽게 속삭였다.

“사실은 차승현 씨가 제 약혼자예요.”

유림은 순간적으로 멍해졌다.

“뭐……?”

제 귀를 의심했지만, 세라는 진지한 얼굴을 하고 있었다.

“제가 마케팅팀에 온 것도 사실은 그래서예요. 어떻게든 차승현 씨, 아니, 승현 오빠 마음을 잡아보고 싶어서요.”

“……”

유림은 정신을 차리려 애썼다. 하지만 충격이 좀처럼 가시지 않았다.

승현에게 약혼녀가 있었다니. 그것도, 상대가 세라였다니!

그럼 승현이 지금까지 자신과 사귀었던 건 다 뭐였단 말인가. 잠깐, 그럼 난 약혼녀가 있는 남자와 하룻밤을 보냈다는 건가?

수많은 의문들이 한꺼번에 솟아올라 머릿속이 터질 것만 같았다.

이런 유림의 마음도 모르는 세라는 계속 제 얘기를 하는 데 여념이 없었다.

“결혼식은 후년에 오빠가 상무이사로 승진하면 그때 올리게 될

거예요. 전 그때까지 꼭 오빠가 절 사랑하게 만들고 싶어요. 다른 부부들처럼, 정말 사랑하는 사이로 결혼하고 싶거든요."

뭐라고 대답해야 할지 모르겠다. 유림은 숨조차 제대로 쉬기 힘들었다.

"아, 털어놓으니까 그래도 좀 후련하다."

이윽고 세라가 장난스럽게 혀를 쏙 내밀었다.

"참, 다른 사람들한테는 아직 비밀이에요. 오빠 어머님께서 결혼할 때까지는 주위에 알리지 말라고 하셔서요."

"그, 그래."

"그나저나 너무 제 얘기만 했나 봐요. 선배님 고민은 뭐예요?"

네 약혼자가 요즘 나한테 쌀쌀맞은 거. 멍하니 그렇게 생각하다 유림은 화들짝 놀라 고개를 저었다.

"어? 아, 아냐. 고민은 무슨."

"아까 고민 있다고 하지 않으셨어요?"

"그냥 해본 소리야. 그런 거 없어."

세라의 시선을 피하며 유림은 세차게 고개를 저었다.

"뭐, 없으시면 다행이고요."

세라가 방긋 웃었다. 그리고는 애처로운 눈빛으로 유림을 쳐다보며, 매달리듯 말했다.

"승현 오빠랑 제 사이, 도와주실 거죠?"

"……"

"네? 유림 선배님."

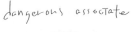
dangerous associate

고개를 끄덕이는 수밖에, 유림에게 다른 선택지는 없었다.

- 2권에서 계속.